Personen und Ereignisse in diesem Roman sind frei erfunden. Ähnlichkeiten mit lebenden Personen und Geschehen wären rein zufällig und sind nicht beabsichtigt. Sollte sich dennoch jemand getroffen fühlen, so ist er mit Sicherheit nicht gemeint.

Seit der Entstehung begleitete eine Macht die Erde, die sie formte und ständig umgestaltete. Kein Zweifel: Die Sonne war eine gute Macht, ohne die auf der Erde kein Leben existieren würde. Sie sorgte mit ihrer Strahlung dafür, dass sich die Gene ständig veränderten und unterschiedlichste Lebensformen entstanden. Sie erhielt dieses Leben, wärmte es und fütterte es mit der notwendigen Energie, die die Photosynthese nun mal braucht. Sie formte die Atmosphäre, erzeugte Wind und Regen, erodierte Oberflächen hier und lagerte dort etwas ab. In den Eiszeiten verwehte der Wind den feinen Löss, die Flüsse zermahlten Gesteine zu Sand und Geröllen und lagerten sie in ihren weit schweifenden Mäandern ab.
Doch diese Sande und Kiese blieben nicht immer in den Tälern. Durch Hebungen liegen sie in Rheinhessen oft auf den Hügeln, da wo auch der Wind pfeift. Sande und Kiese speichern dort das Wasser für die trockenen Sommer und bilden mit dem Löss und Kalk die Grundlage für die vorzüglichen Weine. Ja, es war eine gute Macht, die Rheinhessen gestaltete.

*

Doch mitunter waren auch böse Mächte am Werk, obwohl der Anlass dazu keinen Anlass gab. Es war das Jahr des Mauerfalls, 1989. Mehr noch: der Tag des Mauerfalls, der 9. November. Die Nacht, als Millionen in West-Berlin zur Mauer pilgerten, um die an den Grenzübergängen hereinströmenden Ostberliner unter den Augen der machtlosen Grenzer zu begrüßen. Als Banken um Mitternacht öffneten, um die Ankömmlinge mit dem Begrüßungsgeld, der legendären D-Mark, zu versorgen. Als Zehntausende auf dem einst unzugänglichen antiimperalistischen Schutzwall lagerten oder tanzten. Als die ersten Mauerspechte mit Hammer und Meißel den hässlichen Betonelementen an die Substanz gingen. Als die Politiker sich vor die Fernsehlinsen drängten und bedeutungsschwangere Äußerungen entbanden, ohne dabei abzunehmen.
Die Bilder waren überall, doch Berlin war nicht überall. Christoph wäre auch gern dabei gewesen, aber er war in seinem Stall. Mit seinem Liebling, der Stute „Stormy Wind“, einem ehemaligen Rennpferd. Sie war ausgemustert worden, nachdem sie mehrfach zunächst beim Start stehengeblieben und schließlich lustlos dem

Feld hinterhergetrabt war. Christoph hatte sie noch während des Studiums vor dem Abdecker gerettet und tatsächlich hatte sich der einst so nervöse Vollblüter zu einem verträglichen Reitpferd entwickelt. Das lag wahrscheinlich daran, dass Christoph behindert war und Tiere ein gutes Gespür für körperliche Unzulänglichkeiten haben. Seine Beine waren nach einem schweren Mopedunfall in der Schulzeit taub und er war seitdem auf den Rollstuhl angewiesen.
Er hatte das Defizit auszugleichen versucht, war zum Klassenbesten geworden, auch auf der Uni. War immer hilfsbereit gewesen und sie hatten es genutzt, die lieben Kommilitonen. Dennoch war da immer diese Mauer zu den „Normalos" gewesen; Einladungen zu Partys hatte er selten bekommen, eine Frau nie. Auch die eine, gar noch besonders hübsche, die ihm scheinbar zugetan war, hatte sich über ihn nur lustig gemacht. Als er es erkannte, war er bitter geworden, hatte es satt gehabt, immer nur der nützliche Idiot zu sein. Er hatte zu fordern begonnen, aber es war zu spät gewesen; sie brauchten ihn nicht mehr und hatten ihn ausgelacht. Auch sie. Er sann auf Rache, immer, wenn er auf der Fahrt zu seiner „Windy" Zeit zum Nachdenken hatte, auf der breiten, geraden A63 mit ihren sanften Steigungen und Gefällstrecken. Die jeweils dreißig Kilometer zwischen Mainz und Alzey und zurück fuhr er inzwischen täglich. Sein Pferd war sein Fluchtpunkt geworden, eine Oase der Ruhe und des gegenseitigen Vertrauens.
Er verließ das Auto, zog sich in den Rollstuhl, den er mit einem sinnreichen System aus dem Auto-Kofferraum nach vorn neben die Fahrertür schwenkte, rollte in den Stall und zog das hölzerne Tor hinter sich zu. Es war wie immer, scheinbar. Doch etwas stimmte heute nicht, in dieser recht warmen Novembernacht.
Die Stute war unruhig, als Christoph sich aus dem Rollstuhl stemmte und an der Box hochzog. Er hasste seine Behinderung und hatte sie mit seinem Erfindungsreichtum soweit wie möglich zu mildern versucht. Eine selbst entwickelte Konstruktion mit Seilen und Griffen erlaubte es ihm, den speziellen Sattel zu montieren und schnell sein Pferd zu besteigen. Es war ein eingespieltes Ritual für beide, doch heute scheute Windy.
Unruhig bewegte sie sich in der Box, blähte ihre Nüstern und schnaubte. Sie warf ihren Kopf hin und her und rollte die Augen.
„Ruhig, ruhig, was hast du?"

Christoph wusste nicht, was los war, und schaute sich um. Der Stall sah im trüben Licht der 40-Watt-Glühbirnen aus wie immer. Sie wurden von einer Leitung gespeist, die über mehr als hundert Meter durch den Wald zum Stromanschluss der Katzmühl mit ihren längst verrenteten Besitzern lief.
Etwas stieg in seine Nase, ein stechender Geruch. Es brannte! Doch wo? Das Pferd wurde immer unruhiger, schlug aus und drängte zitternd gegen die Boxenwände, brach nach vorn durch und warf Christoph auf den Boden. Er fiel mit dem Kopf voran ins Heu, konnte sich mit seinen starken Armen abfangen und drehte sich seitlich zum Tor. Da sah er es.
Flammen leckten unten am Holztor und breiteten sich im aufziehenden Wind mit unerhörter Schnelligkeit zur Seite aus, ein schwerer Schlag prallte gegen das Tor. Stormy Wind rannte panisch hin und her, schnaubte, wieherte und stieg auf, seine angespannten Muskeln traten unter dem braunen Fell hervor, die schweren Hufe trafen den Rollstuhl, warfen ihn um und donnerten nur Zentimeter an Christophs Kopf vorbei. Der Qualm kroch über den Boden und brachte Christoph zum Husten. Er zog sich an der Box hoch und versuchte, seinen Rollstuhl wieder aufzustellen, aber der kippte gleich wieder um, sein Rahmen war völlig verzogen.
Die Flammen loderten höher und immer panischer rannte Stormy Wind hin und her, prallte gegen die Seitenwände des Schuppens und auch gegen das Tor, das aber nicht aufsprang, obwohl Christoph es nur angelehnt hatte, als er gekommen war. Schon waren die Flammen am Dach angelangt. Christoph robbte sich mit unbändigem Lebenswillen zur letzten noch nicht brennenden Außenwand, kratzte verzweifelt das Stroh und die Erde zur Seite, wollte sich durchdrängen, doch da traf ihn ein Huf von Stormy Wind und er verlor die Besinnung. Das panische Pferd durchbrach kurz danach die Seitenwand und galoppierte mit Brandwunden in die Nacht.
In den Freudenfeuerwerken der Wiedervereinigung ging der Brand des Schuppens unter und erst am nächsten Morgen fand man die völlig verschreckte Stute nahe der Autobahn Alzey-Mainz. Man brauchte Stunden und viel Einfühlungsvermögen, bis man sie endlich einfangen konnte. Im völlig abgebrannten Schuppen fand man die Leiche von Christoph Schmitz. Auch sein Auto, das er dicht vor dem Schuppen geparkt hatte, hatte Feuer gefangen und war völlig

ausgebrannt. Im Schutt lag sein Rollstuhl, verformt von der Hitze und auch dem Tritt des Pferdes. Alles deutete auf einen tragischen Unfall hin.

Die Brandreste moderten noch eine ganze Weile vor sich hin. Da der Schuppen völlig ausgebrannt war, blieben kaum verwertbare Spuren für die Polizei übrig. Der deformierte Rollstuhl deutete auf einen Unfall mit dem Pferd. Überzüchtete Rennpferde gelten schließlich als ausgesprochen nervös, vor allem, wenn Feuer ins Spiel kommt. Direkt neben dem Schuppen fand man abgebrannte Feuerwerksraketen und so ging man von einer Verkettung unglücklicher Umstände aus und schloss den Fall.

Schon kurz nach dem Tod ihres geliebten Christoph befestigten seine schon betagten Eltern seinen alten Teddybär an dem Baum neben dem Stall. Es war ein großer, brauner Teddy mit großen braunen Augen, die sehr traurig schauten. Sie setzten ihn in den Kunststoff-Kinderstuhl, der noch auf dem Speicher gestanden hatte und sie zogen ihm das alte gelbe Regencape an, in dem Christoph vor seinem Unfall als Kind Fahrrad gefahren war. So war der Bär recht gut gegen die Witterung geschützt.

Während der ersten Monate fand man jede Woche frische Blumen dort, doch schon ein Jahr später starben Christophs Eltern. Der Tod ihres einzigen Sohnes hatte sie sehr mitgenommen. Die Blumen verwelkten und auch der Teddy war eines Tages nicht mehr da.

*

Fast zwanzig Jahre später, im Frühjahr 2009, hatte sich die Gegend sehr gewandelt. Große Windkraftanlagen drehten sich auf der Hochebene bei Erbes-Büdesheim und es kamen immer noch neue hinzu. Die alten Besitzer der Katzmühl waren längst gestorben und nun gab es einen neuen Eigentümer. Die letzten Reste des abgebrannten Schuppens verschwanden, als dieser an der Stelle ein hölzernes Windrad zur Stromerzeugung errichtete. Es entstand ausschließlich in Handarbeit und so dauerte es eine ganze Weile, bis es fertig war. Es war indes kein Problem, die erzeugte Energie zur Katzmühl zu leiten, denn das Kabel durch den Wald lag immer noch und einer Stromleitung ist es naturgegeben egal, in welcher Richtung der Strom darin fließt.

Doch es gab keine Ruhe. Eines Nachts waren hier, ganz in der Nähe des Teufelsrutsches, wieder böse Mächte am Werk, in Dunkelheit, in Wind und Kälte. Als niemand sonst dabei war.
Die Tat selbst geschah fast lautlos, sieht man von einem rhythmischen, schnellen Knarren, Quietschen und Knacken ab. Das aber wurde leicht von den Bäumen im nicht weit entfernten Wald übertönt, die sich im aufziehenden Sturm bogen, ächzten und stöhnten. Zwar dauerte die Tat eine ganze Weile, aber um diese Zeit und bei diesem kalten Wetter war die Gegend praktisch menschenleer. Kein Bauer schaute vorbei und auch kein Spaziergänger, Jogger oder - was zweifellos das Beste gewesen wäre - Polizist. Nur der Mörder schaute einige Stunden später nach dem Unrechten. Der Wind war erstorben, aber es war immer noch dunkel. Ungesehen schaffte er die Leiche weg. Das fiel ihm nicht schwer, denn der Tatort war auch bei schlechtem Wetter problemlos über einen betonierten Feldweg zu erreichen.

*

Ob der Mensch überhaupt eine Seele hat? Es gibt Wissenschaftler, die das eine, Religionen, die das andere sagen, Menschen mit Nahtod-Erfahrungen - und es gibt die Gerichtsmediziner. Ihr ständiger professioneller Umgang mit dem Tod prägt eigene Vorstellungen, die viel mit der Bewältigung psychischer Belastungen zu tun haben.
Bei Dr. Zweipfennig vom Gerichtsmedizinischen Institut der Universität Mainz lag mal wieder eine Leiche auf dem Seziertisch. Und es war eine, bei der auf den ersten Blick nichts zusammenpasste. Bei den meisten Fällen passt irgendwie alles zusammen und dann fällt es scheinbar leicht, zu einem Ergebnis zu kommen. Und gerade da sollte man besonders vorsichtig sein, denn auch Mörder sind nicht zwangsläufig dumm und können wissen, wie man falsche Spuren legt. Aber Forensiker vertrauen nicht auf den ersten Blick, schon allein, weil es ihrem Berufsethos widersprechen würde. Nein, sie suchen nach Auffälligkeiten. Dingen, die so klein sind, dass sie das große Rätsel lösen können, oder so groß, dass sie die Lösung verdecken, die sich im Kleinen verbirgt. In jedem Fall verriet eine Leiche so unendlich viel mehr, als ein Mörder sich vorstellen mochte. Aber

bei dieser passte halt scheinbar nichts zusammen und so stand erst einmal das Sammeln aller verfügbaren Informationen an; die Interpretation musste warten.
„Leiche, männlich, 46 Jahre, nach Kripobericht identifiziert als ...“
War es eigentlich wichtig, wie der Tote hieß? Er war doch nicht mehr, aber der Ordnung halber musste es wohl sein.
„Klaus Steinfurth. Besondere Auffälligkeiten: Arme und Beine leicht gespreizt und gestreckt.“
Für einen Sekundenbruchteil blitzte das Wort „Kreuzigung“ in seinen Gedanken auf. Wer würde so etwas heute machen? Diese Frage konnte er nicht beantworten, aber das Wie schien einfach:
„Druckmarken über die Brust und unter den Armen. Dem Muster nach wahrscheinlich ein relativ dünnes Seil. Dazu Druckmarken an Hand- und Fußgelenken, daran ein paar Lederfasern. Opfer wurde wahrscheinlich mit Lederriemen festgebunden.“
Fixiert, der Mann war noch lebend fixiert worden und bis zum Einsetzen der Leichenstarre fixiert geblieben, das verrieten die Leichenflecken und die Körperhaltung. Und worauf?
„Rautenförmige Muster auf dem Rücken, Seitenlänge 15 Zentimeter.“
Das Muster konnte nicht von einem Flechtzaun stammen, denn dafür war die Druckverteilung zu gleichmäßig. Mehr fiel ihm im Moment nicht ein. Die nächste Aufgabe für die Kripo.
„Platzwunde am Hinterkopf, verkrustet.“
Steinfurth hatte vor seinem Tod einen Schlag mit einem dumpfen Gegenstand auf den Hinterkopf bekommen. Also war er entweder überrascht worden oder mit dem Täter so vertraut, dass er ihm in diesem Moment den Rücken zudrehte.
„Nicht tödlich.“
Dazu war die Wunde zu klein, der Schädelknochen nicht verletzt und auch keine Blutung auf der Innenseite. Sondern ganz im Gegenteil:
„Ungleichmäßige Blutverteilung im Körper, vom Kopf zu den Füßen stark zunehmend.“
Das nächste Rätsel: Die Leichenflecken nahmen vom Kopf nach unten zu, waren am Ende der Extremitäten sehr stark. Der Kopf dagegen war wachsbleich, eben von der verkrusteten Blutung abgesehen. Die musste also vor dem Tod entstanden sein, weil das Blut

nach dem Tod ja in andere Körperteile gepresst worden war – wie auch immer.
„Fixierung vor dem Tod wahrscheinlich mit dem Kopf nach oben. Erklärt aber nicht die ungleichmäßige Blutverteilung. Muss durch zusätzliche Maßnahmen hervorgerufen worden sein."
Ja, aber welche? Dass jemand nach dem Herzstillstand infolge des Todes das Blut von oben nach unten gestrichen hat? Kaum möglich, weil das Drücken zu entsprechenden Leichenflecken geführt hätte. Ein Sturz aus großer Höhe? Dann müssten Aufprall-Verletzungen vorliegen. Taten sie aber nicht.
Doch damit nicht genug: Das Gewebe war so schnell durchgefroren, dass man von Außentemperaturen unter minus 30 Grad Celsius nach dem Tod ausgehen musste - und auch von einer Art Trocknung. Eine gefriergetrocknete Leiche? Auch wenn es in den letzten Tagen weiterhin kalt geblieben war, die Temperatur hatte in der Nacht von Sonntag auf Montag - dem anzunehmenden Todeszeitpunkt - in exponierten Lagen zwischen Null und minus 10 Grad gelegen. Wie sollten da minus 30 Grad zustande kommen? War der Mann in einem Kühlraum ermordet worden?
Und dann sah er ihn, als er den Schädel öffnete: Den Tumor im Gehirn. Er war so groß, dass der Mann wohl nur noch wenige Wochen zu leben hatte. War es vielleicht doch eine ausgesprochen merkwürdige Art des Selbstmords, vielleicht mit Nachhilfe?
Die Leiche warf so viele Fragen auf, dass sich Zweipfennig keinen Reim darauf machen konnte. Das tote Gewebe war zwar ausgesprochen geschwätzig, aber in einer Sprache, die er nicht kannte.
Die Seele aber, da waren sich Zweipfennig und seine Kollegen einig, die war längst in guten Händen. Was nichts daran änderte, dass man dem Mörder nachspüren und die Hintergründe aufklären musste. Dafür gab es die Kripo, in Mainz insbesondere Hauptkommissar Herbert Wülfing, dem der Fund der Leiche am Vortag gemeldet worden war. Unpassenderweise in einer Woche, in der eine Wasserleiche nach der anderen bereits den Rhein heruntergeschwommen war, wie der Rechtsmediziner wusste, über dessen Tisch auch diese gewandert waren. Doch die waren wohl ausnahmslos Unfällen zum Opfer gefallen, diese aber war auf unerfindliche Weise „gefriergetrocknet" worden. Auf Wülfing jedenfalls wartete eine ganze Menge Arbeit.

*

Haben Kaffeemaschinen eine Seele? Aber nein, das war auch Herbert Wülfing klar - und doch ...
Mit wachsendem Misstrauen betrachtete er die chromglänzende Oberfläche des Brühmonsters in seinem Büro, die völlig unbeeindruckt sein Spiegelbild wiedergab. Verzerrt wiedergab, denn ein solch in die Breite gehendes Gesicht hatte er nun wirklich nicht und solch einen Tonnenbauch natürlich auch nicht. Auch wenn die Kollegen öfter mal wohlwollend feixten.
Entschlossen zog er seine Cordhose hoch, die immer wieder unter den Bauchansatz rutschte, und drückte den Einschalter. Die Innereien gluckerten, knatterten, summten und schließlich spuckte der Rüssel Dampf.
Dampf, schon wieder! Aber nichts Genießbares, wieder nicht, und zum Teetrinker wollte der Hauptkommissar partout nicht werden. Wegen einer solchen Mistmaschine schon gar nicht. Vor einer Woche war der Servicetechniker da gewesen und da hatte das dumme Ding einfach so funktioniert, sogar bis vorgestern. Jetzt aber eben nicht mehr. Der Hauptkommissar schüttelte den Kopf. Er wartete auf einen lästernden Kommentar von der anderen Tischseite, aber der kam nicht. Denn sein Kollege, Oberkommissar Hajo Hessinger, war nicht da. Das war kein Zufall, sondern Absicht: Da Hauptkommissar-Stellen bei der Kripo dünn gesät sind, hatte er sich beim LKA beworben und war - natürlich - genommen worden. Nun musste Herbert also auf seine alten Tage ohne die gewohnt frechen Kommentare seines Ex-Kollegen auskommen.
Der saß nun zwar nur ein paar Türen weiter, im selben Gebäude, aber halt doch in einer anderen Behörde. Als „Ersatz“ sollte eine junge Frau vom BKA in Wiesbaden kommen, die ihr Länderpolizei-Praktikum bei der Mainzer Kripo machen wollte. Passenderweise ab Rosenmontag - welch ein Unsinn in einer Stadt, die schon voll im Griff der Narren war!
Gestern wackelte der Dom, heute drohte der nächste Sturm dieses nicht enden wollenden Winters und morgen war Weiberfassenacht. Und dann war für die Kommunalwahlen im Juni ein politischer Erdrutsch prognostiziert, wenn auch nicht so stark wie in Hessen.

Und als ob das noch nicht genug wäre, hatte sich Wülfings Elvira nach der Damensitzung des Gonsenheimer Carnevals-Vereins den Fuß vertreten und er musste nun selbst die Familieneinkäufe erledigen.
Dazu kam dieser eklige Fall auf seinem Schreibtisch. Die Akte Steinfurth war jetzt um Zweipfennigs Obduktionsbericht angewachsen, was sie nicht sympathischer machte. Steinfurth war an einem Hirnschlag gestorben, was auch im täglichen Leben vorkommen kann, aber die Umstände zeigten eindeutig, dass er einem Verbrechen zum Opfer gefallen war. Und die Umstände waren so merkwürdig, dass Wülfing sich überhaupt noch keinen Reim darauf machen konnte.
Da waren zunächst die Fesselungsspuren, auch wenn sie für den Tod nicht ursächlich waren, ebensowenig wie der Schlag auf den Kopf, der wohl zu einer Ohnmacht geführt hatte. Das Opfer wurde wohl erst danach in der Position gefesselt, in der es schließlich starb. Nein, es war keine äußere Gewalteinwirkung, die zum Tode führte, sondern ein Hirnschlag!
Wie sollte man bewusst einen Hirnschlag herbeiführten? Als Stressfolge? Der Forensiker hatte keine Anzeichen dafür gefunden. Außerdem erklärte ein Hirnschlag nicht die ungewöhnliche Blutverteilung in der Leiche - das nächste Rätsel. Und wozu sollte dann die Fesselung dienen? Doch ein Ritual?
Als ob das nicht genug wäre, schien die Leiche auch noch so etwas wie gefriergetrocknet worden zu sein! Einen solchen Unsinn konnte er sich nun überhaupt nicht vorstellen, schon rein technisch nicht. Zwar hatte die Firma Nestlé in Mainz bereits 1965 das Verfahren der Gefriertrocknung von Kaffee entwickelt, aber das war nun eine ausgesprochen köstliche Erfindung gewesen. Das hier war dagegen reichlich unappetitlich.
Ebenfalls wenig aufmunternd: Unter den Fingernägeln war fremde DNA gefunden worden. Das sprach für einen möglichen Kampf vor dem Tod, wozu ja auch der Schlag auf den Hinterkopf passen würde. Aber auch hier entsprach nichts dem normalen Muster, denn es waren keine Hautschuppen, wie man erwarten sollte, sondern Reste von Körperflüssigkeiten. Ein Abgleich mit der Datenbank hatte nichts ergeben.
Das Ungewöhnlichste aber war die fast an eine Kreuzigung erin-

nernde Anordnung der Arme und Beine. Wollte da jemand eine Spur zu Satanisten legen oder sollte es ein warnendes Beispiel sein? Denn es war schlicht und ergreifend sehr unpraktisch, jemanden mit gespreizten Armen und Beinen zu transportieren. Wenn also der Mörder die Leiche kurz nach dem Tod transportiert hatte, hätte die Leichenstarre noch nicht eingesetzt und die unnatürliche Position der Extremitäten hätte sich sicher geändert. Hatte er aber nicht. Also war die Leiche bis zur Leichenstarre fixiert gewesen. Das aber waren mindestens zwei Stunden, bei niedrigen Temperaturen auch mehr. Beim Transport hatte sich die Leichenstarre aber noch nicht gelöst. Warum war der Mörder ein solches Risiko eingegangen? Bei einem Menschen, der ohnehin nur noch ein paar Wochen zu leben hatte? Rätsel über Rätsel, Wülfing schüttelte resigniert den Kopf.

Vorgestern waren sie mit allen Mannen ausgeschwärmt, hatten den Fundort der Leiche unter die Lupe genommen. Sie lag fast vor der Behördentür, auf der Ingelheimer Aue. Noch genauer: am Rand der noch im Bau befindlichen Auffahrt zur neuen Brücke über das Hafenbecken. Der Kopf mit den ausgestreckten Armen hatte auf einer der schwarzen Abdeckplanen gelegen, die den frisch gegossenen Beton beim Abbinden vor zu viel Nässe und Kälte in diesem nicht enden wollenden Winter schützten. Die Füße hatten über die Betonkante hinaus ins Freie geragt. Das war unweit des Standortes des geplanten Kohleheizkraftwerks. Zufall oder nicht - auch dieser Frage mussten sie nachgehen.

Das Gelände war nachts zwar nicht unbelebt, aber die Montagearbeiter verbrachten ihren Feierabend lieber vor dem Fernseher in ihren Wohncontainern, als auf der Baustelle herumzustapfen. Die WEPA-Papierfabrik, ehemals Hakle, die rund um die Uhr Hygienepapiere aus Altpapier erzeugte, war zu weit weg vom Fundort, als dass man von dort aus einen Unbefugten in der Nacht gesehen hätte oder auch, wie die Leiche dorthin gekommen war. Die Brückenauffahrt war zwar noch nicht fertig, aber bequem von der alten Anfahrt Gassnerallee her mit dem Auto an der Wepa und dem Gasturbinen-Kraftwerk vorbei zu erreichen. Nach der Befragung der Bauarbeiter musste es zwischen 22 Uhr und 5 Uhr morgens geschehen sein, denn der Bauleiter hatte sie am frühen Dienstag Morgen gefunden und Montag Abend hatte sie definitiv noch nicht da gelegen. Nach

Zweipfennigs Bericht aber war der Todeszeitpunkt auf Sonntag zu legen, genauer auf die Nacht zum Montag.
Noch genauer ging es nicht, weil die merkwürdigen äußeren Bedingungen, speziell die Trocknung, eine präzisere Aussage unmöglich machten. Das erweiterte den Kreis der Verdächtigen und die damit verbundene Arbeit natürlich enorm und minderte gleichzeitig die Erfolgsaussichten für die Kripo. Keine Chance? Doch! Soviel Selbstbewusstsein hatte Wülfing schon.
Er schüttelte den Kopf und schaute auf die Fledermaus, die über seinem Monitor von der Decke herab hing. Es war eines dieser fast echt aussehenden Plastiktiere aus chinesischer Produktion. Zwei Federn trugen die Flügel, so dass sie sich bewegten, wenn man das Spielzeug von unten anstieß oder ein Windstoß durchs Fenster hereinkam. Es war das Geschenk von der Lebensgefährtin eines Intensivtäters, als er diesen - wieder einmal - dingfest gemacht hatte. Sie hatte ihm die Fledermaus mit einem Begleitschreiben geschickt. Darin stand, dass die Fledermaus ein Tier sei, das völlig blind im Dunkeln seine Opfer greife. Das ließ nun mal zwei durchaus gegensätzliche Interpretationen zu. Er jedenfalls fasste das Geschenk als Kompliment für seine Arbeit auf.

*

„Langsam, langsam!"
Die groß gewachsene Frau in der grüngelb leuchtenden, wetterfesten Warnweste versuchte mit wild fuchtelnden Armen anzudeuten, dass der Fahrer seinen riesigen roten Auslegerkran langsamer bewegen sollte, doch der wusste mit seinem Arbeitsgefährt sehr routiniert und zielstrebig umzugehen und übersah die Auftraggeberin mit einem freundlichen Lächeln. Eine Stunde später waren Ausgleichsgewichte, Ausleger und Ausleger-Verlängerungen auf einer stattlichen Wagenkolonne verstaut, die sich in der Dämmerung auf den Weg zurück nach Mainz-Mombach machte. Der mächtige 8-Achsen-Teleskop-Autokran selbst fuhr als Vorletzter aus dem Wirtschaftsweg auf die L408 und wurde nach hinten von einem VW-Transporter in den roten Firmenfarben abgesichert. In den nächsten Tagen sollte der Kran auf dem Westerberg bei Ingelheim aufgebaut werden, nur ein paar Meter vom Bismarckturm entfernt.

Nachdenklich sah Ina Eickhoff der Kolonne nach und richtete ihren Blick wieder auf die Windkraftanlage, die sich in der leichten Brise langsam drehte. Es war ein technischer Kontrollblick auf das abgeschlossene Projekt und es war doch mehr, denn die neue 2-Megawatt-Anlage, deren Rotorspitzen bis in 160 Meter Höhe reichten, faszinierte die Diplom-Ingenieurin geradezu. Es war ihre erste „große“ Anlage als Unternehmerin, nicht zu vergleichen mit den erheblich kleineren Savonius-Rotoren, die sie mit öffentlicher Förderung mehr zu Demonstrationszwecken auf der Ingelheimer Aue, auf dem Dach des Gas- und Dampf-Kraftwerks, installiert hatte. Dies hier war eine Anlage neuester Bauart, die in allen Funktionen ferngesteuert werden konnte, sogar über das Internet. Mit Stolz schaute sie auf die tonnenschweren Rotorblätter, die mit einer kompliziert zu kalkulierenden, aber leicht zu ahnenden Kraft auf einen unten stehenden Betrachter zuflogen und dann, in die Kreisbewegung gezwungen, wieder nach oben weghuschten.
Es war ein neuer, sehr erfolgversprechender Lebensabschnitt. Sie war stets schnell gewesen, hatte mit 23 ihr Biologie-Studium abgeschlossen und dann als Seiteneinsteigerin im BKA-Labor angefangen. Doch der rigide Dienst hatte ihr keine Freude gemacht und so hatte sie ihn nach kurzer Zeit gekündigt und ein Ingenieurstudium angeschlossen. Es war nicht immer leicht gewesen, doch sie hatte sich stets durchgesetzt.
Als sie mit ihrem pechschwarzen und üppig verchromten Audi Q7 als Letzte die Baustelle verließ, schaute sie zum gegenüberliegenden Waldrand hinüber und ein leicht spöttisches Lächeln überzog ihr Gesicht. Das dort laufende Windrad Marke Eigenbau konnte beim Ertrag bei weitem nicht mit den strömungsoptimierten Modellen der großen Hersteller mithalten, aber dafür hatte es andere Vorzüge.
Noch ganz andere Vorzüge hatte ihr nächstes Projekt am Ingelheimer Westerberg. Dort würde sie in ganz neue Dimensionen vorstoßen - technisch und finanziell. Noch nicht einmal die Savonius-Rotoren auf dem GuD, dem Gas- und Dampfkraftwerk auf der Ingelheimer Aue, hätte die unternehmungslustige Diplom-Ingenieurin so kurz nach ihrem Branchenwechsel realisieren können und schon gar nicht die Anlage bei Alzey, vom Westerberg mit seinen dreißig geplanten Windkraftanlagen ganz zu schweigen. Aber ihr

war - nicht ganz zufällig - ihr Studienkollege Ferdinand Kiesling zu Hilfe gekommen. Denn der umtriebige Sand- und Kiesunternehmer suchte stets nach neuen Geschäftsfeldern und natürlich war man sich da näher gekommen, obwohl sie ihn im Studium an der Fachhochschule Mainz noch zurückgewiesen hatte.
Er war einfach nicht ihr Typ gewesen mit der wallenden schulterlangen Mähne, die er meist zu einem Pferdeschwanz zusammengebunden trug. Schon damals hatte er vom Elternhaus genug Geld gehabt, stets einen neuen Sportwagen gefahren und alle Frauen bekommen, die er gewollt hatte. Bis auf Ina, die sich ihre Männer aussuchen konnte und - er war eben halt nicht ihr Typ gewesen.
Fast zwanzig Jahre waren seit dem Diplom vergangen. Die ehemaligen Studenten hatten sich in alle Himmelsrichtungen verstreut und den meisten war es gut gegangen, einigen in Nordafrika und im Nahen Osten sogar sehr gut. Andere waren irgendwann in die Öko-Schiene gewechselt, einer war ganz ausgestiegen, kurz vor dem Diplom, was Ina ausgesprochen dumm fand. Insbesondere, weil sie ihn haben und mit ihm ihr Leben aufbauen wollte. Aber er hatte sich ein paar Monate mit ihr vergnügt und als es dann aufs Diplom zuging, war er einfach auf unbestimmte Zeit nach Afrika gegangen, in den Senegal. Sie hatte die Standard-Laufbahn gewählt, mehrfach den Arbeitgeber gewechselt und war stets die Karriereleiter hochgefallen. Zuletzt war sie in England gewesen, dessen Wirtschaft unter Premier Blair einen ziemlichen Aufschwung genommen hatte. In dieser Zeit hatte sie sich einige teure Hobbys zugelegt wie alte englische Sportwagen und auch sonst so einiges.
Dann gab es die Weltwirtschaftskrise, nicht über Nacht, aber doch überraschend für alle, deren Erwartungshorizont weniger aus Erfahrung als aus gewachsener Arroganz immer nur nach oben zeigte. Es hatte viele getroffen und auch ihr Arbeitgeber, ein weltweit tätiges Stahlbau-Unternehmen, war pleite gegangen. Der Insolvenz-Verwalter, wie üblich ein Rechtsanwalt, hatte sich aus der Insolvenzmasse die eigenen Taschen gefüllt, indem er den ehemaligen Firmeninhaber mit millionenschweren, sinnlosen und absehbar fruchtlosen Prozessen überzog. Wie üblich hatte er die insolvente Firma in diesem Verfahren selbst vertreten und damit die fürstlichen Anwaltshonorare auch selbst kassiert. So war - wie üblich - die Insolvenzmasse in kurzer Zeit ganz zwanglos und völlig legal

in die Taschen des Insolvenzverwalters geflossen.
Der Firmeninhaber hatte sich lange vorher saturiert, das liquide Kapital aus der Firma herausgezogen und bei seiner Frau geparkt. Die Letzten beißen die Hunde und so hatten die Gläubiger in die Röhre geguckt und die Angestellten auf der Straße gestanden. So wie sie, Ina. Sie hatte dringend nach einem Job gesucht, mit fünfundvierzig kein leichtes Unterfangen. Sie hatte beschlossen, aus England nach Deutschland zurückzukehren. Es war ein ganzer Container geworden mit tausend Dingen, die frau halt so hat, von exklusiven, ausgesprochen raumgreifenden Designer-Möbeln bis zu ihrem grünen Cabrio. Den passenden Platz für ihre Gerätschaften hatte sie im Mainzer Layenhof entdeckt.
Noch von der Insel aus hatte sie über das Internet einige alte Studienkollegen gefunden, die wiederum Kontakt zu anderen hatten, und schließlich hatten sich die meisten Diplom-Ingenieurinnen und Diplom-Ingenieure (FH) des Jahrgangs 1989 nach fast zwanzig Jahren wiedergesehen. Darunter war auch Ferdinand Kiesling, der seine vom Vater geerbte Hausmacht ausgebaut und seinen Schotter mit Kies und Bauschutt weiter vermehrt hatte. Das machte man so in Rheinhessen, während an der Nahe Kies mit Schotter und Splitt gemacht wurde.
Ferdinand trug die Haare immer noch zum Pferdeschwanz zusammengebunden, wenn auch die Stirn stark nach oben gerutscht war. Er hatte immer noch Mundgeruch. Und er war immer noch an Ina interessiert. Die Verhältnisse hatten sich verschoben, nach all den Jahren. Sie wusste es und er wusste, dass sie wusste, dass er es wusste. Mit der Lebenserfahrung, die den Kompromiss lehrt, hatte sie zugestimmt.
Der Mundgeruch - als sie ihn darauf angesprochen hatte, hatte er gelacht. Ja, wen störte das schon! Und wenn, was störte es ihn? Er war der Boss, er hatte das Geld und alle anderen wollten ja wohl etwas von ihm, oder?
Mehr als ein halbes Jahr war sie mit Kiesling zusammen gewesen, hatte seinen rastlosen Tatendrang ausgehalten, der früh am Morgen begann, wenn er die leeren LKWs mit ihren ratternden Ladeflächen auf ihre Tagestouren schickte. Gemeinsam hatten sie die „Kies & Wind GmbH & Co. KG“ gegründet, als deren Geschäftsführerin sie fungierte. Gemeinsam hatten sie die Anlage in Erbes-Büdesheim

umgesetzt, gemeinsam den Westerberg-Windpark geplant.
Dass sich der Porschefahrer inzwischen eine andere gesucht hatte und sie mit einem Monster-SUV „abfand“, fand sie gar nicht so schlecht. Immerhin blieb er ihr in der Kies & Wind als stiller Gesellschafter und Geldgeber erhalten. Ob sie das langfristig gut finden sollte, wusste sie noch nicht. Kurzfristig aber war Ferdis Netz in die Politik, insbesondere zu den zuständigen Landesbehörden, auf jeden Fall äußerst nützlich.

*

„Hmmh, wo ist er denn?“
Das Ohr des Pförtners verschmolz förmlich mit dem Telefonhörer, während seine Augen mit der Besucherin verschmolzen, die da Punkt sieben vor der Pforte auf Einlass wartete. Eine junge Frau wollte zu „Herrn Hauptkommissar Wülfing“ - und was für eine hübsche! Etwa einssiebzig, blonde Haare mit leicht gefranstem Pony, ein schön geschnittenes, schmales Gesicht, der Rest in einer farbenfrohen Outdoor-Jacke, bequemen Jeans und Sportschuhen verpackt. Dazu ein Rucksack, offensichtlich gut gefüllt. Nach ihrem Personalausweis eine Marie Roscher.
„Hier Wülfing!“ Nach dem fünften Freizeichen ertönte die Stimme des Hauptkommissars im Hörer. Sie war im Polizeipräsidium überdurchschnittlich bekannt, die Laune schien derzeit allerdings eher unterdurchschnittlich. Was auch bekannt war.
„Herbert, da ist jemand für dich. Eine Frau Roscher von ...“
Ein fragender Blick durch das Panzerglas.
„... Praktikantin vom BKA Wiesbaden!“
Ihre Stimme hatte einen fröhlichen, schwäbelnden Tonfall. Der Pförtner sprach noch kurz mit Wülfing und öffnete dann die Eingangstür.
„Bitte warten Sie einen Moment, er kommt gleich. Wenn Sie möchten, nehmen Sie einfach den „Mainzer“ mit, die Tageszeitungen hat er schon im Büro.“
Sie musste nicht lange warten, bis Wülfing sie mit einem festen Händedruck begrüßte. Einem aufmerksamen Beobachter wäre sicher nicht entgangen, dass die junge Praktikantin und der längst ergraute Hauptkommissar sofort wie vertraut miteinander umgingen.

Maries unbekümmerter Dialekt zog auch Wülfing sofort in seinen Bann.
Zwanglos machte sie sich im Büro auf Hajos ehemaligem Arbeitsplatz breit, schob das eine hierhin und das andere dahin und ließ ihre Augen mit prüfendem Blick über die Poster an den Wänden wandern. Mit einem „You can say you to me, Herbert“, serviert in schwäbischem Tonfall und garniert mit einem bezaubernden Lächeln, hatte sie ihn kurzerhand „eingemeindet“. Ob die Neue - so gewinnend sie auch war - schnell genug in den Fall hineinkam, um ihn unterstützen zu können? Wülfing instruierte sie in groben Zügen über den „Kreuzigungs“-Fall.
„Ein Nachtmensch, unser Mörder. Tötet bei Nacht, lagert die Leiche bei Tag, schafft sie weg und legt sie bei Nacht wieder ab. Vor unsere Haustür.“
Wülfing machte eine bedeutungsvolle Pause und wartete auf ihre Antwort. Die kam schnell.
„Vielleicht sollte die Leiche möglichst rasch gefunden werden. Oder der Platz hat symbolische Bedeutung und deshalb waren andere Überlegungen untergeordnet.“
„Wegen des geplanten Kohlekraftwerks, meinst du. Hmmh. Vielleicht ist es dem Mörder auch einfach egal, wann sie gefunden wird. Und außerdem ist der Platz bequem per Auto zu erreichen. Klappe auf, Leiche raus, Klappe zu. Und weg. Keine verwertbaren Reifenspuren, denn alle Zufahrten sind geschottert. In den Schlaglöchern bei der Wepa sind auch keine verwertbaren Spuren, weil bei denen das Geschäft brummt und Tag und Nacht ein reger Fahrzeugverkehr herrscht. Nein – unser Leichentransporteur kennt sich in Organisation aus. Alles genau geplant und ausgeführt.“
„Hmmh - wenn wir davon ausgehen ...“
„ ... dann sollte der Mörder ein größeres Auto haben, denn die Haltung der Leiche ist ja nun ausgesprochen sperrig und sicher gewollt. Fühlt sich so sicher, dass er sogar Ausweis und Geldbörse noch in den Taschen des Toten lässt, was unsere Arbeit erheblich erleichtert. Eine Scheckkarte war nicht dabei.“
„Wieso Scheckkarte?“
„Weil das die meisten Leute dabei haben, um sich an Geldautomaten zu versorgen. Außerdem war ein Kontoauszug im Portemonnaie. Vielleicht war es doch ein Raubmord? Aber wir haben sein Konto

schon geprüft und sperren lassen. Es fehlte scheinbar nichts.“
„Aber seine Visitenkarte hat der Mörder vergessen, vermute ich mal?“
„Haha. Hast du Vorschläge?“
„Außer dem Standard-Prozedere? Nein.“
So verbrachten sie den restlichen Tag am Telefon. Es war ja nicht so, dass sie Probleme mit der Identifizierung des Opfers oder einem fehlenden Umfeld hatten. Auch wenn dessen Eltern schon gestorben waren und er keine Geschwister hatte: Man konnte bestimmt nicht sagen, dass er keine Kontakte gehabt hätte.
Ganz im Gegenteil: Die Durchsuchung seiner winzigen Wohnung in der Boppstraße brachte Wülfing und Marie zunächst mit einem schlecht gelaunten Vermieter zusammen, der über nicht pünktlich gezahlte Miete klagte, bevor er ihnen die Dachgeschosswohnung aufschloss. Diese brachte die Erkenntnis, dass Steinfurth Mitglied in einer Vielzahl „grüner und alternativer“ Organisationen gewesen war und auch die Liste gegen das Mainzer Kohlekraftwerk unterschrieben hatte. Sogar mehr als das: Er war auch bei jeder Gelegenheit als freier Journalist unterwegs, musste also schneller sein als die angestellten Journalisten, um seine Berichte verkaufen zu können. Wie Zeitungsausschnitte belegten, hatte er in jüngster Zeit mehrfach kritische Berichte über das geplante Kohlekraftwerk geschrieben, aber auch gegen das steuersubventionierte Millionengrab Photovoltaik. Selbst die Windkraft hatte er in unseren Breiten als unrentabel beschrieben. Wer aber glaubte, Steinfurth hätte alles schlecht gefunden, der irrte. Sein jüngster Bericht sollte laut Aussage der AZ ausführlich die Stromgewinnung aus Sonnenwärme, die sogenannte Thermovoltaik, behandeln und war für die Folgewoche eingeplant. Besonders erfreulich dabei: Das Mainzer Unternehmen Schott Solar war der weltweit wichtigste Lieferant für die Kernkomponenten solcher Systeme.
Diese Gemengelage deutete in eine Richtung, die Wülfing auf den Magen schlug. Eine Vermutung wäre in diesem Fall, dass sich die Kraftwerkslobby an einem ihrer Kritiker vergriffen hätte - direkt vor der eigenen Haustür. Das schien eher unwahrscheinlich, ausschließen aber durfte er es auch nicht.
In der Wohnung lag alles durcheinander. Gebrauchte und ungebrauchte Unterwäsche und andere Kleidungsstücke lagen auf dem

Boden oder hingen aus teilgeöffneten Schränken oder Schubladen. Papiere waren überall verstreut, auf dem Boden ebenso wie auf dem einzigen Tisch. War das eine Studentenbude oder hatte jemand etwas gesucht? Was? Und: Hatte er es gefunden? An Werten war fast alles da: Geldbörse, Handy. Fast, denn ein Computer fehlte. Ob es ein Raubmord gewesen war? Die Kollegen von der Spurensicherung fanden keine Blutspuren in der Wohnung.
„Ein freier Journalist ohne Computer ist ...“
„... schwer vorstellbar, Herbert. Außerdem ist hier ein DSL-Router, eine Fritzbox mit WLAN. Die hat er sicher nicht zum Telefonieren angeschafft.“
„Also ist der Computer gestohlen worden.“
„Wahrscheinlich ein Notebook, klein und transportabel. Die Zeitungen haben ja sicher seine E-Mail-Adressen. Dann schauen wir uns an, was noch auf seinen E-Mail-Konten liegt.“
Nach fast zwei Stunden kehrten sie wieder ins Kommissariat zurück. Während Marie die Zeitungen nach Steinfurths Berichten und E-Mail-Adressen abtelefonierte, studierte Herbert erneut den Obduktionsbericht, Punkt für Punkt. Zweifellos am auffälligsten war die Todeshaltung. Hatten sich da irgendwelche durchgeknallten Satanisten betätigt? Auch in diese Richtung musste man ermitteln. Wenn die Zeitungen von der merkwürdigen Haltung des Toten erfuhren, waren die nächsten Schlagzeilen absehbar.
Der optimale Mörder wäre also ein Kraftwerksmanager mit Hang zum Satanismus, einem ziemlich langen und recht breiten „Leichenwagen“, sowohl mit Kenntnissen in der Gefriertrocknung als auch anatomischen Kenntnissen, die bis zur gezielten Umverteilung von Blut im menschlichen Körper reichten. Kurzum: Den gab es nicht. Zumindest konnte sich das der Hauptkommissar nicht vorstellen. Er seufzte und schaute nachdenklich zu seiner neuen Kollegin, die unbekümmert Hajos Schreibtisch neu ordnete. Sie fühlte sich schnell zuhause, ganz offensichtlich.
Seine Gedanken schweiften ab, er musste sich konzentrieren. Zunächst die Frage, wer Klaus Steinfurth zuletzt lebend gesehen hatte. In den Telefonaten vom Vortag hatte er einige gefunden, die am Samstag der Vorwoche gesehen hatten, wie Steinfurth wegfuhr, aber nicht wiederkam. Doch da war es noch ein ganzer Tag bis zum Tod Sonntag Nacht - er musste zeitlich näher dran. Nun telefonier-

ten sie zu zweit die Telefonliste des Ermordeten durch und endlich hatten sie Glück!
Das Glück, wenn man denn in diesem Geschäft überhaupt von Glück sprechen kann, hieß Ina, genauer Ina Eickhoff, wohnhaft in Mainz-Finthen, unweit des ZDF. Ingenieurin. Ihr Name war auf Steinfurths Handy gespeichert gewesen, der vorletzte. Sie klang gehetzt, hatte keine Zeit, im Hintergrund Stimmengewirr. Doch sie konnte etwas sagen: Steinfurth hatte sie am Samstag Abend angerufen, um ihr zu sagen, dass er zu Alfons fahren würde, Alfons Ruppert. Ob das wichtig sei?
„Das ist nur eine Routinefrage, nichts Aufregendes“, beschied sie Wülfing und stellte sein Telefon auf Lautsprechen, so dass Marie mithören konnte. „Sie haben offenkundig wenig Zeit, sollen wir Sie später noch mal anrufen?“
„Nein, fragen Sie, aber wenn es schnell ginge … ich bin hier bis spät abends auf einer Baustelle.“
„Wir bemühen uns. Sie kennen Herrn Steinfurth ...“
„ … wir sind bekannt. Er hatte mal in Sachen Windkraft bei mir recherchiert. Was ist mit ihm?“
„Das können wir Ihnen im Moment noch nicht sagen. Was wissen Sie von Herrn Ruppert?“
„Ein ziemlich merkwürdiger Vogel, ein Alternativer, wohnt in einer Mühle, die er mal billig gekauft hat und nach und nach herrichtet. Ein unendliches Projekt. Sagte Klaus. Klaus Steinfurth.“
„Und wo ist die Mühle von diesem Herrn Ruppert? Haben Sie vielleicht eine Telefonnummer?“
„In Wendelsheim bei Alzey, mit einer Sirene auf dem Dach. Der hat kein Telefon.“
Im Hintergrund wurde es wieder lauter, eine große Maschine war gestartet worden und wurde mit kräftigen Gasstößen auf Touren gehalten.
„Ich muss jetzt Schluss machen“, rief Ina Eickhoff.
„Danke“, rief Wülfing zurück.
Nun, sie waren näher dran. Jetzt hatten sie eine Adresse, wo der Ermordete kurz vor seinem Tod hingefahren war. Ging es noch näher dran? Gab es heute noch Menschen ohne Telefon? Eine Nummer aus der auf dem Handy gespeicherten Liste hatten sie noch nicht angerufen. Ein Kiesling. Wülfing schaltete das Mithören ein.

„Kiesling."
Die Stimme klang so mürrisch, als hätte der Anruf akute Zahnschmerzen ausgelöst. Marie verdrehte die Augen. Sie hat so schöne Augen, dachte Wülfing. Wenn er eine Tochter hätte, hätte sie solche Augen gehabt, sicher.
„Kripo Mainz, Hauptkommissar Wülfing. Haben Sie Zeit, ein paar Fragen zu beantworten?"
„Zeit habe ich keine, aber was wollen Sie denn wissen?"
„Kennen Sie einen Herrn Klaus Steinfurth?"
Ein kurzes Zögern, dann ein entschiedenes: „Nein, wieso?"
„Wir haben Ihre Telefonnummer bei seinen Unterlagen gefunden."
„Na und? Was habe ich damit zu tun? Bitte wenden Sie sich an meinen Anwalt Dreher, der ist dafür zuständig. Hier ist seine Nummer ..."
Marie notierte die Nummer und dann riefen sie den Anwalt an. Der verbat sich energisch, dass die Kripo so einfach ungefragt seinen Mandanten anrief, und kündigte an, sich darüber zu beschweren, wenn das noch einmal vorkommen sollte. Entsprechende Anfragen sollten schriftlich und ebenso wie Gesprächstermine ausschließlich über ihn abgestimmt werden.
„Ein ziemlicher Kotzbrocken", stellte Wülfing fest, nachdem er aufgelegt hatte.
„Anwälte sind halt so."
„An den dachte ich gerade gar nicht. Das ist ein Angstbeißer, der hat Angst vor seinem Chef."
„Der klang so richtig unsympathisch."
„Ja, eine harte Nuss? Oder hat der was zu verbergen? Weshalb sollte jemand seine Nummer eingespeichert haben, den er überhaupt nicht kennt?"
„Als Unternehmer hat der mit vielen Leuten zu tun. Die kann er nicht alle kennen."
„Ja, aber das müssen wir trotzdem überprüfen. Wir schicken denen mal ein Fax mit unseren Fragen und vielleicht gibt es ja doch eine Verbindung zwischen dem toten Steinfurth und dem Kiesling."
Gesagt, getan. Fünf Minuten später tickerte das Fax an Rechtsanwalt Dreher raus und die Fledermaus schwankte ein wenig in der Luft, die der Gerätelüfter nach oben blies.
„Was ist eigentlich bei deiner Zeitungsrecherche rausgekommen,

Marie?“
„Die E-Mail-Adresse habe ich gleich bekommen. Übrigens hatte er wohl nach dem Kohlekraftwerk schon seit Monaten an einem Bericht über Altlasten in Rheinhessen gearbeitet, aber noch nichts geliefert. Vielleicht ist ja was darüber schon auf seinem E-Mail-Konto.“
„Dann nichts wie ran.“
„Ich habe dem Provider schon mitgeteilt, dass wir auf Steinfurths E-Mail-Konto zugreifen können müssen. Die wollen aber was vom Richter.“
„Einen E-Mail-Durchsuchungsbeschluss sozusagen. Das kann dauern!“
„Genau.“
„Also beginnen wir mal beim Naheliegendsten, denn immerhin wissen wir jetzt, dass der Ermordete am Samstag zu dieser Mühle gefahren ist. Was sagt Google Earth dazu?“
„Ich habe mir schon mal erlaubt, die Seite aufzurufen. Womit darf ich dienen? Bannmühle, Rübenmühle, Katzmühl, Hasselmühle, Klees Mühle, Weißensteiner Mühle. Die am besten erhaltene ist wohl die Geistermühle, ein wenig weiter, bei Flonheim.“
Nach der Internet-Recherche war im letzten Krieg die Katzmühl für Luftschutzzwecke mit einer handbetriebenen Sirene ausgestattet worden, da sie direkt am Berghang nicht so gut getroffen werden konnte. Ihr benachbart lag die Neumühle, die vor einigen Jahren als Klees Mühle ein sehr beliebtes Ausflugsziel war und als Besonderheit einen alten Quecksilberstollen aufzuweisen hatte. Weder beim Melderegister noch im Telefonbuch oder Internet war etwas über die Katzmühl oder ihren Besitzer zu finden. Damit war klar, dass als nächstes ein Besuch in Wendelsheim anstand.

*

Der schnellste Weg von Mainz nach Wendelsheim lief über die Abfahrt Erbes-Büdesheim der A63. Auf der Hochebene bei Heimersheim drehten sich die riesigen Rotoren der Windkraftanlagen träge in der leichten Brise, die über die diesigen, winterkahlen Felder strich. Es war kurz nach fünf und die Abenddämmerung zog aus dem Tal herauf, als sie die L408 hinunter nach Wendelsheim kurvten.

Klees Mühle war das „erste Haus am Platze", wenn man von Alzey her nach Wendelsheim kam, direkt links am Ortseingang, daneben die Katzmühl: ein Komplex mit drei alten Gebäuden und einem durch ein geschlossenes Tor abgetrennten Innenhof, auf dem allerlei Gerätschaften und ein rostiger weißer Kastenwagen standen. Auf dem Dach des Mühlengebäudes saß die große Sirene. Ein schwarzer, metallischer Hut auf einer dünnen schwarzen Stange, der über das düstere Anwesen wachte wie ein schwarzer Rabe, der von einer alten Mauer aus seine Umgebung kritisch beäugt, immer bereit, zuzustoßen.
Vor dem Tor wartete ein Sammelsurium alter Ackergeräte und Traktoren darauf, von der Dunkelheit verschluckt zu werden. So, als schämten sie sich ihres erbärmlichen Erhaltungszustands.
Nirgendwo brannte Licht. In die Begrenzungsmauer zum Ortseingang war eine kleine Pforte in die Bruchsteinmauer eingelassen, daneben eine an einem Metallstreifen schwingend aufgehängte kleine Glocke. Ihr Klang war rau und sie schepperte, als Herbert sie mit Vehemenz anstieß; der Schall brach sich an der dahinter befindlichen Felswand und kam gedämpft zurück. Sie warteten zwei Minuten, klingelten noch einmal, doch das ganze Anwesen schien in einer Art Dämmerschlaf zu sein. Noch nicht einmal ein Hofhund schlug an, man hörte nur ein leises, beständiges Rauschen, wahrscheinlich vom Wiesbach, der die Mühle einst angetrieben hatte.
Es war inzwischen fast dunkel geworden und die Straßenbeleuchtung in Wendelsheim schaltete sich automatisch ein. Wülfing und Roscher gingen noch einmal ganz um das alte Anwesen herum, fanden aber keinen weiteren Eingang zu den Gebäuden. An der Neumühle daneben war ein Stollen in den Berg getrieben, wahrscheinlich der Eingang zu dem alten Quecksilberstollen. Ein dunkles Loch, noch dunkler als die teilweise bemooste und nach oben nahtlos in einen dicht bewaldeten Steilhang übergehende Felswand. Der Stollen war nicht zugänglich; ein in der Wand verankerter Bauzaun versperrte den Zugang. Ganz ohne Ergebnis wollten die beiden von der Mainzer Kripo aber nicht zurück ins Büro.
Sie klingelten noch in der angrenzenden Erschließungsstraße mit ihren schmucken Neubauten, aber von den Neubürgern wusste niemand etwas Konkretes über die Katzmühl zu sagen. Auch die eingesessenen Bürger im Ortskern, nur wenig weiter, wussten nicht

viel. Die wechselvolle Geschichte der mehrere hundert Jahre alten Mühle am Wiesbach schien seit dem Kauf durch Alfons Ruppert im Rahmen einer Zwangsversteigerung wie abgeschnitten. Alle schilderten ihn als einen großern, kräftigen und korpulenten Menschen mit wucherndem schwarzen Bart, der lediglich den Mund als Öffnung für die Nahrungs- und Getränkezufuhr aussparte. Ständig würde er irgendetwas bauen, irgendwelche Dinge auf die Dächer montieren und sogar eine Art Windmühle habe er oben auf dem Berg errichtet. Dazu würde er öfter neue „Weibsbilder" mitbringen, aber geblieben sei wohl keine davon. Und sowieso sei das ein richtiger Quertreiber, würde keinen Strom und kein Wasser bezahlen und sei deshalb ständig mit den kommunalen Versorgern vor Gericht. Strom aber hätte er offensichtlich doch, weil er manchmal große Partys veranstalte, zu denen allerlei Alternative kämen und bei denen dann richtig laute Musik das ganze Dorf beschalle. Nein, einen solchen Nachbarn wünsche sich hier niemand, aber er war halt der einzige gewesen, der sich für die Mühle interessiert hatte. Hätte man das gewusst ...

„Komm, Herbert, es ist Zeit!"

Marie trat im Licht der Straßenleuchte ungeduldig von einem Fuß auf den anderen, ihr wurde das zu viel Geschwätz. Offensichtlich wollte sie außerdem noch irgendwo hin, murmelte etwas vom Set-Dance, was immer das auch sein mochte. Herbert seinerseits fiel siedendheiß ein, dass er ja noch einkaufen musste, jetzt wo Elvira krank war. Es war schon fast sieben, höchste Zeit für die Rückfahrt. Zurück am Auto warfen sie noch einen Blick auf die Mühle, die sich in der Dunkelheit eng an den Berg schmiegte. Wülfing setzte Marie am Gautor ab und fuhr gleich weiter zum Westring, wo seine Elvira schon auf ihn wartete.

*

Als das Telefon klingelte, zuckte Ina Eickhoff zusammen. Sie hatte gut geschlafen, zufrieden mit dem Erfolg ihrer ersten großen Windkraftanlage. Nun befürchtete sie, dass etwas damit nicht in Ordnung wäre, aber es war die Nummer des Rodungstrupps, der jetzt eigentlich auf dem Westerberg loslegen sollte.

„Nichts geht, Chefin! Die lassen uns nicht durch!"

Eine schlechte Vorahnung beschlich sie, obwohl sie ja eigentlich nichts in diesem lang geplanten Projekt übersehen hatte. Denn in Deutschland geht alles seinen geregelten Gang, dafür gibt es die freien und unbestechlichen Behörden und die Gesetze. Und so war es für die Windkraft-Unternehmerin nicht einzusehen, warum behördliche Entscheidungen immer wieder von einzelnen Bürgern oder ganzen Bürgerinitiativen in Frage gestellt und vor Gericht angefochten wurden.
So war es auch am Ingelheimer Westerberg gewesen, einem stets windigen und damit hervorragenden Standort für einen leistungsfähigen Windpark. Zwar stand da ungünstigerweise seit hundert Jahren der Bismarckturm herum, aber genutzt wurde er eigentlich nur zur Adventszeit, wo er - rot angestrahlt und mit Lichterketten dekoriert - zur überdimensionalen Weihnachtskerze mutierte. Sonst stand er halt so da, man hatte - zugegeben - von dort einen ganz guten Blick auf die „ebsch Seit" des Rheines, aber den konnte man ja auch ohne Turm genießen, sogar besser! Denn wenn der windbremsende Westerberger Baumbestand erst einmal gerodet war, konnte man wesentlich besser nach Gau-Algesheim und auch ins Selztal hinunterschauen und sparte zudem mit dem per Windkraft erzeugten Strom jährlich etliche Tonnen Kohlendioxid ein, den die dann fehlenden Bäume ja nun auch nicht mehr in atembaren Sauerstoff umwandeln mussten.
Tatsächlich war der Westerberg von der Regionalplanung als Vorranggebiet für die Windkraftnutzung ausgewiesen worden, und dennoch hatten sich Bürgerinitiativen gebildet, dagegen geklagt und vor dem Verwaltungsgericht Mainz auch noch Recht bekommen. Naturschutz ging in diesem Fall vor, war sie belehrt worden, die schützenswerte Fauna und Flora, Naturschutz- und Naherholungsgebiet und so einen Quatsch.
Es schien aussichtslos, aber ihr Kiesling wusste längst, dass die Regionalplanung fast ganz Rheinhessen zum Vorranggebiet für Kies- und Sandabbau gemacht hatte.
Also hatte er zunächst einmal Bergrecht beantragt – ein ausgesprochen wirkungsvolles Instrument der deutschen Gesetzeslandschaft, setzte es doch alle anderen Rechte außer Kraft. Eigentumsrecht, Verkehrsrecht, Landschafts- oder Naturschutz – alles egal, wenn Bergrecht erteilt wird. Dazu gehört lediglich der Fund – im Zwei-

felsfall genügt auch die Vermutung – eines Bodenschatzes irgendwo. Und schon unterliegt alles darüber ganz einfach dem Bergrecht, von der Grundstücks-Enteignung bis zur Abfuhrtrasse ist alles kein Thema mehr. Der Kiesunternehmer hatte seine Beziehungen in die Landespolitik spielen lassen. Und es ging wie geschmiert: Binnen Wochen war Bergrecht da, wegen der angeblich besonderen Qualität des Quarzsandes.
Sogleich hatte Kiesling den Startschuss für das Projekt Windpark Westerberg gegeben und Ina Eickhoff hatte frohlockt. Alles war klar – bis eben. Die Windkraft-Unternehmerin musste den Grund für die Verzögerung finden und schnellstmöglich beseitigen.
Sie kletterte hinters Steuer und brauste über die neue Umgehung in Richtung Waldeck. Schon kurz nach dem Kreisel, wo sich die Straße bergan schlängelt, war alles dicht. Leute standen herum und diskutierten mit den bereits anwesenden Verkehrspolizisten. Da stand der große „Harvester", mit dem 200 Bäume am Tag gefällt, entastet und passend zugeschnitten werden konnten. Jetzt aber stand die hochmoderne Baumfäll- und Verarbeitungsmaschine eingekeilt zwischen Traktoren und Personenwagen, anstatt die Waldeck in Rekordzeit zur Kahleck zu machen! Ina Eickhoff drängelte sich nach vorn durch. Ein großer alter Mähdrescher stand still und blockierte die Straße. Was sollte hier um diese Zeit im Frühjahr ein Mähdrescher?
„Da sind Sie ja endlich, Chefin. Wir kommen hier nicht weiter!"
Ihr Bauleiter drängte sich zu ihr durch und zeigte auf den Mähdrescher. Dort beugten sich gerade mehrere Männer über die Motorklappe und hantierten ohne jede Eile am Motor.
Die Ingenieurin verstand nur zu gut. Hier wurden behördliche Verfügungen von der Landbevölkerung demonstrativ missachtet. Sie versuchte, die Polizisten zur Straßenräumung zu animieren, doch die lehnten ab. So wusste sie sich nicht anders zu helfen, als Kiesling anzurufen. Der war erstaunlicherweise bereits informiert und schon auf dem Weg zum Westerberg. Keine fünf Minuten später war er mit seinem Porsche da - wie stets mit Anwalt im Schlepptau, in diesem Fall auf dem gelederten Beifahrersitz.
Kiesling präsentierte den Polizisten die behördlichen Verfügungen, doch die zuckten nur mit den Schultern, murmelten etwas von höherer Gewalt und schienen wieder nicht sehr interessiert. Er ging

zu den Landwirten und Bürgern, doch außer erregten Diskussionen änderte sich nichts, wenn man davon absieht, dass nun am Mähdrescher nicht nur der Motor streikte, sondern auch noch ein Reifen ziemlich rapide Luft verlor und das große Gefährt sich bedenklich zur Seite neigte. Als Kiesling schließlich auf den Harvester kletterte, die mächtige Maschine startete und den Ausleger drohend schwenkte, wurde es den Polizisten zu bunt. Sie ermahnten den Unternehmer, keine Nötigung zu begehen und schlugen vor, dass er die Rodungskolonne erst einmal zurückziehen sollte, bis sich die Gemüter beruhigt hätten. Kiesling schwoll der Kamm beträchtlich, auf seinen Wangen bildeten sich rote Flecken und er fuchtelte mit den Armen herum.

„Das sehe ich überhaupt nicht ein! Ich habe die Genehmigung! Setzen Sie mein Recht durch! Nehmen Sie diese Schrottkiste von Mähdrescher weg!“

Kiesling wechselte kurz einen Blick mit seinem Anwalt, der ihm zunickte. Der Polizeibeamte ließ sich aber nicht aus der Ruhe bringen.

„Nun, Herr Kiesling, mäßigen Sie zunächst einmal Ihren Ton. Außerdem haben wir gerade eine Meldung vom Verwaltungsgericht bekommen, dass ein Antrag auf Aussetzung des Vollzugs gestellt worden ist.“

„Der ist aber nicht rechtskräftig! Wenn er überhaupt positiv beschieden wird! Wir brauchen Kies und Sand. Und genau den gibt es hier und ich habe die Genehmigungen. Sie haben dafür zu sorgen, dass mein Recht durchgesetzt wird!“

„Tja, Herr Kiesling, wir würden Ihnen gern helfen. Aber Sie sehen ja - der Mähdrescher streikt. Und da können wir nichts machen. Sie haben ja recht, es ist halt ein altes Gerät, aber da steckt man nicht drin. Mit Autos können Sie ja drumherum fahren, nur mit großen Maschinen halt nicht. Machen Sie doch einfach nächste Woche weiter.“

So sehr Kiesling auch schnaubte, er kam nicht weiter. Das brachte ihn in Rage, denn er mochte es nicht, zu verlieren, schon gar nicht vor den Augen seines Zöglings Ina. Wutentbrannt setzte er sich in seinen Porsche, warf ihr ein gebieterisches „Bei mir!“ durch das halbgeöffnete Fenster zu und jagte nach einem ausgesprochen umständlichen Ausparkmanöver mit quietschenden Reifen das Selztal

hinauf. Ferdis Domizil lag am Hang des Wissbergs mit einem prima Blick auf die weite Ebene von Sprendlingen bis nach Wöllstein auf der einen und die Mülldeponie auf der anderen Seite. Statt eines gepflegten Gartens hatte das Anwesen einen großen Betriebshof, in dem die einheitlich rot mit schwarzen Punkten lackierten und mit römischen Ziffern durchnummerierten Laster des Unternehmers ordentlich aufgestellt auf ihren Einsatz warteten. Einige Lücken im Fuhrpark zeigten, dass auch Wochenenden kein Hindernis waren, wenn Not an Sand und Kies bestand.
Als Ina Eickhoff ihren Wagen im Betriebshof neben der Eingangstür abstellte, kamen in ihr alte Erinnerungen hoch. An die Zeit, in der sie mit ihm zusammen gewesen war. Sie waren nicht von Wehmut geprägt, denn es gab so einige Dinge, an die sie sich nie wirklich gewöhnt hatte, nicht nur den Mundgeruch. Wenn er jeden Morgen bereits um fünf die ersten Laster mit viel Getöse auf die Reise geschickt hatte. Wenn er auch sie in seinen Tagesablauf einplante wie einen weiteren der vielen Geschäftstermine. Wenn sie sich beim Beischlaf dabei ertappte, wie sie im Zimmer herumschaute, ob sein allgegenwärtiger Anwalt mit aufgesetzt neutraler Miene nicht auch hier darüber wachte, dass sie ihre Pflicht erfüllte. Der Dreher, mit dem er ein Ding nach dem anderen drehte.
Immerhin hatte sich Kiesling stets erkenntlich gezeigt, wenn alles gut funktionierte - auch, als ihre Beziehung zu Ende war. Er hatte ihr Startkapital in die Kies & Wind eingezahlt, aus dem Tresor, der sich immer dann schnell füllte, wenn sich auch seine Kiesgruben mit penibel kontrolliertem Bauschutt füllten. Er hatte ihr das Auto geschenkt und ein sattes Taschengeld spendiert. Kiesling war großzügig, wirklich. Aber wehe dem, der nicht funktionierte!
Als sie ankam, stand nur sein Porsche neben dem Eingang, der Wagen des Anwalts war ihr in der Einfahrt entgegengekommen. Kiesling wollte wohl allein sein. Die Haustür war angelehnt und sie huschte die wenigen Stufen zum Wohnzimmer im ersten Stock hoch. Er stand am Fenster, ein Whiskyglas in der Hand, und drehte sich nicht um, als sie hereinkam, sondern sagte nur: „Setz dich!“
Es gärte in Ina, aber sie fügte sich, wie sie sich gefügt hatte, seit sie sich nach ihrer Rückkehr auf ihn eingelassen hatte. Es war ja auch nicht ihr Schaden gewesen. Er schaute nicht mehr so zornig wie am Westerberg, als er sich ihr gegenübersetzte. Es war wieder der kal-

te, berechnende Blick, den sie von ihrer Trennung her kannte, denn bei Geschäftsbesprechungen war sie nie dabei gewesen. Mit den Politikern war er immer allein „einen trinken“ gegangen und nur bei den danach folgenden Besprechungen im Amt war sein Adlatus mit dabei gewesen. Sein geradegescheitelter, glattgebügelter, krawattierter Schatten. Aber da war gewöhnlich schon alles geregelt gewesen, so wie bei ihrem Windpark. Oder auch nicht?

„Wie kommen die dazu, die Zufahrt zu blockieren? Ich dachte, die haben keine ...“

„... Handhabe? Natürlich haben sie die nicht, meine liebe Ina! Was denkst du?“

„Aber so viel Widerstand gegen einen Windpark - vielleicht hätten wir die Bäume doch nicht fällen müssen. Für die Anlage ist es nicht unbedingt erforderlich.“

„Quatsch, natürlich müssen die weg - und zwar so schnell wie möglich. Sind die erst mal weg, ist der ganze Naturschutz-Scheiß überflüssig. Hast du dich wirklich noch nicht gefragt, wieso wir da überhaupt in Wind machen können? Weil es dort Kies und Sand gibt! Nur den Wind hättest du nicht durchbekommen, aber mit Bergrecht können wir machen, was wir wollen. Wir roden, bauen ab, verfüllen. Und ein paar Ecken lassen wir stehen und stellen ein paar Windräder drauf. Alles mit dem Gutachten, das die Sand- und Kiesvorkommen als besonders abbauwürdig einstuft. Glaubst du, so etwas ist billig?“

„Du musst es ja schon früh beantragt haben.“

„Im Januar.“

„Letztes Jahr?“

„Dieses Jahr!“ Er lächelte überlegen und weidete sich an ihrem überraschten Gesicht.

„Ja, aber bei der langen Frostperiode konnte man doch gar nicht bohren!“

„Wer sagt denn, dass man das muss?“ Ferdis Antwort war knapp und so selbstsicher geäußert, dass es Ina fröstelte. Er hatte schon während ihrer Beziehung öfter auf sein Netzwerk wichtiger Personen hingewiesen, wohl um seine Führungsrolle zu demonstrieren. Sollte das jetzt so weitergehen? Sie wollte sich nicht mehr nur mit der Handlanger-Funktion zufriedengeben. Ihre Ziele gingen weiter.

„Und kann das Gerichtsverfahren das Projekt kippen?"
„Quatsch, nur Zeitverzögerung."
„Gefährdet aber mein Projekt."
„Willst du dich beschweren? Ohne mich wärst du nichts, gar nichts! Was glaubst du, wie lange du durchhältst, wenn ich nicht mehr mitmache?" Er lief rot an und das bedeutete nichts Gutes.
„Entschuldige, Ferdi - die Bäume sollten so schnell wie möglich weg. Klar!"
Ina rutschte in dem Sessel, in dem sie fast versunken war, nach vorn und setzte sich energisch aufrecht auf die Kante. „Wir können ja auch ohne Harvester loslegen."
„Diese Einstellung gefällt mir besser, aber das sind einfach zu viele Bäume. Wir brauchen einen ganzen Trupp! Ich habe nur ein paar Leute, wie viel hast du?"
Kiesling wusste genau, dass sie keine Leute hatte, die sie einfach so auf ein neues Projekt ansetzen konnte. Ina war klar, dass er ihr wieder einmal zeigen wollte, wie abhängig sie von ihm war. Es war so, aber ihr gefiel das überhaupt nicht. Zweifelnd schaute sie ihr Gegenüber an, der in seinem modernen Schwingsessel wippte und lächelnd ihren Blick erwiderte. Sie fragte sich, was Kiesling so sicher machte, dass es zu einer für ihn günstigen Entscheidung kommen würde und welches Spiel er mit ihr spielte. Wenn es anders kommen würde, wäre das für ihn kein Problem, aber für sie schon. Die Bäume mussten weg, bevor es zu einer Gerichtsentscheidung kam.
Sie war schon Jahre nicht mehr auf der Waldeck gewesen und hatte Kiesling die Details vor Ort überlassen. Aber jetzt war es sicher klug, sich dort einmal unerkannt genau umzusehen, um nicht von irgendwelchen Maßnahmen irgendwelcher Bauern oder Umweltschützer überrascht zu werden. Jede Verzögerung des Projekts kostete sie nicht nur Geld, sondern machte sie abhängiger von Kiesling. Sie hatte kein regelmäßiges Einkommen außer ihrem für den Beginn bewusst niedrig angesetzten Geschäftsführer-Gehalt aus der GmbH. Die Einnahmen aus der Erbes-Büdesheimer Anlage flossen erst einmal ins Grundkapital. Dagegen ließ er seine LKWs mit großem persönlichen Profit die Wirtschaftswege und Kreisstraßen rund um Ingelheim kaputt fahren, seit die Maut die Autobahn für seine 40-Tonner unpassierbar gemacht hatte.

Als sie ging, warf er ihr noch ein „Montag wirst du schon sehen, wer das Heft in der Hand hat!“ zu. Sie wusste nicht, worauf er anspielte. Vielleicht war es auch besser so.

*

Bereits auf dem Gang nahm der Hauptkommissar einen neuen Geruch wahr. Vanille mit irgendetwas Unbekanntem. Die Quelle war schnell lokalisiert: sein Büro. Der Täter auch: Marie war schon da, hatte ihre Kaffeemaschine zur Teemaschine umfunktioniert und die Wochenend-Zeitungen und Stadtzeitschriften um sich ausgebreitet. Gerade blätterte sie im „Mainzer“, stieß einen Überraschungslaut aus und zeigte Herbert dann die aufgeschlagene Seite.
„Ich bin ja nicht von dieser Rheinseite, aber das ist doch ein Bild von der Brücke, wo die Leiche gefunden worden ist, oder?“
Wülfing schaute kurz auf das Bild und stutzte dann.
„Stimmt! Das ist sogar genau die Fundstelle!“
Er ergriff die Zeitschrift und versuchte in einem von vornherein aussichtslosen Unterfangen, die Seite so nah an seine Augen zu halten, dass er die Details genau erkennen konnte. Das ging wegen der Alterssichtigkeit nicht. Hielt er sie weiter weg, wurden die Bilddetails zu klein. Mit einem unhörbaren „Männer!“-Seufzer reichte ihm Marie eine Lupe, die sie auf Hajos Schreibtisch fand.
Es reichte noch für ein knurrendes „Danke“, bevor Wülfing große Augen machte. Denn nicht nur der Tatort war abgebildet, sondern auf der Brückenauffahrt lag auch etwas auf einer schwarzen Abdeckplane. Doch ob es die Leiche war, konnte der Hauptkommissar auch mit der Lupe nicht erkennen, denn der Druck gab einfach nicht mehr Details preis.
„Hier sind ähnliche Bilder in der Tagespresse!“ Auch wenn ihre helle schwäbische Stimme besser zum „Schwäbischen Tagblatt Tübingen“ gepasst hätte - Marie schob mit der Routine eines eingefleischten Zeitungslesers die Allgemeine Zeitung und die Rhein-Zeitung passend gefaltet über den Tisch. Es waren Fotomontagen aus den Redaktionen, in die Zeichnungen des geplanten Kraftwerk-Neubaus eingepasst worden waren. Da half auch keine Lupe - die Druckauflösung war einfach zu gering, um Details der Brückenauf-

fahrt zu erkennen: Die Originale mussten her!
Als Fotograf war jeweils ein gewisser Ronni Sander angegeben, der als freier Journalist für Mainzer Medien arbeitete. Er war ein Freund von Herbert Wülfing, was so manchen offiziellen Dienstweg überflüssig machte, und natürlich hatte er auch dessen Handy-Nummer. Doch Ronni ging nicht dran und so hinterließ der Hauptkommissar eine Nachricht auf der Sprachbox.

*

Es ist schon eine beeindruckende Menschenmenge, die sich da von Kastel über die Theodor-Heuss-Brücke nach Mainz bewegt. Sie ist bunt gemischt und reicht ohne gesellschaftliche Brüche problemlos von der Müsli-Fraktion mit Kinder-Anhang bis zu Kittel- und Bedenkenträgern aus der Ärzteschaft. Die weitaus meisten aber sind Herr und Frau von Nebenan. Es sind also besonders die normalen Leute, die sich große Sorgen um ihre Gesundheit machen. Nur die Politik ist nicht recht vertreten, gilt doch das Thema durch politische Seitenwechsel und gewichtige Gegenargumente als heikel.
Auf der Abschlusskundgebung prangern Ärzte mögliche Gesundheitsschädigungen von Asthma bis zu Herz-Kreislauf-Erkrankungen an, die bei ähnlichen Projekten nachgewiesen wurden. Wirtschaftswissenschaftler rechnen vor, dass ein solches Kraftwerk nie rentabel sein, sondern den Schuldenberg der Stadt dramatisch wachsen lassen wird. Und nicht zuletzt fühlen sich alle von der Stadt bewusst falsch informiert, schnellten doch die Kraftwerkskosten binnen kurzer Zeit von 800 Millionen auf 1,2 Milliarden Euro. Dabei war das doch gut nachvollziehbar, denn ein kleinerer Kraftwerkstyp sei eben gerade nicht lieferbar gewesen und da habe man halt den nächstgrößeren genommen. Auch im Sommerschlussverkauf muss man auf dem Krabbeltisch halt schnell zugreifen.
Es gibt viele bunte Bilder und viele interessante Leute zu interviewen. So bemerke ich erst nach Abschluss der Veranstaltung auf meinem Handy, dass Herbert versucht hat, mich zu erreichen. Natürlich rufe ich sofort zurück.
„Kripo Mainz. Roscher."
Diese helle, leicht freche und stark schwäbelnde Stimme kenne ich nicht und ich zögere. Ist Hajo angeheitert von der Fassenacht zu-

rück? Glaube ich nicht.
„Hallo, wer ist da?"
Wieder diese Frauenstimme, diesmal etwas drängender. Ich räuspere mich.
„Hier Sander. Kann ich mit Herrn Hauptkommissar Wülfing sprechen?"
„Aber gern."
Kurz danach tönt Herberts Bass aus dem Handy. Seiner Stimme nach würde ich ihm auf der Laune-Skala von himmelhoch jauchzend bis zu Tode betrübt ein „vorsichtig optimistisch" geben. Er kommt auch gleich zur Sache: Meine Fotos seien interessant und er würde sich gern die Originale betrachten. Ich hätte sie doch sicher dabei und könne mal schnell bei ihm vorbeischauen.
„Ja und nein."
„Wie?" Seine Stimme ist in der Wülfing-Skala zwei Stufen heruntergerutscht: zur Nuance „Wer wagt es, mir zu widersprechen?"
„Einen Abstecher zum Valencia-Platz kann ich gern machen, aber die Negative sind zuhause. Ich habe nämlich die Nachtaufnahmen mit meiner Analogkamera aufgenommen."
„Warum denn das? Das macht doch heute kein Mensch mehr!"
„Wenn du mir eine Digitalkamera zeigst, mit der ich mehrstündige Belichtungen machen kann, beschäftige ich mich gern damit. Aber ich habe zumindest die unkomprimierten Scans auf einem USB-Stick dabei. Genügt das erst einmal?"
Es genügt und so kurve ich entlang der Rheinallee Richtung Polizeipräsidium. Das Rad macht Bocksprünge, wo die Baumwurzeln den Asphalt des Radwegs nach oben gedrückt haben, dann biege ich in die Goethestraße ein und parke mein Trekkingrad unter polizeilicher Aufsicht vor dem kantigen Bau mit seinem Antennenwald auf dem Dach.
Diesmal wartet ein neues Gesicht auf mich: Eine junge, hübsche Frau drückt mir mit einem „Da hammer also den rasenden Reporter" die Hand und führt mich ins Büro. Ihr frech über die Brille lugender Pony verleiht ihrem Gesicht etwas Verschmitztes, ihr Dialekt ist unüberhörbar. Und sie bietet mir sofort das „Du" an. Nichts leichter als das!
Ihr Einfluss auf Herberts Laune ist unübersehbar: Der strahlt, als wir ins Büro kommen, wo er sonst eher gegrummelt hätte. Einen

kleinen Rückfall hat er dann doch, als ich ihn nach einem Espresso aus seiner neuen Maschine frage.
„Sprich mich nicht auf dieses Ding an!“
Doch Marie hat schon vorgesorgt und nimmt aus ihrem Rucksack eine kleine Kaffeemaschine samt einer Dose Espressopulver. Kurz danach fallen bereits die ersten Tropfen in die Glaskanne, ein schöner Geruch streicht über die beigen Resopal-Oberflächen der nüchternen Büromöbel und verliert sich über die offenstehende Tür in den Flur.
„Es muss nicht immer eine riesige Espressomaschine sein, hihi. Wir Schwaben sind da etwas sparsamer.“
Nachdem der Beamer aufgebaut, die Jalousie heruntergelassen und Hajos Ex-Rechner mit dem USB-Stick gefüttert ist, schauen wir uns meine Aufnahmen der Nacht von Montag auf Dienstag an.
„OK, also erst einmal ein wenig zur Technik. Drei Fotos, Belichtungszeit jeweils eine Stunde auf dem Stativ mit unterschiedlichen Brennweiten für unterschiedliche Bildausschnitte. Blende 16 macht punktförmige Lichter zu Sternen und verleiht dem Bild ein romantisches Flair. Erste Aufnahme: Gebäude und Schornsteine von Müllheizkraftwerk und KMW-Gasturbinen-Kraftwerk. Aufgenommen etwa von 21 bis 22 Uhr. Veröffentlicht in der AZ.“
„Aber keine Brückenauffahrt dabei“, knurrt Herbert.
„Ja, gehen wir gleich zu Bild 2. Von 22 bis 23 Uhr. Weitwinkel, 19 mm Kleinbildformat. Mit Brückenauffahrt.“
Herbert kneift die Augen zusammen.
„Das ist nicht das Bild aus dem „Mainzer“, oder?“
„Nein, aus der MRZ.“
„Da liegt jedenfalls noch nichts auf der Brückenauffahrt. Aber was ist dieser helle weiß-rote Strich, der von der WEPA zur Brücke geht?“
„Ein Auto auf dem Weg zur Brücke. Ziemlich gleichbleibende Geschwindigkeit.“
„Und wieso?“
„Weil die Lichtbalken gleichmäßig hell sind, Herbert. Bei wechselnder Geschwindigkeit würden sich Helligkeit und Transparenz der Lichtbalken ändern. Je näher am Film eine Lichtquelle ist und je länger sie leuchtet, umso heller ist sie. Man kann sich das so vorstellen: Bleibt sie an der Stelle, hat der Film mehr Zeit zum Photo-

nensammeln, als wenn sich die Lichtquelle nur kurz dort befindet. Astronomen nutzen das übrigens zur Entfernungs- und Geschwindigkeitsbestimmung von Sternen."
„Kann man noch mehr aus dem Bild herausholen?"
„Vielleicht die Kollegen beim BKA", meint Marie und fährt die Fahrstrecke mit einem Laserpointer nach. „Die neue Kriminaltechnik in der Äppelallee ist vom Allerfeinsten. Aber jetzt kommt ja das wichtigste Foto, das aus dem „Mainzer". Auf diesem lag etwas an der Auffahrt." Sie schaltet auf das nächste Foto um.
Der Beamer flackert kurz, als wollte er etwas verheimlichen, aber dann baut sich das Bild doch auf. Die Zufahrtsstraße von der WEPA ist nur teilweise zu sehen, aber die Brückenauffahrt ist dafür besonders groß abgebildet. Unzweifelhaft liegt da ein Körper auf einer schwarzen Unterlage, unzweifelhaft parkt kurz davor ein weißer Kastenwagen, unzweifelhaft verraten die Leuchtstreifen, dass er von links gekommen ist, drehte, dann stoppte und danach wieder den Weg zurückfuhr, den er gekommen war. Auch der Autotyp ist recht gut zu erkennen und die Experten von der Kriminaltechnik werden ihn wohl identifizieren können.
Doch von der Person, die den Wagen gefahren war, ist außer einer schwachen Schattenspur nichts zu erkennen. Und das ist ausgesprochen ärgerlich, denn das hätte uns alle am meisten interessiert. Klar ist, dass die Person sich relativ zügig bewegt haben muss, denn sonst hätte man einen deutlicheren Abdruck gesehen. Also hat sie nicht lange überlegt, was sie tat: Es war alles vorher geplant. Die verwaschene Schattenspur ist dunkel, also dürfte die Person dunkle Kleidung getragen haben, die Haare waren wohl auch dunkel gewesen. Marie mailt die Bilder zur weiteren Auswertung an die Kollegen vom BKA und macht je einen A3-Farbausdruck für die Akte.
„Schauen wir nochmal am Tatort vorbei, solange wir noch nichts Neues aus Wiesbaden haben. Komm mit, Ronni und zeig uns mal genau, was du von wo und wie fotografiert hast."
Kein Problem. Heute riecht es an der Rheinallee nicht nur nach frisch gerösteten Kaffeebohnen, sondern nach einem Fall, der durchaus größere Kreise ziehen konnte. Die räumliche Nähe zum geplanten Kohlekraftwerk und die zeitliche Nähe zur Demo fallen nicht nur mir auf, sondern werden bestimmt auch bald in die

Auseinandersetzung um den geplanten Neubau einfließen. Was ich darüber schreiben darf, darüber mache ich mir keine Illusionen. Es wird sein wie immer: Ich weiß mehr und darf deshalb weniger schreiben als andere, die wild drauflos spekulieren können. Würde ich mich nicht daran halten, wäre die Beziehung zu Herbert kaputt und er wahrscheinlich seinen Job los. Wie er den über eine Freundschaft stellt, merke ich auf dem Weg zur Baustelle, denn er schaut mich mehrmals zweifelnd an.
„Woran denkst du?“ frage ich ihn.
„Du hast ein Verbrechen fotografiert und nichts davon bemerkt?“
„Es war kalt und ich bin gleich wieder ins Auto, nachdem ich die Kamera ausgelöst habe. Die Kamera behielt ich natürlich im Auge. Vom Auto aus.“
„Ach, wäre ja auch zu schön gewesen.“
Er schüttelt den Kopf, wohl über sich selbst, kurvt in die Baustelle und stellt den Dienstbenz ab. Gemeinsam stapfen wir über das Schotterbett der neuen Fahrbahn, gehen um die eingepassten Ablaufschächte und steigen über die bereits eingebauten Begrenzungssteine. Dann sind wir da: im Vordergrund die neue Brücke über das Hafenbecken, im Hintergrund die Drillingsschornsteine von Müllheiz- und Gasturbinen-Kraftwerk, auf dem Dach einige Kühltürme und Rotoren, die im Konzert der riesigen Nachbargebäude etwas verloren wirken. Die Baustelle ist jetzt, am Samstag Nachmittag, so gut wie ausgestorben. Maschinen und Baugeräte sind unter wasserdichten Planen geschützt, in Containern eingeschlossen oder an Baukränen in die Höhe gezogen. Alles macht einen sehr aufgeräumten Eindruck. Die Brücke ist schon längst zu Fuß begehbar; bald werden die Laster auf dem Weg zur Müllverbrennung direkt zur Ingelheimer Aue abbiegen. Nur ab und zu fährt der leichte Wind unter lockere Planen und hebt sie kurz an, bevor er sie wieder schlaff herunterfallen lässt. Ein leichter Dunst kriecht vom Boden nach oben, an den über hundert Meter hohen Kraftwerksschornsteinen blinken bereits die roten Positionslampen in der heraufziehenden Dämmerung.
Das Wasser liegt schwarz und glatt im Hafenbecken; nur ein Schwanenpaar hat sich irgendwie hierher verirrt und paddelt neugierig zwischen den mit Basalt gepflasterten Beckenwänden umher. Was die wohl hier suchen? Wir suchen etwas, das wir nicht kennen, ir-

gendetwas, das uns vielleicht weiterbringt, einen kleinen Hinweis. Fünf Tage nach dem Fund der Leiche mit wenig Aussicht auf Erfolg, aber Herbert will nichts unversucht lassen. Er reicht mir einen Laserpointer und die ausgedruckten Fotos.
„Stell dich doch mal auf deine Kameraposition. Wir gehen über die Brücke und du leuchtest den Bildwinkel aus."
Der Laserstrahl ist in der feuchten Luft gut zu erkennen; auch, dass meine Hand offensichtlich ganz schön zittert. Ich dirigiere Herbert und Marie zur Fundstelle der Leiche, lasse mit Hilfe der Ausdrucke den Laser über Fahrstrecke, Wendepunkt und Haltepunkt wandern. Plötzlich bückt sich Marie, hebt etwas auf und packt es in einen Kunststoff-Beutel. Kurz danach kommen beide zurück zu mir, schauen noch einmal von der Kameraposition aus die ganze Strecke ab und sind dann zufrieden.
Auf dem Rückweg zum Auto stellt sich Marie auf einen Entwässerungsschacht, sodass sie noch ein wenig größer wirkt, und deutet mit ihrem rechten Arm auf das Gelände der Ingelheimer Aue.
„Du sag mal, Ronni. Da hat's doch schon mehrere Kraftwerke!", stellt Marie fest und reckt ihre Nase in den Wind. „Wozu braucht ihr eigentlich noch ein Kohlekraftwerk? Die Wiesbadener wollen es nicht, die Stadt ist wohl auch dagegen."
„Wiesbaden hat nicht die Mainzer Finanzprobleme. Mit dem Verkauf des Kraftwerk-Stroms könnte man dann das Defizit vermindern, denken manche Funktionsträger."
„Dass eine seit Jahrzehnten überschuldete Kommune noch mehr Geld aufnimmt, um das Defizit zu verringern? Das ist abstrus. So als würde man Schnaps für das Trinkerheim auftreiben, hihi. Bei uns am Neckar gäbe es so was nicht! Da wird nur Geld ausgegeben, was man auch hat. Des g'hört so! Aber halt!"
„Was?"
„Vielleicht ist es einfach so: Das Kraftwerk soll zum Wohle der städtischen Finanzen Kohle machen. Richtig?"
„Richtig!"
„Tatsächlich hat die Stadt aber eins bestellt, das Kohle verbrennt. Vielleicht hat da nur jemand was bei der Bestellung falsch angekreuzt? Hihi."
Da spotten bereits die Auswärtigen über Mainzer Merkwürdigkeiten, so weit ist es schon gekommen. Herbert hat unser Gespräch

nicht mitbekommen, sondern telefoniert gerade mit seinem Handy. „Ist ja interessant! Tatsächlich? Bitte schickt mir den Bericht so schnell wie möglich.“
Auf unsere fragenden Mienen hin klärt er uns auf.
„Das BKA hat deine Fotos analysiert. Abladen der Leiche binnen etwa drei Minuten, Fahrgeschwindigkeit zur Brückenauffahrt etwa 20 Stundenkilometer. Fahrzeug weißer Kastenwagen. Und wisst ihr was? Genau so einen Wagen habe ich im Innenhof von diesem Aussteiger in Wendelsheim gesehen!“
„Also wieder nach Wendelsheim ... und vielleicht finden wir dabei auch, wozu das“ - sie zieht eine Tüte mit einem schwarzen Kunststoff-Teil aus ihrer Outdoor-Jacke - „passt! Ich beantrage dann schon mal einen Durchsuchungsbeschluss.“
„Für den weißen Kastenwagen in Wendelsheim?“ frage ich nach.
„Vielleicht, wer weiß? Mehr können wir dir nicht sagen.“
Ach ja, ich vergaß: Ich darf eigentlich vieles nicht wissen und die beiden haben mich nur wegen meiner Fotos gebraucht. Aber so einfach lasse ich mich nicht mehr aus der Geschichte drängen. Wendelsheim ist nicht weit. Auf dem Weg zum Polizeipräsidium, an Schott vorbei, schmiede ich schon die Pläne für den nächsten Tag. So wie ich Herbert kenne, wird er auch am Wochenende weitermachen, schließlich ist er auf einer heißen Spur. Dann ist natürlich auch Marie mit dabei. Noch heute Abend werden die beiden sicher die Daten aller Fiat Fiorino bei der Zulassungsstelle anfordern. Das ist ein relativ seltenes Modell und die Trefferquote sollte gut sein. Vor allem aber werden die beiden morgen, also Sonntag Vormittag, in Wendelsheim auftauchen. Da will ich dabei sein, sogar vor ihnen. Denn Marie hat es mir angetan, auch wenn sie viel zu jung für mich ist. Oder ich viel zu alt. Beides ist richtig. Aber das Erste klingt besser.

*

Ina Eickhoff parkte ihren Audi am höchsten Punkt der Bergstraße in Gau-Algesheim und stieg den Westerberg hinauf. Sie trug einen schwarzen Trainingsanzug und schwarze Schuhe, den nur wenig über dem Gefrierpunkt liegenden Temperaturen angemessen. Ihre LED-Kopfleuchte gab ein diffuses Licht, das den vor ihr liegenden

Weg in der Neumondnacht mehr schlecht als recht ausleuchtete. Der Boden des steil ansteigenden und vom Regenwasser tief ausgewaschenen Weges war gleichzeitig schmierig und pappig und sie verfluchte die Idee, hier zu starten. Sie hätte einfach hoch zum Bismarckturm fahren und von dort ihre Erkundungstour beginnen können, aber das wäre natürlich schon aufgefallen. Sie zog sich am wackligen Holzgeländer ungeduldig bergan, bis sie endlich auf dem Waldweg stand und am Aussichtspunkt vorbei vorsichtig Richtung Waldeck lief.
Der Weg war am Waldrand breit, verästelte sich aber im Wald zwischen den kleinen Gruben, in denen früher Kalk gewonnen worden war und die heute als Salamanderlöcher bekannt sind. Es war nicht wirklich still im Wald, manchmal raschelte es ein wenig in den dürren Blättern oder ein Schnaufen verriet einen Igel, der seinen Winterschlaf unterbrochen hatte, um etwas Fressbares zu suchen. Ina folgte einem Weg, der um den zum Rhein weisenden Vorsprung des Westerbergs herumging, und war nach ihrer Erinnerung schon in der Nähe des Bismarckturms, als im Licht ihrer Kopflampe ein stabiler Zaun vor ihr auftauchte, der ihr neu war. Er würde den Arbeitsbereich des Harvesters und der Aufstellkrane stark einschränken und musste beseitigt werden.
Sie entschloss sich, dem Zaun bergauf zu folgen, um seine Ausdehnung zu erkunden. Eine kleine Hütte tauchte auf, Hufgescharre, ein starker Geruch. Richtig, früher gab es hier Ziegen, Schafe und Schweine. Der Zaun setzte sich fort. Der Geruch verstärkte sich, bekam eine stechende Note, die sie nicht recht einordnen konnte. Es war ganz leise, die Waldtiere waren längst verstummt. Da war eine Spannung, fühlbar, aber nicht greifbar. Das bläuliche Diodenlicht der Kopflampe zeigte nur den Zaun, stabil und meterhoch. Sie probierte, ob sie daran hochklettern konnte, und griff zur Lampe, um das obere Ende auszuleuchten, als es geschah.
Ein Schlag traf sie von vorn und warf sie zurück auf den Waldboden, ein markerschütterndes Fauchen, erneut sprangen zwei schwere Körper mit Wucht gegen den Zaun, der unter dem Aufprall erzitterte, aber hielt. Panisch sprang Ina auf, rannte weg vom Zaun, blindlings weg, nur weg. Dornen hakten sich in ihre Kleidung, zerrissen sie und zerkratzten die Haut, doch sie war nicht mehr zu halten. Mehr durch Zufall als durch Überlegung kam sie wieder

auf den Rundweg, wurde langsam ruhiger und ging, so schnell sie konnte, in Richtung Gau-Algesheim, dann den Hohlweg hinunter. Kurz bevor sie an ihrem Auto war, rutschte sie aus und beim Versuch, sich am Geländer festzuhalten, verdrehte sie ihren Arm und fiel endgültig hin, der Knöchel ihres rechten Fußes prallte auf einen Stein. Endlich erreichte sie ihr Auto, zog sich auf den Fahrersitz und spürte auf den Ledersitzen, wie kalt es draußen war. Die Sitzheizung arbeitete schnell und als sie über die ausführlichst beampelte Tankstellenkreuzung in Richtung Stadtmitte fuhr, entspannte sich ihr Rücken in der Wärme. Was allerdings nichts daran änderte, dass sie sich kaum noch bewegen konnte, als sie endlich zu Hause im Layenhof angekommen war.

*

Der Sonntag Vormittag machte seinem Namen alle Ehre und verwandelte die Katzmühl in Wendelsheim auf wundersame Weise. Hatte die Abenddämmerung bei ihrem ersten Besuch die Felswand, den sich anschließenden Steilhang und die alten Gebäude zu einem düsteren Ensemble verschmolzen, bot sich Marie und Herbert nun ein anderes Bild. Im dichten Unterholz des Steilhangs turnten piepsstarke Kohlmeisen umher, der an der benachbarten Klees Mühle in die Felswand führende Stollen war nun nicht mehr nur ein bedrohlich dunkles Loch, sondern ein rustikal in den Fels gehauener, sauber gefegter Eingang und auch die Gebäude sahen gleich ein wenig freundlicher aus. Nur bei der Ansammlung alter Traktoren und Landmaschinen vor dem Tor entblößte die Morgensonne schonungslos verrottete Leitungen, abgebrochene Hebel, abblätternde Farbreste und einen alle ungeschützten metallischen Teile dicht überziehenden Rostteppich.
Auch wenn alles ein wenig lebhafter aussah als bei ihrem ersten Besuch: Wülfing war das Anwesen einfach zu düster, zu unheimlich. Vielleicht war es das wirklich, aber vielleicht lenkten nur ihre Mutmaßungen zum Verbrechen ihre Wahrnehmung. Eine gekreuzigte Leiche, scheinbar achtlos und doch wohl eher mit Berechnung vor ihrer Haustür abgeladen – wer sollte da nicht auf düstere Gedanken kommen? Verbrechen geschehen durchaus nicht immer in düsteren Umgebungen, sondern sogar bevorzugt in der scheinbar

heilen Welt.
Heile Welt war aber genau das, was der Hauptkommissar jetzt brauchte. Denn zuhause hing offenkundig der Haussegen schief. Die Morgensonne hatte die Wohnblocks am Mombacher Westring nicht ganz so wundersam verwandelt wie die ins Tal gekuschelten Häuser von Wendelsheim, denn ein Wohnblock ist ein Wohnblock und bleibt ein Wohnblock. Punktum.
Aber seine Elvira war irgendwie von der Morgensonne mitgenommen worden, egal ob Wohnblock oder nicht. Am Abend war sie - trotz der Fußprobleme - recht guter Dinge gewesen, doch am Morgen hatte sie ihn wegen absoluter Kleinigkeiten angemeckert. Die unverschlossene Zahnpastatube - eine seiner Marotten - war noch nie ein Streitgrund gewesen. An diesem Sonntag aber hatte seine Liebste losgefaucht, als ginge es um ihr Leben.
Herbert wusste nicht, was er falsch gemacht haben sollte, spielte er doch schon seit einigen Tagen brav den Hausmann. Als er nach dem Frühstück erwähnt hatte, dass er auch am Sonntag noch zu einer dringenden Ermittlung müsste, war es ganz aus gewesen. Eine Tasse war geflogen und er hatte sich ins Büro geflüchtet, bevor seine humpelnde Elvira noch mehr Temperament und Durchschlagskraft entwickelte.
Durchschlagskraft war das, was auch er jetzt zu brauchen schien, denn der Hausherr der Mühle schien immer noch nicht da zu sein. Das Hoftor war verschlossen und auf ihr ungeduldiges Läuten mit der Hofglocke rührte sich nichts, nur ein weiter entfernter Hund schlug an, verstummte aber nach einem scharfen Kommando wieder. Es war wieder ruhig, nur die kurzen hellen Laute der Meisen, das Rauschen von Wasser und ein beständiges Summen waren zu hören. Durch den Türspalt im Hoftor konnte man auch den weißen Kastenwagen im Hof sehen.
Er stand in Richtung zum Tor, ausfahrbereit. Eine Stelle, an der ein schwarzes Kunststoff-Teil fehlte, beispielsweise an der Stoßstange, ließ sich nicht erkennen. Das Alzeyer Nummernschild war entstempelt und die Zulassungsstelle hatte ihm auf seine Anfrage mitgeteilt, dass er bereits Ende des Vorjahres abgemeldet worden war. Der Sachbearbeiter der Alzeyer Zulassungsstelle hatte ihm darüber hinaus noch erzählt, dass Alfons Ruppert außerdem einen anderen Wagen auf sich zugelassen hatte, einen Morgan Threewheeler in

racinggreen, AZ-HA 337. Den auffälligen Wagen hatte Wülfing natürlich gleich zur Fahndung ausgeschrieben, aber tatsächlich war das kein Auto, mit dem man eine solch sperrige Leiche transportieren würde. Denn die Vorstellung, eine Leiche in einem Cabrio zu transportieren, so dass Arme und Beine über die Karosserie hinausragten, war zu abstrus. Außerdem war ja ein weißer Kastenwagen für den Leichentransport von hier nach Mainz genutzt worden - wahrscheinlich dieser rostige Fiorino.

Wenn die Leiche denn tatsächlich von hier aus transportiert worden war. Auch das war ja noch nicht sicher. Wenn sie denn wenigstens mal diesen Alfons finden könnten! Hatte der die Leiche entsorgt und war dann abgetaucht? Es musste sich doch etwas in seiner Mühle finden lassen! Wenigstens Hinweise auf Satanisten oder sonstige Spinner. Die würden in einer solch einsamen, finsteren Mühle mit einem dunklen Loch im Berg eine gleichermaßen interessante wie ungestörte Bleibe finden, die entsprechend getaktete Interessenten sicher beeindruckte.

Weniger beeindruckt war die ins Hoftor eingelassene Tür von Wülfings nachdrücklichen Rüttelversuchen. Sie bewegte sich einfach gar nicht und er schaute leicht resigniert zu Marie.

„Ohne Durchsuchungsbeschluss kommen wir da wohl nicht rein."

„Ich frage mal nach, ob er nicht schon vorliegt. Derweil können wir auf die Rückseite des Anwesens schauen. Vielleicht gibt es dort noch einen Eingang. Mich würde außerdem interessieren, wie der Fiorino von der Rückseite aussieht."

Marie war - wie meist - geländegängig angezogen und gemeinsam liefen sie an der Hofmauer entlang, bis diese im rechten Winkel zur Felswand hin abbog. Ein erstes Hindernis war eine Betonrinne, durch die der Mühlbach floss; langsam, aber beharrlich zu einer vergitterten, bogenförmigen Maueröffnung und dann durch diese hindurch. Die Rinne war nicht besonders breit und konnte wohl mit einem beherzten Sprung überwunden werden, aber die beiden wollten kein Risiko eingehen. Nach kurzer Suche fanden sie in einer Nische der Hofmauer eine breite Holzbohle, die genau über den Mühlbach passte. Während Marie mit Leichtigkeit darüber huschte, knarzte sie unter Herberts Gewicht, brach aber nicht.

Dann waren sie an der hinteren Ecke des Gehöfts. Der Spalt zwischen Mühlengebäude und Felswand war hier zu eng, um passiert

zu werden, und so gingen sie weiter nach außen, bis sie an einer flacheren Stelle den steilen Hang hochkamen. Sie folgten dem Hang, bis sie einen Blick in den Innenhof werfen konnten, der auf dieser Seite mit einem Weidezaun gesichert war. Die Türen zu den Gebäuden waren verschlossen, alte landwirtschaftliche Gerätschaften standen neben einem neuen Sonnenzellen-Panel. Auf den Dächern waren Glasscheiben mit dunklen Rohrleitungen angebracht, die wohl als Sonnenkollektoren zur Warmwasser-Erzeugung dienten. Nun war auch das Heck des weißen Kastenwagens zu sehen und - tatsächlich fehlte ein Stück an der hinteren Stoßstange.
„Treffer!"
Marie stupste Herbert so impulsiv an, dass der sich mit seinen Halbschuhen auf dem nassen, steilen Hang nicht mehr recht halten konnte und ins Rutschen geriet. Zwei Sekunden später und fünf Meter tiefer lernte er den Stepptanz, als er beim Versuch, sich festzuhalten, mit beiden Händen in den geladenen Weidezaun griff. Zwei kräftige Flüche und einen beherzten Griff von Marie später war er wieder frei und schaute diese an, als wollte er sie fressen.
„Tut mir leid, Herbert!"
Marie legte den Arm um ihren Kollegen und dem wurde gleich ganz warm ums Herz. Er wollte auch den Arm um sie legen, aber sie duckte sich unter seinem Griff weg und folgte dem Zaun. Dieser verlief bis zu einer in die Rückwand des Mühlengebäudes eingelassenen Tür, wo der geladene Draht neben dem Türrahmen in einer kleinen Wandöffnung verschwand. Die Blechtür wurde wohl nur selten genutzt, wie das auf der Außenseite aufgehäufte Laub und der Schlamm zeigten. Sehr stabil sah die Tür jedenfalls nicht aus, sie war alt und der Rost hatte bereits, vom Boden beginnend, Löcher ins Türblatt gefressen. Efeuranken hatten sich ihren Weg ins Innere gebahnt. Zwischen Türblatt und Rahmen klaffte ein breiter Spalt, das Schloss war nur Staffage.
„Sollen wir, Herbert? Noch haben wir keinen Beschluss."
„Der kommt schon noch, keine Sorge. Außerdem haben wir ja wahrscheinlich das Tatfahrzeug hier stehen und sollten irgendwelche Manipulationen daran zu verhindern suchen. Also ist Gefahr im Verzug, logisch. Bitte gehe zur Seite, ich zeige dir mal, wie „Mann" das macht."
Ein kräftiges Rütteln und Drücken später signalisierte die Tür be-

reits Verhandlungsbereitschaft. Der Spalt zwischen Türblatt und Rahmen verbreiterte sich zwar ein wenig, aber irgendetwas blockierte die Tür von innen.
„Hauuuuu-Ruckkkk!“ kommentierte der Hauptkommissar seinen zweiten Versuch mit der Schulter. Er öffnete die Tür noch ein wenig weiter und gab den Blick auf eine Etage frei, die ähnlich vollgestellt war wie der Innenhof. Das Summen, das im Wald nur noch schwach zu vernehmen war, drang nun lauter durch die verstaubten Gerätschaften, die man im Halbdunkel erkennen konnte. Doch noch war der Spalt zu eng zum Durchgehen.
„Und jetzt!“ Mit einem zu allem entschlossenen Blick rammte Herbert seine Schulter gegen das nur noch lose in den Angeln hängende Türblatt, das ob solch präpensionärer Kraftentfaltung seinen Widerstand aufgab. Es riss aus den Angeln und Herbert tat einen schnellen, entscheidenden Schritt - zwar nicht zur Lösung des Falles, aber in den Raum, der ihm sicher noch viel staubiger vorgekommen wäre, hätte er nicht just in diesem Moment eine kalte Dusche von oben bezogen. Denn offensichtlich hatte der Hausbesitzer in einem unergründlichen Ratschluss einen gefüllten Eimer auf Türrahmen und Türblatt platziert - und die fehlten nun leider.
„Schei ...“, fluchte Wülfing und seine Antipathie gegen diesen Mühlenfritzen, der hier sein düsteres Dasein fristete, wuchs ein beachtliches Stück. Dieser Kerl, der offensichtlich nie zu Hause war und gemeine Fallen aufstellte, um beamtete Besucher zu schädigen. Er fluchte und schüttelte sich gleichermaßen, seine - zugegeben spärlichen - Haare waren patschnass und seine Jacke auch. Marie setzte eine betont besorgte Miene auf, um nicht laut loszulachen, und reichte ihm ein paar Papiertaschentücher. Nachdem der Kollege Hauptkommissar wieder hergestellt war, ging sie voraus.
Von der geöffneten Tür kam nur wenig Licht in den Raum, die Fenster zur Hofseite waren mit alten Möbeln vollgestellt. Im Dach waren einige, teilweise bemoste, Kunststoff-Ziegel eingelassen, die die Morgensonne durchließen; feine, von aufsteigendem Staub flirrende Lichtstrahlen. Marie ging vor, leuchtete mit der Taschenlampe sorgfältig den Boden ab und umging sicher die vielen Öffnungen und Falltüren in den knarrenden Holzdielen.
Aus dem Halbdunkel tauchte allerlei Gerümpel auf, Spinnräder und ein restaurationsbedürftiger Biedermeier-Sekretär, vor allem aber

ihr unbekannte Gerätschaften, die wohl noch aus der Zeit des Mühlenbetriebs stammten. Eine Konstruktion, an der der Tote möglicherweise festgebunden war, war nicht darunter, es waren keine Lederbänder oder ähnliches zu sehen. Dann standen sie vor einer Treppe, die eine Etage tiefer führte, von wo her das stetige Summen kam. Der Treppenansatz war allerdings aus der Wand gebrochen und lag nur noch auf einem freischwebenden Balken auf. Das war selbst für Maries Gewicht kritisch und Herbert brauchte gar nicht daran zu denken, darauf zu treten. Sie traten den Rückzug an, als sie ein Auto vorfahren hörten. Vielleicht war das der Besitzer? Wenn er es wieder nicht war, musste notfalls ein Schlüsseldienst dafür sorgen, dass sie in den Hof kamen.
Auf dem Weg zurück zum Hoftor ergab ein Anruf, dass inzwischen der Durchsuchungsbeschluss per Fax im Kommissariat eingetrudelt war, so dass sie das Anwesen nun wirklich auf den Kopf stellen konnten.

*

Eigentlich ist es gar nicht so schwer, ein Auto der Kripo zu erkennen. Zwar sind das keine Dienstwagen, was nun wirklich zu einfach wäre, und auch kein GDP- (Gewerkschaft der Polizei) Aufkleber ziert sie. Solche Aufkleber sieht man eher auf den Autos notorischer Falschparker, die sich davon einen Kollegenbonus bei den Politessen erhoffen, was übrigens eine irrige Ansicht ist. Nein, unsere Freunde und Helfer von der Kriminalpolizei fahren mit ganz normalen Autos aller Marken, in allen Farben und mit oder ohne Klimaanlage und Allradantrieb. Aber eins haben sie immer dabei: Ein mobiles Blaulicht, das sie bei Bedarf nach Kojak-Manier aufs Dach klemmen können. Außerdem parken sie wegen des chronischen Zeitmangels oder einer gewissen Bequemlichkeit meist genau dort, wo sie hin wollen.
Also kann ich ganz einfach feststellen, dass Herbert schneller als ich war. Denn ein schon etwas betagter, aber geländegängiger Opel parkt direkt vor der Katzmühl und das Blaulicht liegt auf den Rücksitzen, so dass man es bei Bedarf einfach von den Vordersitzen erreichen kann. Der Mainzer Kojak - Einsatz in Rheinhessen. Das Bild passt vom Äußerlichen zwar eher auf Hajo, aber der ist ja nun

bei seinen Kollegen vom LKA mit anderen Dingen beschäftigt.
Zunächst kommt die junge, hübsche Marie um die Ecke, gefolgt von Herbert, der etwas verdrießlich ausschaut. Seine Lederjacke glänzt feucht und seine Cordhose weist dunkle Flecken auf.
„Bist du unter die Freiduscher gegangen?“, begrüße ich launig Herbert, der das gar nicht gut findet, nur „Lästerknabe“ murmelt und in seinem Wagen die Oberbekleidung wechselt. Kurz danach steht er mit einem karierten, aber trockenen Holzfällerhemd und trockener Cordhose vor der in das Hoftor eingelassenen Tür und schaut Marie und mich fragend an.
„Rufen wir den Schlüsseldienst? Eine Idee, Herr Lehrer?“
Gott weiß alles und Lehrer wissen alles besser. Herbert weiß, dass ich immer mal wieder die Schulen rund um Mainz als Vertretungslehrer in Mathe und Physik heimsuche. Also zeig mal, was du kannst, Ronni! Eines der ersten Gesetze in der Schulphysik ist das Hebelgesetz. Es ist zwar bei den Schülern nicht so beliebt wie das Verdunkelungsgesetz im Physiksaal, das spätestens ab gemischten 7. Klassen vorzüglich funktioniert, aber durchaus allgemein bekannt. Leider klappt es bei dieser Tür nicht, aber die großen Flügel des Hoftors mit ihren langen Hebelarmen sind dafür umso besser geeignet. Da gilt es nur noch, die Bodenverankerung in der Tormitte zu lösen. Die Lücke unter dem Tor ist zwar so groß, dass ich meine Arme durchstecken kann, aber ich komme nicht weit genug. Ich schaue mich um und da ist sie schon: eine Eisenstange, die bei einem der verrosteten Traktoren vor dem Hoftor wohl den Ganghebel ersetzte.
Etwas später habe ich rostbraune Hände - und das Torgestänge seiner Bodenhaftung beraubt. Mit etwas gutem Zureden schwingt das Tor auf, eine schwarz-weiß gefleckte Katze mit völlig verfilztem Perserfell flüchtet nach draußen und das Anwesen liegt in voller Pracht vor uns. Während ich noch die Umgebung auf mich wirken lasse und überlege, wie ich die Atmosphäre fotografisch umsetze, nehmen Herbert und Marie bereits den Kastenwagen unter die Lupe.
„Passt!“
Marie hält triumphierend ihr Kunststoff-Teil in die Höhe und dann wieder an die hintere Stoßstange. Herbert nickt, greift gleich zum Handy und wählt eine gespeicherte Nummer.

„Bitte schickt einen Abschleppwagen nach Wendelsheim … ja, Wen-dels-heim … Ortseingang aus Richtung Alzey kommend … dann direkt links …Katzmühl ... eine Stunde? … ok!“
Marie geht derweil schon auf das Mühlengebäude zu und streift sich Kunststoff-Handschuhe über die feingliedrigen Finger. Das in den verzogenen und verwitterten Türrahmen eingebaute Kastenschloss ist nicht abgeschlossen und lässt sich mit etwas Ruckeln leicht öffnen. Sofort wird das Summen lauter, es hallt in den Hof und bricht sich an den Bruchsteinmauern. Ganz automatisch folge ich Marie, höre mit halbem Ohr, dass Herbert mir einschärft, nichts anzufassen, und schon stehen wir im Halbdunkel. Zum Summen kommt jetzt noch ein Rauschen. Maries halblange blonde Haare verschwinden hinter einer Türöffnung, nur mitunter streift der Widerschein ihrer Taschenlampe die unverputzten Mauern.
„Da hat‘s eine Turbine! Daher kommt also der Strom! Und eine ganze Werkstatt! Und noch eine Tür zu einem Nebenraum!“
Ihre helle Stimme und der schwäbelnde Akzent machen sich auch im Herzen von Rheinhessen ausgesprochen apart; Herbert folgt ihr geschwinden Fußes, ich hinterher. Der Raum ist sehr groß, wie überhaupt alte Mühlen in aller Regel nicht unter Platzmangel, sondern eher unter Lichtmangel infolge der kleinen Fensteröffnungen leiden. Durch eine Maueröffnung strömt der Mühlbach hinein und läuft direkt in eine schnell drehende Turbine, die ihre Kraft über einen breiten Antriebsriemen auf einen Generator überträgt. Vom Generator laufen zwei dicke Kabel zu einer Raumecke, in der sich die Kabel in einen verwirrenden Kabelsalat verzweigen und in der eine ganze Sammlung von Batterien den erzeugten Strom offensichtlich aufnimmt und speichert. Eine Leitung geht durch die Mauer nach draußen in Richtung Felshang. Zwei kastenförmige, schwarze Instrumente am Generator zeigen Spannung und Stromstärke an, den Aufklebern nach aus den schulischen Physiksammlungen „RS Gau-Odernheim“ und „Nordpfalz-Gymnasium Kirchheimbolanden“ ausgesondert. 20 Volt und 50 Ampere liefert derzeit die Turbine - das reicht für Fernseher und Kühlschrank, aber schon bei einer Waschmaschine würde es eng. Erst recht genügt es nicht für den Park an großen Maschinen, die den hinteren Teil des Raumes einnehmen: Auf den ersten Blick erkenne ich eine selbstgebaute Abkantbank, eine riesige Kreissäge, eine überdimensionale Dreh-

bank und eine Bandsäge. Gibt es eine weitere Energiequelle?
Vom Dachgebälk baumeln einige Neonröhren herunter, deren Zuleitung zu einem altertümlichen Bakelit-Schalter führt, in dem ein Prachtexemplar von Hauskreuzspinne ihre Speisekammer angelegt hat. Wenig später ärgert sich die Spinne, weil ihr Netz leicht lädiert ist, aber die Neonleuchten flammen auf und beleuchten weitere Einzelheiten.

An den Wänden stehen Hölzer jeder Konfektionsgröße, vom Stamm bis zum fertig geschnittenen Balken, auf einer langen Werkbank stapeln sich zerlegte Lautsprechergehäuse, Schubladen enthalten kleinere Werkzeuge. Größere Werkzeuge sind mit Lederriemen an einen Balken gebunden. Frische Späne an der Drehbank verraten, dass vor kurzem damit gearbeitet wurde. Nun, ein solcher Gerätepark ist nicht ungewöhnlich, wenn man ein altes Gemäuer erwirbt und renovieren will.

Durch die Ritzen in der Tür zum Nebenraum dringt nun Licht, Geräusche von anlaufenden Maschinen ertönen. Vorsichtig gehen wir näher, warten, bis sich unsere Augen an das Halbdunkel gewöhnt haben.

„Hallo, ist da jemand?“, ruft Herbert, aber es antwortet niemand.

Vorsichtig drückt er die Türklinke, aber die Tür klemmt. Einen kräftigen Ruck später fliegt sie auf und gleichzeitig rattert ein Maschinengewehr los.

Herbert brüllt „Weg!“

Ich springe zur Seite und stoße meinen Kopf an irgendetwas.

*

„Alles muss man selber machen“, knurrte Kiesling, schaltete in den zweiten Gang und schaute zu seinem Advokaten, der sich bibbernd an seinem Aktenkoffer auf dem Beifahrersitz des Porsche festklammerte, als er die Ortsdurchfahrt Nieder-Hilbersheim mit fast 90 Stundenkilometer nahm. Es war Sonntagmorgen, die Straße war frei und sowieso gab es in Nieder-Hilbersheim noch nie eine Radarkontrolle. Die gab es auch diesmal nicht und so war ein danach am Straßenrand verblutender Igel vorerst der einzige Leidtragende des morgendlichen Ausritts des schnellfahrenden Herrschers über die Kiese und Sande Rheinhessens.

Weniger als eine Minute später war er an der Kaffee-Mühle am Appenheimer Ortsrand, wo sein Hofstaat schon auf ihn wartete, im Zentrum der Groß-Harvester, ein „Baumernter für Stämme von 30 bis 65 Zentimeter Umfang“, der endlich produktiv werden sollte. An der schön renovierten Kaffee-Mühle vorbei führte ein betonierter, für Maschinen bis 3,5 Tonnen zugelassener Weg mit recht geringer Steigung und ohne Kurven hoch zum Westerberg. Er war auch für große Landmaschinen breit genug, auch für den Harvester, doch schon wieder steckte das teuer für die ganze Woche gemietete Gerät fest, denn irgendwie wollten wohl einige Bauern mit ihren alten Traktoren ein Oldtimer-Treffen veranstalten. Davon hatte Kiesling noch nichts gehört und gewöhnlich hörte er über seine Kontakte im ganzen Landkreis das Gras wachsen oder vielmehr den Kies rieseln. Er witterte Verrat, Sabotage! Erbost sprang er aus dem Porsche und ging gemessenen Schrittes mit trotzig nach vorn gereckten Schultern am Traktor-Stau vorbei. An der Spitze - und zwar mitten auf dem Weg - ein Lanz-Bulldog, der sich nicht mehr rührte, der Motor stand. Um ihn herum fachsimpelten die Oldtimer-Freunde in epischer Breite über das weitere Vorgehen, von einem fehlerhaften Kontakt in der einfachen Elektrik, was Kiesling für möglich, wenn auch unwahrscheinlich hielt, bis hin zum Austausch eines Kolbenrings (was für ihn der reine Blödsinn war). Einen der Umstehenden kannte er sogar, der Enkel eines Bauern, der ihm bereits Land verkauft hatte.
„Willi, was soll das?“
„Ach, Kiesling, ja so ein Pech!“
„Lasst endlich meine Maschinen vorbei!“
„Ich sag ja - so ein Pech! Der gute alte Bulldog - sonst unverwüstlich und gerade jetzt! Dein Harvester wiegt übrigens einiges mehr als dreieinhalb Tonnen, du willst doch nicht wirklich hier hoch?“
„Erzähl mir nichts! Ihr blockiert den Weg absichtlich! Macht endlich Platz, sonst stelle ich euch die Verzögerung in Rechnung! Eure Familie hat mir doch selbst das eine Grundstück auf der Waldeck verkauft!“
„Aber die anderen Grundstücke gehören dir nicht. Das weiß ich. Und unser Land hat der Großvater viel zu billig hergegeben. Ein lichter Moment war das zugegebenermaßen wohl eher nicht.“
„Du willst wohl nachträglich mehr haben!“

„Nö, aber das braucht dich ja nicht zu interessieren. Du willst ja sowieso mit deinem Bergrecht alles enteignen. Du wirst schon noch sehen, was du davon hast. Wie heißt es so schön: Mach dich vom Acker, Kiesling!"
Wutschnaubend stürmte Kiesling zurück zu seinem Fahrzeugpark.
„Fahr endlich los!", herrschte er den Harvester-Fahrer an, der mit den Schultern zuckte und auf die Traktor-Prozession vor ihm zeigte. Kiesling wurde es endgültig zu bunt und er kletterte auf das achträdrige Monster.
„Platz da!"
Er übernahm im Handstreich das Führerhaus, der Fahrer sprang ab. Einen Knopfdruck später schrillte der Anlasser und die 200-PS-Maschine grollte los. Erschrocken sprangen die Umstehenden zur Seite und als Kiesling den Ausleger schwenkte, steuerten einige schnell ihre Trecker zwischen die Rebreihen. Eine Gasse bildete sich, an deren Ende der Bulldog stand.
„Na also, geht doch!"
Kiesling gab Gas, das Gefährt ruckte bergwärts, zerbröselte einige der Betonplatten unter den grobstolligen Reifen und kam dem Bulldog immer näher. Der rührte sich nicht, wenn auch dem Besitzer angesichts des herannahenden Ungetüms eine gewisse Nervosität anzumerken war. 50 Meter, 40 Meter, 30 Meter … Der Lanz rührte sich nicht. Kiesling musste sich entscheiden. Die Straße war zu eng für beide, über den Haufen fahren konnte er den Trecker auch nicht. Das war gute deutsche Wertarbeit. Aber stoppen und sich dem Gespött der Umstehenden preisgeben - das wollte und konnte er nicht. Also lenkte er kurzerhand den „Baumernter" in den Hang, um unterhalb des Bulldogs vorbeizukommen.
Die geländegängige Hydraulik glich einen Teil der Querneigung aus, als sich vier der acht unabhängig voneinander aufgehängten Räder in den Hang gruben und die Spanndrähte der darunterstehenden Reihen kappten, während die oberen vier Räder noch auf der Grasnarbe neben dem Betonweg radierten. Einen kräftigen Gasstoß später war er am Hindernis vorbei und er schlug die Lenkung bergwärts ein. Dann gab er Vollgas und schwenkte gleichzeitig den Ausleger nach links, um den Schwerpunkt hangwärts zu verlagern - doch gegen die Physik konnte er sich nicht durchsetzen.
Denn der ausschwenkende Ausleger erzeugte im Moment des Ein-

lenkens ein Drehmoment, das die ohnehin bis an die statischen Grenzen belastete Maschine aus dem Gleichgewicht brachte. So wurde aus der Statik eine Dynamik. Die vier bergseitigen Räder hoben ab und der Harvester begann talwärts zu kippen, erst langsam, dann immer schneller. Einen Moment später lag die große Maschine auf dem Kopf und streckte ihre acht Räder in die Luft wie ein riesiges Insekt. Kiesling passierte durch die stark geschützte Fahrerkabine nichts, wenn man davon absieht, dass er sich eine Platzwunde holte, als er mit dem Kopf gegen das Seitenfenster schlug.

*

So schnell das Maschinengewehr losgerattert ist, so schnell verliert es seine Geschwindigkeit und wird immer langsamer, bis es stehenbleibt. Ich habe mich mit einem schnellen Satz seitlich neben die Tür gerettet, Herbert und Marie haben hinter einem alten Sekretär Position bezogen, ihre Dienstwaffen zielen auf die Tür. Es herrscht eine gespenstische Stille bis auf ein Summen, das irgendwie näher kommt. Es wirkt ziemlich bedrohlich, aber Herbert bedeutet mir, mich ruhig zu verhalten. Mit seiner Taschenlampe leuchtet er die Türöffnung aus und da sehe ich es: Kleine Tiere krabbeln aus einem Loch und schwärmen aus, erst einzeln, dann Dutzende, dann Hunderte.

„Raus, Wespen!“

Kaum, dass ich schreie, bin ich auch schon das erste Mal gestochen und hechte einige Millisekunden später durch die Mühlentür in meinen Golf, Herbert und Marie hinterher. Gut, dass ich den Wagen mal wieder nicht abgeschlossen hatte. Auch Marie hat es erwischt. Ein Stachel steckt in ihrem rechten Unterarm, ein dunkler kleiner Haken mit einem winzigen Beutel an der Oberseite, der immer noch zuckt, obwohl die zugehörige Biene längst tot ist. Rund um die Stichstelle schwillt die Haut bereits rot an. Mit der Pinzette aus dem Fahrzeug-Verbandskasten pule ich den Stachel vorsichtig heraus und ernte dafür einen dankbaren Blick. Ein wenig kühlendes Desinfektionsspray darauf, einmal prüfend mit dem Finger drübergestrichen und fertig ist die Behandlung. Sie ist erfreulicherweise nicht allergisch gegen Insektenstiche, sagt sie mit einem Blick auf den Bienenschwarm, der sich um das Auto gebildet hat und nun

nach und nach zurück in das Mühlengebäude fliegt. Eine Spinnwebe hat sich in Maries Haaren verfangen. Sie zuckt nicht zurück, als ich danach greife, und schaut mich fragend an.
„Du hast da eine Spinnwebe ...“, beginne ich etwas verlegen.
„Danke. Bleibt in solchen Höhlen nicht aus.“
Sie schenkt mir ein Lächeln, das meine Gedanken abschweifen lässt.
„Der Besitzer züchtet also Bienen ...“, reißt mich Herbert aus meinen Träumen.
Ich nicke. Der abgebrochene Stachel mit dem zuckenden Giftbeutel war deutlich genug, auch ohne das Gewimmel ums Auto.
„Im ersten Moment dachte ich an Wespen. Macht es einen Unterschied?“
„Ich denke schon. Zum einen würden so früh im Jahr Wespen noch nicht in solcher Zahl schwärmen können und zum anderen … hmmh … kommt es mir komisch vor, dass jemand einen Bienenstock direkt hinter eine Tür stellt. Der Ruck hat sie dann unsanft geweckt.“
„Und die Schüsse?“
„Kommen mir auch spanisch vor. Ich glaube nicht, dass da eine Person war, denn die wäre auch von den Bienen attackiert worden. Nach vorn ist niemand rausgelaufen und die Treppe ins obere Geschoss und zum Übergang in den Wald ist nicht begehbar. Vielleicht eine Art Selbstschuss-Anlage? Aber warum dann die Bienen? Ich schlage vor, wir warten noch ein wenig, bis sich die Honiglieferanten wieder beruhigt haben. Derweil nehmen wir das Haus unter die Lupe. Ohne dich! Bitte beobachte mal das Drumherum.“
Beide klettern vorsichtig aus dem Wagen, aber der Schwarm ist inzwischen abgezogen, nur noch vereinzelte Bienen fliegen herum, orientieren sich aber auch in weiten Schleifen zum Mühlengebäude. Herbert hat recht, in die Nähe des Bienenstocks sollte man jetzt noch nicht. So warte ich halt und rätsele über die merkwürdige Kombination aus Schuss- und Bienenattacke, ohne zu einem Ergebnis zu kommen. Die beiden von der Kripo kommen offenkundig auch nur langsam voran, erst nach einer halben Stunde schaut Marie aus einem Fenster im ersten Stock, winkt mir kurz und dann schließt sich das Fenster wieder.
Etwas später höre ich einen rauen Diesel in den Hof einfahren. Es

ist der Abschleppwagen, der den Kastenwagen zum Polizeipräsidium Mainz bringen soll. Die Kriminaltechniker werden sicher entsprechende Spuren von der Leiche finden, die mit dem Wagen transportiert wurde - und dann hat der Mühlenbesitzer schlechte Karten. Marie schaut wieder aus dem Fenster und kommt kurz danach mit Herbert aus der Haustür und wir sehen gemeinsam zu, wie der Fiorino von der Winde ruckelnd auf die Ladefläche gezogen wird. Als sich schließlich der Abschleppwagen mit seiner Fracht auf den Weg nach Mainz macht, verschwinden die beiden wieder im Haus.
Bienen sind keine mehr zu entdecken, was bei den tiefen Temperaturen nicht anders zu erwarten ist, und so gehe ich mit gebührender Vorsicht wieder ins Mühlengebäude. Ganz wohl ist mir nicht, aber ich fotografiere ja nicht fürs Poesiealbum, sondern für die stets klamme Reporterkasse. Ein Stativ habe ich zwar nicht dabei, aber es geht auch anders, Befestigungsmaterial ist ja genügend vorhanden. Mit einem der herumhängenden Lederriemen verknote ich die Kamera an einem Querbalken und löse dann aus. Die Riemen sind ganz praktisch und so stecke ich mal zwei für alle Fälle ein. Selbstverständlich werde ich sie nach Abschluss der Fotoarbeiten wieder zurückgeben oder – besser noch – dem Besitzer abkaufen.
Die Belichtungszeit bei Blende 16 ist sechs Minuten. Das entspricht ziemlich genau der Lichtmenge in einer Bar in Mainz-Kastel, die mit dem Slogan „Sexy Unterhaltung und mehr“ wirbt und die ich mal für ein Mainzer Stadtmagazin fotografiert hatte. Damals waren auf dem Foto einige Dinge zu sehen, die ich im Halbdunkel mit dem Auge übersehen hatte. Vielleicht wird es auch diesmal wieder so sein, denn die Vielzahl der Gerätschaften überfordert mich. Ständig scheinen neue Dinge aus dem Halbdunkel aufzutauchen und wieder darin zu verschwinden.
Nach sechs Fotos ist der große Raum aus allen möglichen Positionen mit dem Weitwinkel abgelichtet und die Tür in den Nebenraum lockt. Ich bin unschlüssig, ob ich allein hineingehen soll, als ich einen Klaps auf die Schulter bekomme und zusammenzucke.
„Nun, Ronni, fertig mit dem Familienalbum?“
Herbert lacht so dröhnend über meine Schreckhaftigkeit, dass ich als Retourkutsche einen Herzinfarkt simuliere und mit einem Griff zum Herzen zu Boden sinke. Sofort kommt die noch an der Ein-

gangstür stehende Marie zu mir gesprungen und beugt sich über mich. So spiele ich weiter, verdrehe die Augen und stoße mit ersterbender Stimme heraus:
„Ich sterbe. Der erste Engel ist schon da!“
Da wird auch Marie die Situation klar und wir brechen in ein schallendes Gelächter aus. Doch wir sind noch nicht fertig, denn den Nebenraum mit seinen schlecht gelaunten Bewohnern haben wir noch nicht untersucht. Tatsächlich krabbeln noch ein paar Bienen langsam am Türrahmen herum, sonst ist die Luft rein. Die Tür steht noch von der Hauruck-Aktion halb offen, Herbert will als Erster durch, als unter seinem Fuß etwas knackt und bricht.
„Was war das?“
Er tritt einen Schritt zurück, leuchtet auf den Boden und hält dann ein unter seinem Gewicht in mehrere Teile zerbrochenes Plastikspielzeug hoch.
„Ein Spielzeug-Maschinengewehr in Miniatur-Ausführung. Da haben wir die Quelle für die Schüsse. Aber was hat das mit den Bienen zu tun?“
Marie steckt das Spielzeug in eine Plastiktüte und dann drücken wir uns vorsichtig durch die Tür, immer mit dem Gedanken daran, dass die Bienen wieder aktiv werden könnten. Aber nichts passiert und so stehen wir in einem großen Raum, in dem es glitzert und blinkt. Etliche Flipper stehen herum, einige sehen aus wie neu, andere harren in Einzelteilen der Instandsetzung. Herbert kann nicht widerstehen, schießt eine Kugel ab und der Flipper erwacht zum Leben. Ich befürchte die nächste unliebsame Überraschung und meine ein neues Summen zu hören, aber es ist nur der Flipper selbst. Lichter blinken, das Zählwerk klackt im Stakkato und die Bumper zucken wild. Nicht ganz mühelos hält Herbert die Kugel mit einem Stoß hier und da im Spiel, bis ein „Tilt“-Licht aufleuchtet und er sich triumphierend zu uns umdreht. High Score! Nach der ersten Euphorie flaut Herberts Interesse aber schnell wieder ab. Seine Flipperzeit ist wohl schon zu lange vorbei und so geht er durch den Gerätepark, lässt mitunter einen fachkundigen Kommentar fallen wie „Frankenstein“ oder „Dracula, ausgezeichnetes Backglass“ oder „Creature from the black Lagoon, Zustand D, wow“.
Außer den Flippern findet er nichts Interessantes in dem Raum. Ich mache noch zwei Bilder und dann verlassen wir gemeinsam

das Anwesen. Die beiden fahren über Wörrstadt nach Mainz, ich über Wöllstein zurück. Meine Fotos kann ich erst am folgenden Tag, Montag, im Kommissariat abliefern. Denn das ist die Krux der Analog-Fotografie: Die Filme müssen erst entwickelt werden und das dauert. Aber so komme ich halt auch einmal mehr zu meinem Freund Herbert und seiner reizenden Assistentin.
Marie ist eine schöne Frau und ihr melodisches Schwäbeln bringt mich mühelos in das Land, wo die sparsamen Leute den Pfennig so oft drehten, dass sie ganz von selbst den Kupferdraht erfanden. Ihren frechen Bemerkungen nimmt sie mit einem reizenden „Hihi“ die Schärfe, ohne den Inhalt zu verwässern, der durchaus eine gewisse Strenge haben kann. Schade, dass ich nicht auch ins Wohngebäude darf; ich überlege, was die beiden da gefunden haben.
Nun gut, irgendwann bekomme ich es sowieso raus, aber früher heißt halt besser, weil lukrativer. Aber wie der Zufall es so will: In Appenheim ist große Aufregung, weil sich ein Harvester im Weinberg überschlagen hat. Mit der Digitalkamera ist schnell ein Foto gemacht und in die Redaktion geschickt.

*

Sie wurde von einem Knall aus dem Treppenhaus geweckt. Ihre einzigen Mitbewohner in Gebäude 5820, eine junge Familie, waren samt Nachwuchs wohl auf dem Weg zum Finther Sonntagsumzug und hatten eine Knallerbse auf den Kunststeinstufen gezündet. Es hallte fürchterlich zwischen den kahlen Wänden. Endlich waren die vier draußen, die Eingangstür fiel krachend ins Schloss und das Kindergeschnatter wurde schlagartig leiser. Ina öffnete die Augen und starrte die großen, rot leuchtenden Ziffern an der Zimmerdecke an. Ihr Projektionswecker war der Meinung, dass es kurz nach zwei Uhr nachmittags war, was sie kaum glauben konnte. Sie kam sich vor wie gerädert nach einer Nacht, in der sie ausgesprochen schlecht geschlafen hatte.
Da war der Schock, als dieses Ding sie im Dunkeln angesprungen hatte. Es war sicher einer der Tiger aus dem Tigergarten auf der Waldeck gewesen, wie sie inzwischen im Internet recherchiert hatte. Die damit verbundenen starken Zäune waren ein Hindernis, das die Rodung sicher um einige Tage verzögern würde. Das an-

dere Problem war die Blockade, die das Projekt Windeck bisher erfolgreich blockierte. Sie wagte nicht an die Folgen einer weiteren Verzögerung zu denken. Längst waren die Windkraftanlagen bestellt, längst die Liefertermine fixiert, samt der Vertragsstrafen. Kiesling würde das leicht aussitzen, als stiller Gesellschafter der Kies & Wind GmbH, aber sie als Geschäftsführerin musste mit drohender Insolvenz rechnen. Sein „Am Montag wirst du sehen, wer das Heft in der Hand hat!" hallte in ihr nach. Als sie ihn anrief und auf den Montag ansprach, vereiste die Telefonleitung in Sekunden. Erstaunlich, wie dies sogar bei digitalen Verbindungen passieren konnte.
„Lass mich in Ruhe und kümmere dich um deinen eigenen Kram! Du bist hoch bezahlte Geschäftsführerin. Also mach!"
Er legte wieder auf und sie war so schlau wie vorher. Oder vielmehr etwas schlauer, denn das Montag-Versprechen war offenkundig vom Tisch. Das machte die Sache nicht einfacher. Wie sie sich auch drehte und wendete, sie kam nicht weiter. Vielleicht brauchte sie einfach nur Ablenkung, was ihr nicht schwerfallen sollte. Nach einem ausgiebigen Bad fühlte sie sich besser und wählte ihr Fassenacht-Vamp-Kostüm aus dem Kleiderschrank. Es hatte ein tiefes Dekolleté, die reifen Brüste wurden von festen Körbchen gestützt. Die langen Ärmel verbargen die blauen Flecken von ihrem nächtlichen Ausflug und auch ihr Fuß fühlte sich schon deutlich besser an.
Und sie sah immer noch gut aus und hatte Erfolg.
Sie schlief in dieser Nacht nicht allein. Er war ein Mann in ihrem Alter, nicht besonders gut aussehend, aber irgendwie interessant mit seiner John-Lennon-Brille und den nervös blickenden Augen. Er war der Letzte gewesen, der sich noch im „Alex" am Höfchen herumgetrieben hatte, und so hatte sie zugegriffen. Sie wusste nichts von ihm, so wie auch sie nichts von sich erzählt hatte. Es war die Unverbindlichkeit, die beide zusammengeführt hatte, und eine Lust, die auf beiden Seiten von Nachholbedarf geprägt war. Sie waren schnell zur Sache gekommen, aber um seine Ausdauer war es nicht so gut bestellt gewesen und er war gleich danach eingeschlafen.
So hatte sie am Morgen wieder Lust, drehte sich zur Seite und griff - ins Leere. Denn der Mann hatte sich bereits aus dem Bett gedreht

und verschwand nun mit schnellen Schritten aus dem Schlafzimmer in Richtung Bad. Sie sah nur noch seinen behaarten Rücken. Kurz danach hörte man bereits das Rauschen der Dusche und - genauso unmissverständlich -, wie sich der Schlüssel im Schloss drehte. Der Silberrücken wollte alleine duschen: Das war die Botschaft. Und das in ihrem Bad!
Die Geräusche aus dem Bad verstummten, dann ging die Tür. Sicher würde er wieder zu ihr ins Bett kommen und sie würden sich lieben. Sie war nun ausgeruht und auch ihre Wunden schmerzten nicht mehr. Doch er kam nicht, stattdessen ging die Wohnungstür. Aha, er wollte Brötchen holen, dachte sie. Sie streckte sich noch einmal, stand dann auf, duschte und deckte den Tisch. Um elf hatte sie alles fertig und blickte aus dem Küchenfenster in den grauen Himmel. Der Winter dauerte schon lang und heute, Rosenmontag, regnete es gar leicht, ein richtiges Schmuddelwetter. Es war wettermäßig kein gutes Jahr für Fassenachter und kein guter Morgen für Ina Eickhoff. Denn er kam nicht wieder und sie musste allein frühstücken, ohne Brötchen und ohne ihn, wie immer er geheißen hatte.

*

Elviras Fuß ging es wieder besser, ihrer Laune nicht.
„Und wie war es gestern? Habt ihr Erfolg gehabt?“, fragte sie mit einer Stimme, deren Kälte die Oberfläche des vorher dampfenden Kaffees in seiner Lieblingstasse schlagartig zu braunem Eis erstarren ließ. Genervt setzte Herbert die Tasse ab.
„Wie man es nimmt, Elvira.“
„So, so!“
Das Eis verdickte sich weiter und füllte nun schon die Tasse zur Hälfte. Bald würde die Volumenausdehnung die Porzellantasse sprengen und eine neue Eiszeit über Mitteleuropa hereinbrechen. Jedenfalls kam es ihm so vor.
„Wir haben Hinweise gefunden.“
„So, so, Hinweise!“
„Ja, Hinweise!“ Herbert schrie fast. „Was willst du eigentlich? Seit Tagen motzt du herum, als ob ich etwas ausgefressen hätte. Bist immer nur schlecht gelaunt und motzt und motzt!“

„Und - fällt dir dazu nichts ein? Willst du mir nichts sagen?"
„Was soll ich denn sagen? Wenn du nicht weißt, was du willst, gehe ich ins Büro!"
Herbert zog seine Jacke an und beschloss kurzerhand, auch am Rosenmontag ins Büro zu gehen. Von allen Seiten strömten Auswärtige zum Zugweg, aber der Hauptkommissar hatte keine Augen für die bunt kostümierten Kinder und Erwachsenen. Was hatte Elvira? Er war sich keiner Schuld bewusst und froh, als sich die Glastüren mit ihrem schweren grünen Metallrahmen in den Fluren endlich hinter ihm geschlossen und damit die Welt ein wenig ausgesperrt hatten. Die wenigen anwesenden Kollegen taten so, als wäre seine Anwesenheit selbstverständlich, obwohl ihnen natürlich nicht entgangen war, dass es im Hause Wülfing wohl kriselte. Auch Marie war da, fragte ihn aber nicht.
Wie auch immer: Der Hauptkommissar rückte seinen Stuhl zurecht, schubste die Fledermaus an der Decke an und biss dem letzten Weihnachtsmann den Schoko-Kopf ab. Dann fühlte er sich besser und versuchte, die vielen Einzelergebnisse zu sortieren: Die Leiche war vor dem Tod in einer Stellung gefesselt worden, die an einen Ritualmord denken ließ. Nach wie vor unklar war auch, wie der Hirnschlag ausgelöst wurde.
Und es gab einen Verdächtigen, sogar ziemlich Verdächtigen, eben diesen Alfons. In seinem Haus hatten sie auch Steinfurths Scheckkarte gefunden, versteckt unter Taschentüchern im Nachttisch-Schränkchen dieses Ruppert. Also war Steinfurth selbst wohl da gewesen - wie sollte sonst die Karte dahin kommen? Der Mühlenschrat schien zwar nie zu Hause zu sein, aber für einen Mord reichte es wohl schon noch. Vielleicht schützte er wegen seiner häufigen Abwesenheit sein Anwesen mit einem Sammelsurium heimtückischer Fallen, von Türduschen bis zum Bienenstock. Wie die funktionierte, hatte Herbert inzwischen von einem Kollegen von der Sitte im Hause erfahren, einem Nebenbei-Imker. Der hatte ihm erklärt, dass die Honiglieferanten ausgesprochen übellaunig darauf reagieren, wenn in ihrem Flugloch etwas herumknattert und hüpft wie dieses Spielzeug-Maschinengewehr.
Auch war inzwischen klar, dass der Mühlenbesitzer mit etlichen Nachbarn - wegen Grenzstreitigkeiten - und auch den kommunalen Versorgern im Streit lag. Abfallgebühren wollte er keine zahlen,

Wasser und Strom auch nicht und Fernsehgebühren sowieso nicht. Auch mit der Gemeinde hatte er Streit, denn die wollte natürlich ihre Sirene weiterbetreiben und dazu brauchte man Strom. Der aber war natürlich längst von den Versorgern abgestellt worden.
Aber nicht, dass Alfons keinen Strom hätte - den hatte er reichlich. Und benutzte ihn insbesondere, um seine Flippersammlung zu betreiben! Die wiederum gab Hinweise auf die Spinner in ihren schwarzen Klamotten - die Satanisten.
„Das ist doch kein Zufall."
„Woran denkst du, Marie?"
„Frankenstein, Dracula, Creature from the black Lagoon …Dunkle Mächte überall. Welche Flipper standen sonst noch rum?"
„Hmmh, einen Sorcerer habe ich gesehen, aber mehr habe ich mir nicht gemerkt. Passt thematisch jedenfalls auch dazu."
„Ronni hat die Fotos für den Nachmittag versprochen, dann können wir katalogisieren."
Auch wenn die Motivlage noch ziemlich unklar war - einiges passte ganz vorzüglich. Da war der Wagen, dem genau das Teil fehlte, das sie am Fundort der Leiche gefunden hatten. Ein Indiz mit enormer Beweiskraft! Und dann waren ja noch die DNA-Spuren an den Händen des Toten. DNA-Material von Alfons hatten sie reichlich gefunden, einfach auf dem Boden seiner komplett in schwarz ausgeschlagenen Schlafkammer. So hatte eine DNA-trächtige Unterhose mit nicht sehr appetitlichen Bremsstreifen den Weg von Wendelsheim ins Gerichtsmedizinische Labor in Mainz gefunden und bald sollte der entsprechende Bericht auf seinem Schreibtisch liegen, dazu der Bericht der Wagen-Untersuchung. Dass Steinfurth in der Mühle gewesen war, dafür sprach die dort gefundene Scheckkarte des Toten. Mit den erwarteten Ergebnissen würde der Staatsanwalt sicher einen Haftbefehl beantragen und sie konnten endlich nach dem dann dringend Tatverdächtigen fahnden. Ein Bild bräuchten sie dann noch und jemand, der sie benachrichtigte, wenn er zu seiner Mühle zurückkehrte. Er sollte in Mainz unterwegs sein, wie der Strafzettel für seinen Oldtimer verraten hatte.
Was Wülfing immer noch fehlte, war ein Motiv. Weshalb sollte Ruppert seinen Flipperfreund umgebracht haben? Im Suff, ein plötzlich eskalierter Streit um den High Score? Nein, das war alles nicht wirklich belastbar und Steinfurth konnten sie ja nicht mehr

fragen, Ruppert im Moment auch nicht. Sie mussten konventionell weitermachen.
Um elf tickerte das Fax und sie bekamen vom Richter die Genehmigung zum Zugriff auf den E-Mail-Server von Steinfurth. Die leiteten sie gleich an das Unternehmen weiter, bei dem Steinfurth sein E-Mail-Konto unterhielt, was auf Neu-Rheinhessisch hieß: „Der Provider, bei dem Steinfurths E-Mail-Server gehostet ist." Bereits eine Viertelstunde später hatten sie die Zugangsdaten. Herbert kam auf die andere Seite des Schreibtischs und schaute Marie über die Schulter, als sich das E-Mail-Konto vor ihren Augen aufbaute. Doch es war leer. Keine Eingangsmails, keine Ausgangsmails, keine Entwürfe, nichts im Papierkorb.
„Selten ein so sauberes Konto gesehen", sprach Marie zu sich selbst und rief die Verwaltungsfunktionen des Servers auf.
„Du meinst, dass das gar nicht benutzt wurde?"
Herbert musste nachdenken und das konnte er am besten, wenn er entspannt war. Er zog einen blau gepolsterten Besucherstuhl vom Besprechungstisch heran und setzte sich neben Marie.
„Nein, nach den Verwaltungsdaten ist das sogar recht häufig benutzt worden … Moment."
Sie klickte noch ein paar Mal mit der Maus, lehnte sich dann in ihrem Bürostuhl zurück und zeigte mit dem Zeigefinger auf eine Stelle des Monitors.
„Hier haben wir es, Herbert. Da waren ziemlich konstant tägliche Bewegungen. Gestern gab es etliche Abrufe. Dabei sind wohl alle Daten heruntergeladen und vom Server gelöscht worden."
„Was also bedeutet, dass der Mörder Steinfurths Computer benutzt."
„Wahrscheinlich, weil es bequemer ist, aber nicht zwangsläufig. Denn wenn man die Zugangsdaten hat, kann man in jedem Internet-Shop weltweit seine Daten abrufen. Und im Gegensatz zu einem Privatcomputer lassen sich gelöschte Daten im Internet nicht wiederherstellen. Außerdem ist es im Internet-Shop so schön anonym. Da taucht als „Hausnummer" die Shop-IP auf - und da sind ja wahrscheinlich über den Tag eine ganze Menge Leuten gewesen."
„Mann, Marie, woher soll man das alles wissen? Und weiß das der Mörder auch?"
„Warte mal, Herbie, ich habe da eine Idee."

„Von wegen toller Käfer! Lass es lieber bei Herbert!"
„In Ordnung."
Marie hatte einen Plan, der darauf basierte, dass Steinfurth allein gelebt hatte. Ein allein lebender Mann war nach aller weiblichen Erfahrung auf der steten Suche nach dem weiblichen Geschlecht und hatte da vielleicht den einen oder anderen Kontakt, vor allem über Internet und E-Mail. Ging man davon aus, konnte Steinfurth ja eine neue Bekanntschaft gemacht und sich jetzt zum ersten Treffen mit ihr verabredet haben. Wenn das teilweise telefonisch abgelaufen war, konnte das der aktuelle Computerbenutzer - und wohl auch Mörder - nicht wissen. Angenommen, es war noch zu keinem Treffen oder Bildaustausch gekommen, konnte sich der Mörder ja vielleicht animiert fühlen, Steinfurths Stelle einzunehmen und zum ersten Rendezvous zu gehen? Das klang verrückt, aber Marie wollte nichts unversucht lassen. Sie griff in die Tasten.
„Lieber Klaus,
schade, dass du nicht zu unserem ersten Treffen gekommen bist. Ich habe eine halbe Stunde auf dich gewartet. Aber vielleicht habe ich dich ja nur nicht erkannt? Damit du mich erkennst, schicke ich dir ein aktuelles Foto von mir. Bitte beeile dich, denn ich habe Lust auf dich und fliege Mittwoch in Urlaub.
Bussi
Lilo."
Herbert war beeindruckt.
„Man meint, du machst nichts anderes. Von wegen die zurückhaltende Schwäbin! Stille Wasser ..."
„Wer weiß, hihi. Nun noch eine passende Absenderadresse … Kripo Mainz ist nicht so gut geeignet. Wir nehmen mal eine private von mir."
„Eine private … du hast wohl mehrere."
„Logo. Meinst du, ich will ungebetene Post auf mein normales Konto bekommen? Für so einen Kram habe ich meine Spam-Adressen. Noch ein sexy Foto … mal im Internet schauen … da haben wir was. Und noch meine Handynummer mit der Sprachbox drauf. Ich ändere noch den Ansagetext und dann - zack - geht die E-Mail raus. Dann müssen wir warten."
„Bis Mittwoch - das ist nur ein Tag."
„Du wirst schon sehen. Männer sind sehr berechenbar."

Kurz vor Mittag kamen die Bilder von Ronni Sander per E-Mail, vorab in komprimierter Qualität. Wülfing entdeckte darauf einige neue Details. Da war das sauber gebohrte Loch im Türrahmen zum Flipper-"Museum" zu sehen, durch das die Bienen ihren Angriff gestartet hatten. Es bestätigte, dass die Bienenfalle von Alfons bewusst so konstruiert worden war. Und da waren die anderen Flipper: Sorcerer, The Addams Family, Drakor und Corgar, alle mit düsteren Motiven, dazu das komplett schwarze Schlafzimmer. Marie hatte recht - das war ziemlich auffällig. Und dann waren da noch die Bilder mit diesem Kabelwirrwarr, den vielen Batterien und den Werkzeugmaschinen und diesem ganzen Zeug, was da rumhing und -stand. Ein Bausatz für eine Lachgas-Einspritzanlage, ein überdimensionaler Propeller mit angeflanschtem kleinen Motor, dessen Flügel mit einem stabilen Drahtnetz abgedeckt waren, ein Jetski in bemitleidenswertem Zustand, ein Bündel, aus dem weiße Fallschirmseide heraushing, eine teilzerlegte Weltkriegs-BMW mit aufgemaltem Kennzeichen des Afrika-Korps und natürlich noch so einiges an Werkzeugen und Autoteilen.
Die Bilder sahen gut aus und sie enthielten alles, woran er sich auch erinnern konnte. Dennoch hatte er das Gefühl, etwas übersehen zu haben, ein Gefühl, das ihn normalerweise nicht trog, das er aber nicht konkretisieren konnte. Vielleicht würde es ihm später wieder einfallen, denn die Ermittlungen waren ja gerade erst so richtig in Schwung gekommen.
Endlich summte das Fax los und Herberts jahrzehntelang geübte Spürnase hatte mal wieder recht gehabt: Die DNA-Spuren aus Alfons Wohnung stimmten mit denen an der Leiche überein. Und auch das Kunststoff-Bruchstück vom Leichenfundort passte perfekt in die Stoßstange seines Kastenwagens. Da tat es keinen Abbruch, dass im Kastenwagen keine Leichenspuren gefunden worden waren. Das, so wusste Wülfing aus seiner langen Erfahrung, konnte man durch entsprechendes Schrubben oder einen Leichensack verhindern. Jedenfalls reichte endlich das Beweismaterial für einen Haftbefehl aus, den er natürlich gleich beantragte. Diesen Alfons musste und würde er kriegen.
Er rief Ronni an, bedankte sich für die Bilder und übte sich ein wenig in Vorfreude. An Elvira dachte er nicht. Dabei hätte die sich sicher mehr über einen Anruf gefreut.

*

Es war ein schönes Bild, das fast gleichgroß auf den Regionalzeitungen der Allgemeinen Zeitung und der MRZ prangte. Es war scharf, gut belichtet und außerdem spektakulär. Denn eine große, grüne, nagelneue Maschine, die wie ein hilfloser Käfer inmitten von Weinstöcken auf dem Rücken liegt, ist schon etwas Besonderes. Auch Ina Eickhoff schaute beim Frühstück interessiert hin und wollte schon weiterblättern, als sie das zweite Foto sah. Der Fahrer, der da erregt mit den Umstehenden diskutierte, war unzweifelhaft Kiesling. Ein „Gerichtsentscheid über den Vollzug der Genehmigung zur Ausführung der Rodungsarbeiten in Vorbereitung des genehmigten Kies- und Windparks Windeck, ehemals Waldeck nächst Ingelheim am Westerberg auf Antrag der einstweiligen Verfügung in Anbetracht bla bla bla ..." sei noch nicht da, war im Text zu lesen, immerhin. Aber wie sollte das auch übers Wochenende geschehen? Was in den nächsten Tagen passieren würde, war ihrer Meinung nach nicht genau abzusehen, auch wenn Kiesling das wohl anders sah. Noch aber herrschte ein Schwebezustand, den es zu nutzen galt.
Unter der AZ lag die neueste Ausgabe des „Mainzer", deren Lektüre ebenfalls der stressigen Vorwoche zum Opfer gefallen war. Der Leitartikel betraf das geplante Kohlekraftwerk. Auch hier war ein interessantes Foto dabei, das sie stutzen ließ. Es war eine schöne Nachtaufnahme vom KMW-Gasturbinen-Kraftwerk und stammte - ebenso wie das in der AZ - von einem gewissen Ronni Sander. Das Internet war ziemlich gesprächig: freier Journalist, geschieden, zwei Kinder, allein lebend. Der zahlte sicher Unterhalt und brauchte jeden Auftrag. Es musste doch wohl möglich sein, die Windkraftanlage auf dem Westerberg auch einmal ganz anders an dic Öffentlichkeit zu verkaufen.

*

Rosenmontag Mittag war Kiesling wieder vor Ort und ließ den Harvester bergen. So sinnvoll Mobilkran und Tieflader dafür geeignet waren, so merkwürdig mutete es an, dass er auch eine Planierraupe und mehrere schwer beladene seiner allseits als „rasende Kieskä-

fer“ bekannten rot-schwarzen 40-Tonner dabei hatte. Das Rätsel war schnell gelöst, als die Planierraupe vom Tieflader herunterfuhr und sofort ein brach liegendes Grundstück mit wildem Buschbestand unter die Schaufel nahm. Noch bevor der Kran den Harvester aufgerichtet und auf den Tieflader bugsiert hatte, war bereits eine erste Schneise in das Grundstück geschlagen und in diesem Tempo ging es weiter: Die Planierraupe planierte, die Kieskäfer schütteten Bauschutt in die Schneise und die Raupe planierte weiter. Bereits am Abend gab es eine neue Straße auf den Westerberg. Diesmal aber direkt von der Landesstraße, ausschließlich auf Ferdis eigenem Land und breit genug für einen Harvester.
Noch am Nachmittag zeigten gleich drei der anliegenden Winzer den ungenehmigten Straßenbau bei der Kreisverwaltung an. Sie fürchteten um die Qualität ihrer Weine in der Lage „Hundertgulden“ und wollten sich einen Portugieser „An der Lastertrasse“ ebensowenig vorstellen wie einen Riesling, der nur noch zum Kiesling taugen würde. Nein, sie konnten sich nicht vorstellen, dass so etwas nicht bestraft werden sollte. Denn gerade eine Woche vorher hatte Kreisverwaltungs-Abteilungsleiter Maier einem von ihnen, nämlich Harry Herz, ein Bußgeld von fünfzigtausend Euro angedroht, weil an seinem gerade vom TÜV geprüften Gastank eine Leuchtdiode kurzfristig ausgefallen war. Die Kreisverwaltung jedenfalls, da war man sich einig, achte auf die berechtigten Belange der wählenden Bürger, die sie ja zu vertreten habe.
Nur, leider und ach, war Rosenmontag Nachmittag niemand bei der Behörde zu erreichen. Und man wähnte von Winzerseite schon eine gewisse Eilbedürftigkeit, denn der Baumernter war wohl bald wieder einsatzbereit. Und dass Kiesling schneller agierte als Behörden reagierten, war allgemein bekannt. Doch Dienstag Morgen musste ja jemand da sein und - logisch - vor Ort nachsehen. Harry machte Nägel mit Köpfen und lud die der Fassenacht längst überdrüssige Presse mit zum Ortstermin ein, gleich morgens um neun.

*

Es war eine kalte, nasse Nacht. Die unbefestigten Wege in der Appenheimer Gemarkung sind nur mit Traktoren zu befahren, doch es gibt ja einen neuen, befestigten Weg, habe ich von meinem Nach-

barn gehört. Gleich solle er eingeweiht werden. Zwar sei Kiesling nicht da, aber die Geschäftsführerin der Kies & Wind, eine hübsche Frau. Außerdem komme ein hohes Tier von der Kreisverwaltung und auch die Presse sei vertreten.
Er hat recht: Der SWR hat ein Kamerateam geschickt, das die Wartezeit dazu nutzt, ein kurzes Interview mit dieser Frau Eickhoff zu drehen und dann die neue Straße genauer unter die Lupe zu nehmen. Sie war am Sonntag noch nicht da und läuft schnurgerade, wenn auch im letzten Drittel stark ansteigend, von der Landstraße auf den Westerberg. Die Trasse besteht aus Bauschutt, Beton und Bimsbrocken, dazu Kupferdraht, teilweise mit Isolierung. Das ist halt das, was beim Hausbau oder bei Abbrucharbeiten übrig bleibt. Ein griffiges Material und sicher für große und schwere Fahrzeuge geeignet. Die Trassenbreite ist absolut ausreichend für 40-Tonner, keine Frage. Es ist erstaunlich, wie schnell heutzutage dank großer Maschinen der Straßenbau voranschreiten kann. Da frage ich mich, warum jahrelang kleinlich um Anliegerstraßen und Verkehrsberuhigung gestritten werden muss, wenn der Straßenbau doch auch so viel einfacher und schneller geht!
Nachdem ich meine Fotos und Frau Eickhoff ihr Fernseh-Interview beendet hat, kommt sie gleich zu mir.
„Sie sind auch von der Presse?“
Mehr eine Feststellung als eine Frage. Sie ist komplett schwarz gekleidet, über der Hose und einem feinem Pullover trägt sie offen einen dünnen Ledermantel. Ein roter Schal und ein rot schimmerndes Amulett, das irgendwie eine Schlange und einen Ring miteinander verzahnt, setzen die einzigen Farbtupfer. Sie hat schulterlange, schwarze Haare und eine durchtrainierte Figur. Ihre Stimme klingt irgendwie hart, sie spricht schnell und präzise.
„Ja, Ronni Sander. Von der AZ Mainz.“
Ein kontrolliertes Lächeln überzieht ihr Gesicht und ihre Finger spielen mit dem Amulett.
„Ich glaube, dass die Öffentlichkeit vielleicht nicht so ganz richtig info … äh, versteht, wie nützlich das Vorhaben auf dem Westerberg für alle ist. Der Umweltschutz, günstige Strompreise ...“
„ … und niedrige Kiespreise ...“
„Auch, aber das ist eigentlich nicht mein Part. Das macht mein Partner Kiesling.“

„Sie sind also für die Windkraftanlagen zuständig."
„Genau. Die kostengünstigste regenerative Energiequelle."
„So ganz kann ich das nicht glauben. Wir haben hier nicht so viel Wind wie an der Nordsee. Beispielsweise."
„Darf ich Sie vom Gegenteil überzeugen? Kommen Sie mit mir nach Erbes-Büdesheim und ich zeige Ihnen die modernste Technik. Sie werden mir recht geben. Sechs Cent die Kilowattstunde - so günstig bekommen Sie Strom sonst nicht. Dazu ein paar schöne Fotos aus dem Innern der Anlage, sogar aus der Kanzel ..."
Sie schaut mir direkt in die Augen und legt wie unabsichtlich ihre rechte Hand auf meinen Arm. Sie hat lange Fingernägel, die nur an der Spitze rot lackiert sind. Dunkelrot.
„Ich habe ein wenig Höhenangst ..."
„Das ist kein Problem, im Innern hat man die Zwischenetagen und die Wandung um sich. Und wenn Sie oben rausschauen, ist es auch nicht viel anders, als wenn Sie aus dem Fenster schauen. Wie wäre es Donnerstag Vormittag, also übermorgen? Treffpunkt Bahnhof Alzey, zehn Uhr?"
„Einverstanden."
„Also abgemacht." Sie zieht ihre Hand wieder zurück und lässt ihre Finger über meinen Handrücken streichen. „Ach, da kommt ja Herr Maier von der Kreisverwaltung."
Fast pünktlich um halb zehn lenkt der Abteilungsleiter einen grauen Dienst-Golf auf den Betonweg, der an die neue Straße angrenzt, sichtlich genervt von dem sicher nicht in seinem Terminkalender geplanten Termin und der anwesenden Presse. Immerhin ist er offenbar gut vorbereitet, denn er hat ein Schreiben dabei, das er vorliest und auch gleich in Kopie verteilt. Die Trasse wirklich anschauen will er sich nicht, wozu auch? Ein Statement vor der Kamera gibt er dann doch ab.
„Liebe Anwohner, sehr geehrte Damen und Herren von der Presse. Wie Sie sicher wissen, hat der Unternehmer Kiesling nach umfangreichen Untersuchungen eine Genehmigung zur Errichtung des Kies- und Windparks Westerberg erhalten. Mit dem Bergrecht hat er auch das Recht, Betriebswege anzulegen."
„Ich dachte immer, Straßen müssen genehmigt werden!", ruft Harry Herz dazwischen und Maier setzt eine Miene auf, als müsse er einem dummen Kind etwas erklären.

„Nun, wie ich bereits sagte, es ist ein Betriebsweg auf unternehmereigenem Land.“
„Mit direktem Anschluss an die Landstraße - und quer durch unser geplantes Baugebiet! Das ist ein gewaltiger Schaden für alle Anlieger und die Gemeinde, denn wer will schon an einer Lastertrasse bauen! Außerdem ist dieser sogenannte Betriebsweg ungenehmigt. Das wissen Sie genau!“
„Nun, in solchen Fällen kann man auch durchaus unbürokratisch und bürgernah eine sinnvolle Maßnahme nachträglich genehmigen. Das kann ich Herrn Kiesling hier ganz offiziell mitteilen. Er ist ein wichtiger Arbeitgeber in unserer Region und wird bereits in den nächsten Tagen mit der Vorbereitung des Abbaus beginnen. Ich habe ihn sogar davon überzeugen können, dass er die Kosten für die bisherigen Verzögerungen nicht auf die Verursacher, nämlich Sie, umlegt. Das ist doch nun wirklich honorig, meine ich. Wenn es weitere Verzögerungen geben sollte, wird er Sie allerdings in Regress nehmen.“
Der nachfolgend entstehende Tumult lässt sich publikumswirksam mit der Kamera einfangen, ein gefundenes Fressen für mich und den SWR. Aus den Augenwinkeln sehe ich dabei, dass sich Harry ein wenig aus dem Trubel entfernt und sich an Maiers Auto die Schuhe bindet. Den linken Schuh am Vorderrad und den rechten Schuh, einen Schritt weiter, am Hinterrad. Dann geht er direkt nach Hause. Vielleicht hat er Blähungen, denn ich wähnte ein leises Zischen gehört zu haben.
Maier aber muss sich später von einem Dienstwagen der Kreisverwaltung abholen lassen, denn an seinem Auto sind aus unerfindlichen Gründen zwei Reifen platt und keiner der anwesenden Appenheimer hat gerade einen geeigneten Kompressor zur Hand. Das ist ausgesprochen ungünstig, denn auf dem Lande fährt man als Schüler mit dem Schulbus und außerhalb dieser Zeiten mit dem Auto in die Stadt, mit dem Motorrad in die Disko und mit dem Trecker ins Feld. Am Himmel machen neben Bussard, Krähe und Milan an schönen Tagen ein paar Sportflieger und Ultraleichtflieger etwas Krach; lautlose Paraglider kreisen an steilen Südhängen. Laster und Bagger aber haben nur bei Neubauten was zu suchen, sonst nicht. Und schon gar nicht, um ein Weinbaugebiet mit zweitausendjähriger Tradition zu verwüsten, bloß um ein paar Kiesel

herauszuholen, die es woanders auch - und zwar besser und billiger - gibt. Und anschließend den eigentlichen Reibach beim Verfüllen der Erdlöcher mit dreckigem Bauschutt zu machen. Nein, so etwas macht man einfach nicht. Oder wie Marie sagen würde: Des g'hört so net.

*

Mit der Digitalen geht es schneller als bei den Langzeit-Aufnahmen aus der Mühle, für die ich meine Analogausrüstung aktiviert hatte. Sofort nach dem Ortstermin der Kreisverwaltung schwinge ich mich in den Fahrersitz und bin mit der Kamera samt Speicherkarte sowie Notebook unterwegs zur Kripo in Mainz. In voller Auflösung sind die Bilder zu groß, um sie per E-Mail zu senden.
Als ich durch die Neustadt zum Valenciaplatz kurve, sind die Straßen wieder so sauber wie vor dem Rosenmontagszug. Die Mainzer Stadtreinigung hat wie immer mit viel persönlichem Einsatz die Reste des Umzuges in kurzer Zeit beseitigt. Vor dem Polizeipräsidium parken weniger Autos als üblich. Nach den Sonderschichten zu Fassenacht haben wohl einige Beamte der Schutzpolizei endlich einmal frei und können sich die Herzchen von der Wange wischen. Herbert natürlich nicht, denn wenn der alte Bluthund auf einer Fährte ist, lässt er nicht locker.
Um die Mühlenbilder in allen Details zu studieren, baut Marie schnell einen Beamer auf, an den ich mein Notebook anschließe. Die technische Ausstattung der Mainzer Kripo hat in den letzten Jahren große Fortschritte gemacht, sieht man von verchromten Kaffeeautomaten ab. Maries Kaffeemaschine hat einen Ehrenplatz neben dem Drucker bekommen, darüber wacht die Fledermaus. Als Leinwand-Ersatz für den Beamer wählt Marie das große Flipchart. Das wackelt allerdings, denn ein Bein ist locker. Aber ich habe ja noch die Lederbänder, die ich aus der Mühle mitgebracht hatte! Einmal kurz um das Flipchart-Bein geschwungen und mit dem Heizungsrohr verknotet, dann das andere Standbein umschlungen und mit dem Scharnier des Waffenschranks verbunden - voilà, das Ingenieur-Bauwerk steht!
Beifall heischend schaue ich mich um, aber Marie und Herbert starren mich an, als hätte ich etwas ausgefressen.

„Was ist, habe ich den gordischen Knoten erfunden?“
„Sag mal Ronni, woher hast du die Riemen? Doch nicht zufällig aus der Mühle?“
„Hmmh, wenn ich es mir recht überlege ...“
„Wie kommst du dazu, Dinge mitzunehmen, die dir nicht gehören?“
Herbert ist bei aller Lockerheit doch in erster Linie Polizist und ich erröte etwas.
„Ich … ich habe mit den Bändern die Kamera für die Langzeit-Belichtungen fixiert und sie dann wohl aus Versehen eingepackt. Die hingen neben der Werkbank. Natürlich bringe ich sie zurück! Aber warum seid ihr so daran interessiert?“
Marie und Herbert sehen sich gegenseitig an und dann schüttelt Herbert den Kopf.
„Nein, lass mal die Riemen hier. Wir bringen sie lieber selbst zurück. Doch erst einmal zu den Bildern.“
Der Beamer summt los und meldet „Keine Videoquelle“, bis ich das Notebook einschalte und sich zunächst der „Karibiktraum“, ein nettes Hintergrundbild, auf dem Flipchart aufbaut.
Die Langzeit-Belichtungen haben einen eigenen Reiz. Mit dem Licht, das sanft die Ränder umschmeichelt und Konturen leicht verwischt, wirken sie wie Gemälde aus einer anderen Zeit. Die alten Möbel und Maschinen passen dazu, alles scheint Jahrhunderte alt. Auch einige Lederbänder hängen und liegen da, als seien sie immer schon da gewesen und harmonisch mit der Werkbank verwachsen. Weniger Harmonie herrscht beim Kabelsalat, der sich um die Batteriesammlung erstreckt und in alle Richtungen geht, vornehmlich zur Turbine, die den Strom liefert.
Doch halt! Aus dem Gewirr schlängelt sich ein Kabel zur bergseitigen Außenwand und verschwindet darin. Es ist auch Marie aufgefallen.
„Ich habe an der Außenseite kein Kabel gesehen, es war auch keine Lichtquelle da“, stellt sie fest und Herbert nickt. „Wo mag das hingehen? Hast du was beim Fotografieren gesehen, Ronni?“
„Nein, es ging kein Kabel in den Boden. Die Wand ist unverputzt und nach oben führt auch keine Leitung.“
„Reichlich merkwürdig“, stellt Herbert fest. „Haben wir einen Raum übersehen? Eine versteckte Tür zu einem Nebenraum, eine

Falltür in einen Keller oder so etwas, Ronni? Die Leitung sieht ziemlich neu aus. Die muss doch irgendwo hingehen!"
„Ich habe alles durchstöbert, nein, da war außer dem Flipperraum kein weiterer Raum, auch kein Keller."
„Gut, dann müssen wir halt nochmal da vorbeischauen. Bei der Gelegenheit bringen wir dann die Riemen wieder zum rechtmäßigen Besitzer."
Er nickt Marie zu, die einen Kunststoff-Handschuh anzieht und die Riemen löst. Warum zieht sie dazu einen Handschuh an? Offenkundig spielen solche Riemen eine wichtige Rolle im Fall, vielleicht wurden sie sogar beim Mord selbst verwendet? Dann sind jetzt meine DNA-Spuren drauf und Herbert wird überhaupt nicht erfreut darüber sein. Er schickt mich - natürlich völlig freiwillig - ins Labor, wo ich - ebenso freiwillig - einen Abstrich der Mundschleimhaut auf einem Wattestäbchen hinterlasse.
Als ich ins Büro zurückkomme, sind die Riemen schon verschwunden und Herbert tippt etwas in seinen Rechner. Marie telefoniert gerade, unterbricht das Gespräch und schaut mich fragend an. Als ich den Daumen hebe, spricht sie weiter.
„Ja, ein Vergleichsabstrich ist bereits gemacht, den bekommen Sie gleich. … schnell, so schnell wie möglich. Ja? Danke!"
Sie legt auf und ich kann endlich eine Frage loswerden, die mir auf der Seele brennt.
„Wie ist das mit dem Datenschutz, Frau Oberkommissarin? Ich darf doch davon ausgehen, dass meine Daten nach Abschluss des Falles wieder gelöscht werden."
„Kommissar-Anwärterin", lächelt sie milde. „Du darfst. Außerdem habe ich noch ein Bonbon für dich: Du darfst uns morgen zur Mühle begleiten. Sechs Augen sehen mehr als vier."
Sie schaut zu Herbert und der nickt.
Das klingt nicht schlecht für den Aschermittwoch und so verabschiede ich mich gut gelaunt in den letzten der närrischen Tage. Es ist mal wieder das L'Arcade, in das ich mich nach etwas Wartezeit im ungemütlichen Schmuddelwetter noch reinquetschen kann. Drin wird wieder auf den Tischen und Bänken getanzt, aber so richtig anstecken will mich die Stimmung nicht. Es geistert zuviel in meinem Kopf herum. Nein, es sind nicht mehr meine Kinder, denn die sind endlich volljährig und taugen damit nicht mehr als Faustpfand für

alle möglichen Erpressungsversuche. Doch was treibt mich dann um? Es kann nur mit dem neuen Mord zu tun haben. Herbert gibt sich ziemlich zugeknöpft und will nicht so recht damit heraus, was denn so Geheimnisvolles in der alten Mühle sein soll.
Merkwürdig ist es schon, dass der Besitzer scheinbar nie da ist und auch, was er dort alles installiert hat. Es scheint ein ausgesprochener Tüftler und Bastler zu sein und die Leitung, die in die Wand des Elektro-Raums läuft, hat sicher eine Funktion, wenn ich mir auch noch nicht vorstellen kann, welches Gerät damit versorgt wird. Ich komme nicht weiter und lasse die Atmosphäre auf mich wirken. Übernächtigte Gesichter saugen die letzten Fassenachtsminuten in sich hinein. Darunter ist auch ein großer, beleibter Mann in Jeans-Latzhose, dessen Gesicht von einem wilden Bart fast völlig zugewuchert ist. Ich weiß nicht, was an einem solchen Klotz zu finden ist, aber tatsächlich hat er Erfolg bei einer Biene, die um ihn herum tanzt, was bei seinem Leibesumfang eine ziemliche Strecke ist. Der muss etwas haben, was ich nicht habe, denn ich habe keinen Erfolg an diesem Abend und verkrümele mich schon vor Mitternacht nach Hause. Immerhin geht es ja am nächsten Tag gleich wieder mit Herbert los.

*

Sechs Uhr dreißig. Saulheim. Der Rodungstross mit drei Lastern, einem Baumernter und zwei Protzhobeln ist zusammengestellt. Der Harvester fährt los. Ferdis Frisur hält. Sieben Uhr. Engelstadt. Der Harvester fährt weiter. Ferdis Frisur hält. Sieben Uhr dreißig. Appenheim. Der Harvester hält. Ferdis Frisur hält immer noch. Nur die Kinnlade fällt herunter.
Der Einsatzwagen der Ingelheimer Polizei war nicht zu übersehen und auch nicht zu umfahren. Er stand nämlich unerhörterweise quer auf seinem Betriebsweg und die Botschaft war eindeutig: Kiesling durfte nicht auf seine Straße. SEINE Straße. Er hielt den Harvester auf der Landstraße an, kletterte aus dem Führerhaus und ging auf die Beamten zu, die aus ihrem Streifenwagen ausgestiegen waren.
„Warum blockieren Sie meinen Betriebsweg?“
Der ältere der beiden, ein kräftiger Mann Anfang fünfzig, schien die Situation vorhergesehen zu haben und bat seinen jungen Kol-

legen, den Fahrzeugtross so anzuordnen, dass die Landstraße nach Nieder-Hilbersheim nicht blockiert wurde.
„Nun, Herr Kiesling, wir erhielten gestern Abend die Information, dass eine einstweilige Anordnung gegen den Vollzug der Abbaugenehmigung aufgrund des Bergrechts erteilt wurde.“
„Das ist doch Quatsch. Das Bergrecht habe ich bekommen, weil das besonders abbauwürdiger Quarzsand ist. Dazu gibt es ein Gutachten!“
„Das mag wohl so sein. Aber hier“, der Polizist schwenkte ein amtliches Schreiben, so dass es alle sehen können, „steht, dass der Abbau so lange außer Vollzug gesetzt ist, wie Sie keinen Kunden für genau diesen Quarzsand vorweisen können.“
„Unfug, ich habe genügend Kunden, den Flughafen und und und.“
„Es ist gut, dass Sie das sagen. Darauf wird hier auch Bezug genommen. Wenn ich das Schreiben richtig verstehe, wollen Sie den teuren Quarzsand, für den Sie die Genehmigung beantragt haben, einfach als Füllsand verwenden.“
„Das ist mein Ding, wofür ich den Sand verwende!“
„Nun, das Gericht ist da anderer Meinung. Um es kurz zu fassen: Wenn Sie mit dem Hinweis auf besonderen Bedarf an einem knappen Gut besondere Rechte - in diesem Fall Bergrecht - erhalten, dann müssen Sie diese Qualität auch nutzen und nicht irgendwo als Füllsand verbuddeln, wenn Sie keine Kunden dafür haben. Das wäre möglicherweise eine missbräuchliche Nutzung, vorsichtig gesagt. Soweit habe ich es verstanden, aber das weiß Ihr Anwalt doch sicher besser. Haben Sie gestern das Fax des Verwaltungsgerichts nicht bekommen?“
„Nein! Und das kann man mir ja wohl nicht zum Vorwurf machen!“
„Stimmt, Herr Kiesling. Auch wenn ich mir einbilde“, er trat einen Schritt zur Seite und schaute in Kieslings Auto, „dass auf dem Beifahrersitz Ihres Wagens gerade dieses Schreiben liegt. Vielleicht sollten Sie Papiere mit der Schriftseite nach unten im Auto liegen lassen, nur so als Tipp. Wer weiß, wer sonst so alles mitliest. In England ist gerade ein Minister wegen so etwas zurückgetreten worden. In jedem Fall wollten wir sicherstellen, dass Sie nicht widerrechtlich, wenn auch natürlich nicht schuldhaft, vollendete Tatsachen schaffen. Das wollen Sie doch sicher auch nicht!“

Kiesling gab keine Antwort, sondern ging zu seinem Anwalt, der ihm im Audi gefolgt war, doch der zuckte nur mit einem verzweifelten Blick die Schultern. Auch als Kiesling seine Kolonne wieder zu seinem Haus und Betriebshof zurückdirigierte, hielt seine Frisur noch, denn sein Haarspray war klasse. Seine Stimmung nicht. Und sie besserte sich nicht am Abend, als er die Rechnung für die Reparatur des Harvesters bekam. Er beschloss, sich erst einmal um seine anderen Projekte zu kümmern.
Immerhin gab es einen Lichtblick: In einem Fax teilte Herr Maier von der Behörde mit, dass bereits am nächsten Tag, Donnerstag, eine auf eine Woche angesetzte Mediation aller Beteiligten mit fünf Personen beginnen solle: zwei Vertretern der Anwohner vor Ort, der Kies & Wind und natürlich einem Mediator als Vermittler. Denn der Ausgang des Gerichtsverfahrens sei zeitlich nicht zu fassen und das könne man einem Unternehmer ja nicht zumuten. Er, Maier, hoffe, dass dem hochverehrten Herrn Unternehmer diese Lösung zusage. Man habe sogar bereits eine in diesen Sachen erfahrene Anwaltskanzlei beauftragt, die zuletzt die neue Startbahn am Frankfurter Flughafen erfolgreich mediatiert hatte oder wie immer man das nennen solle. Jedenfalls sei die Fraport AG mit dem Ergebnis sehr zufrieden gewesen. Wegen des erheblichen Störpotenzials sei außerdem die Presse von dem Verfahren ausgeschlossen und eine Stillhaltepflicht aller Beteiligten vereinbart. Bis zum folgenden Montag, dem 2. März, solle nichts über die Mediation nach außen dringen.

*

„Hier wohnt Godot", witzele ich, als ich mich wieder mit Marie und Herbert an der Katzmühl treffe. Alles sieht unverändert aus, nichts rührt sich auf unser Klingeln und die von den beiden auf die Haustür geklebten Papiersiegel sind unbeschädigt. Kurz: Godot, pardon: Alfons Ruppert war nicht da. Vielleicht lebt er hier ja gar nicht?
Wir sehen zunächst in den Elektro-Raum und tatsächlich - da ist die gesuchte Leitung. Sie schlängelt sich einfach zwischen zwei Bruchsteinen hindurch nach draußen. Da die Treppe in den ersten Stock zusammengebrochen ist, gehen wir außen um die Mühle und da kommt sie aus der Wand. Wie eine schwarze Schlange windet sie

sich den Steilhang hinauf, teilweise vom Laub des letzten Herbstes bedeckt, teilweise vom Wind oder den allgegenwärtigen Amseln freigelegt. Marie huscht voran, gefolgt von ihrem Kollegen Hauptkommissar, der öfter mal eine kleine Kunstpause macht. Durch das fehlende Blätterdach haben wir einen guten Blick auf die sich an den Steilhang kauernde Mühle und ich schieße noch einige Fotos. Die Sonne senkt sich schon wieder langsam, es ist bereits kurz nach vier. Es ist kalt und feucht, vom Wiesbach kriecht langsam Dunst hoch. Trotz der tiefen Temperaturen gerate ich am steilen Berg ins Schwitzen, während Marie sich mit ungebremsten Tempo an Bäumen und Büschen den Berg hinaufzieht und nur manchmal eine kleine Pause macht, um auf Herbert und mich zu warten. Dann sind wir oben am Waldrand und die Leitung verschwindet im Boden. Die Richtung aber ist klar: Nur etwa fünfzig Meter vor uns steht eine Windmühle Marke Eigenbau!
Sie ist zwar nicht so hoch wie die Mühlen auf dem flachen Land zwischen Ostsee und Nordsee und streng genommen auch keine Mühle, weil in ihr nichts gemahlen, sondern nur Strom generiert wird. Aber der Name ist irgendwie erhalten geblieben aus der Zeit, als windbetrieben Weizen zu Mehl gemahlen wurde. So hat diese Eigenkonstruktion zwar kein großes Mühlengebäude, aber eine kleine Hütte angebaut, aus der das schwarze Kabel nach außen führt und nach kurzer Zeit im Boden verschwindet.
„Das also ist die Mühle von diesem Herrn Ruppert“, stellt Wülfing schwer atmend fest und ich mache ein paar Fotos. Es ist windstill und so können wir uns in Ruhe die vierflügelige, mindestens fünf Meter hohe Konstruktion ansehen. Sie basiert auf Holzbalken, auf denen in einem regelmäßigen Muster Paneele und Dachlatten miteinander verschraubt sind. Sicher hat die Selfmade-Mühle bei weitem nicht die Leistung der großen Windkraftanlagen auf der anderen Seite der Straße, die viel weiter aufragen und alle nur drei strömungsoptimierte Flügel haben. Aber ich kann mir gut vorstellen, dass auch dieses Selbstbau-Windrad genügend Strom für einen großen Haushalt liefert. Eine zusätzliche Energiequelle für die Flippersammlung und die großen Maschinen unseres Mühlenschrats, der nun schon mindestens seit Weiberfassenacht nicht mehr zuhause gewesen ist. So weit, so gut. Doch bringt uns das weiter?
Marie hat inzwischen bereits an der Tür zur Mühlenhütte gerüttelt,

aber auch sie ist abgeschlossen. Sie schaut sich die Flügel genauer an.
„Ronni, warum hat diese Mühle vier Flügel und die großen da drüben“, sie nickt mit dem Kopf in Richtung Erbes-Büdesheim, „nur drei?“
„Das dürfte mit dem Auswuchten zu tun haben. So ein Windrad dreht sich schneller als ein Kirmeskarussell und das lässt sich im Selbstbau am besten auswuchten, wenn jedem Flügel ein gleichschwerer Flügel gegenüberliegt. Bei den großen Windkraftanlagen kann man dagegen auch eine kosten- und strömungsgünstigere, dreiflügelige Konstruktion vom Computer errechnen und industriell fertigen lassen.“
„Also so etwas wie das Auswuchten bei der Reifenmontage.“
„Exakt.“
„Psst! Hört ihr das nicht auch?“
Herbert ermahnt uns zur Ruhe und tatsächlich hören wir ein ausgesprochen seltsames Knattern und Röhren vom Tal heraufschallen. Etwa wie ein Trabbi, aber nicht so heiser, sondern tiefer. Dann schlägt ein großes Tor zu.
„Schnell, da ist jemand in der Mühle!“
Wir rennen im Laufschritt den Wald hinunter und sehen schon nach wenigen Schritten, dass das Hoftor geöffnet wurde. Davor steht ein grünes Auto, in dem aber niemand sitzt. Wieder schlagen Türen und kräftige Flüche ertönen. Wir beeilen uns, zur Mühle hinunterzukommen. Dann sind wir endlich unten, umrunden die Mauer und stehen auf dem Parkplatz vor dem Tor. Ein grüner, dreirädriger Wagen steht da, der Motor ist noch warm. Das Fluchen ist verstummt, es ist still bis auf das Geräusch gelegentlich auf der Hauptstraße vorbeifahrender Autos. Das Tor ist offen und Herbert wird plötzlich ein wenig nervös.
„Bleib draußen, Ronni. Stell bitte dein Auto so hinter den Threewheeler, dass er nicht so einfach wegkommt. AZ-HA 337.“
„Seh ich auch so.“
„Nur zur Sicherheit. Wir gehen rein, Marie. Sicher du den Hof.“
Sie teilen sich auf, Herbert orientiert sich zum Mühlengebäude, während Marie sich an die Wand des Wohngebäudes drückt und den Hof im Blick hat. Vorsichtig dringt Herbert in das Mühlengebäude ein und verschwindet darin. Es ist nichts zu hören, unsere

Nerven sind gespannt, Marie hat ihre Hand auf der umgeschnallten Dienstwaffe liegen. Eine Minute, zwei Minuten vergehen. Nichts passiert. Was ist mit Herbert?
„Was wollen Sie hier? Machen Sie, dass Sie wegkommen! Sonst rufe ich die Polizei!“
Eine fremde Stimme schallt über den Hof, laut, tief und vor allem eins: ungehalten! Ich steige aus dem Auto und gehe zum Tor, um zu sehen, wer da gerufen hat. Auch Herbert steht in der Tür des Mühlengebäudes, ebenfalls mit der Hand auf dem Halfter, während Marie immer noch sichert.
„Die ist schon da, Herr Ruppert“, ruft Herbert, tritt einen Schritt vor die Tür in den Hof und schwenkt die Dienstmarke an seinem überdimensionalen Schlüsselbund. „Wülfing und Roscher von der Kripo Mainz. Kommen Sie bitte herunter, wir müssen Sie unbedingt sprechen!“
„Wie komme ich denn dazu? Verlassen Sie sofort mein Grundstück. Und nehmen Sie den Diebstahl von meinem Lieferwagen gleich auf.“
„Den haben wir mitgenommen. Genau deshalb müssen wir mit Ihnen sprechen.“
„Jetzt klaut also auch die Polizei schon Autos? Interessant! Was sollen außerdem diese Papierstreifen an den Türen? Sie sehen nicht wie Polizisten aus und einen Streifenwagen haben Sie auch nicht. Ich telefoniere sofort mit der Polizei. Der richtigen!“
Ruppert hält demonstrativ ein Handy hoch, wählt und bleibt am Fenster stehen, lässt uns nicht aus den Augen. Herbert zuckt mit den Schultern und wartet darauf, was Ruppert von sich gibt. Der hält das Handy ans Ohr, womit es praktisch im Gesichtsgestrüpp verschwindet, schüttelt mehrmals hintereinander ungläubig den Kopf und sagt dann:
„Sie scheinen ja tatsächlich von der Polizei zu sein, sagte Ihr Kollege.“
„Kommen Sie bitte herunter.“
„Und wenn ich es nicht tue?“
„Wir haben einen Haftbefehl für Sie. Wenn Sie nicht freiwillig mitkommen und sich gegen die Festnahme wehren, ist das Widerstand gegen die Staatsgewalt.“
„Sie verschwenden Ihre Zeit. Ich habe nichts gemacht.“

„Das können Sie uns ja auf dem Kommissariat erzählen.“
„Ich weiche der Gewalt. Aber nur unter Protest! Ich werde meinen Anwalt wegen Freiheitsberaubung einschalten!“
Er verschwindet vom Fenster. Sofort läuft Herbert über den Hof, stellt sich neben die Eingangstür des Wohnhauses und winkt Marie heran.
„Schau bitte schnell auf der Außenseite der Mauer, ob er versucht, über den Keller und die Oberlichter zu entkommen! Ich melde mich, wenn ich ihn habe.“
Sofort huscht Marie an mir vorbei und behält die Bruchsteinmauer im Auge. Im Haus poltert es und kräftige Flüche schallen durchs Treppenhaus. Herbert tritt einen Schritt seitlich von der Eingangstür zurück und lockert schon mal die Handschellen am Gürtel. Immer noch hat er die rechte Hand an der Waffe. Dann ist es soweit: Alfons Ruppert kommt aus der Tür.
Mit einer Behändigkeit, die ich dem alten Hauptkommissar nicht mehr zugetraut habe, dreht ihm Herbert die Arme auf den Rücken und schon klicken die Handschellen.
„Was soll das?“, schreit der kräftige Mann und versucht vergeblich, die Hände frei zu bekommen. „Ich bin freiwillig heruntergekommen. Das ist Freiheitsberaubung!“
„Alles klar. Kannst kommen, Marie!“ ruft Herbert über die Mauer und kurz danach kommt auch Marie in den Hof.
Ruppert schäumt vor Wut.
„Was wollen Sie überhaupt? Was wird mir vorgeworfen? Sie können mich nicht einfach verhaften!“
Herbert zeigt ihm ungerührt den Haftbefehl.
„Doch, können wir. Sie sind dringend tatverdächtig, Klaus Steinfurth umgebracht zu haben.“
„Völliger Quatsch. Den habe ich das letzte Mal am Wochenende gesehen.“
Marie und Herbert schauen sich vielsagend an.
„Und wann?“
„Am Samstag natürlich, spät abends. Der kommt immer am Wochenende zum Flippern.“
„Und wie lange ist er geblieben?“
„Um elf sind wir mit unseren Autos nach Mainz gefahren.“
„Und was haben Sie am Sonntag gemacht?“

„Was?"
„Wo waren Sie Sonntag?"
„In Mainz auf Tour."
„Das kann ja sicher jemand bestätigen, vermute ich."
„Na klar. Glauben Sie, ich fahre da wegen der guten Luft hin?"
„Gut, dann fahren wir jetzt ins Kommissariat und klären alles ab. Wenn das so stimmt, sind Sie ja bald wieder frei."
Herbert lässt sich auf keine weitere Diskussion ein und sie verfrachten Ruppert in den Opel. Dann schieben beide den Morgan in den Innenhof, schließen das Tor und verplomben es. Kurz danach sind alle auf dem Weg nach Mainz und ich stehe allein da. Es dämmert schon, aber das Licht genügt noch für ein paar Fotos von der Windmühle. Wir hatten allzu schnell die Aufnahmen abgebrochen, als Ruppert nach Hause kam. Den mühsamen Weg durch den Wald erspare ich mir diesmal aber und fahre kurzerhand mit meinem betagten Golf die steil ansteigende Landstraße hinauf und biege auf den ersten betonierten Feldweg oberhalb des Waldes ab. Wasser steht auf den Betonplatten, Erdklumpen machen die raue Oberfläche schlüpfrig.
Kurz danach bin ich bei der Selbstbau-Mühle und kann die Einzelheiten genau aufnehmen. Es ist eine einfache, wohl durchdachte Konstruktion. Sie hat einige ausgesprochen pfiffige Details. Ruppert hat die größten Probleme bei schnell drehenden Konstruktionen, die Unwucht und die daraus resultierenden Vibrationen einfach, aber effektiv gelöst: An den Flügelenden sind Holzstäbe als Ausgleichsgewichte angebracht, gerade so, wie die Bleigewichte beim Auswuchten von Autorädern. Die Stäbe sind genau zurechtgeschnitten, poliert und mit einer tiefen Nut versehen, damit sie sicher von Lederriemen an den Flügeln festgehalten werden. Es sind dieselben Lederriemen, die auch in der Werkstatt herumliegen.

*

Die Zellen im Polizeipräsidium Mainz sind nicht gerade schön, aber funktional und sowieso ja nur für kurzen Aufenthalt gedacht. Längere Auszeiten nimmt man halt in der JVA Rohrbach bei Wöllstein und dort ist es deutlich komfortabler, mit Werkstatt, Sportfeld und sogar einer Kirche. Die ist sinnvollerweise nach Etagen getrennt: Die Frauen sitzen oben, die Männer unten. Dabei hat der Architekt dafür gesorgt, dass die da oben die da unten nicht sehen, weil sonst an Gottesdienst sicher nicht zu denken wäre. Außen hat der Farbpapst Friedrich Ernst von Garnier dafür gesorgt, dass der ungetüme Gebäudekomplex wesentlich freundlicher aussieht als das direkt anschließende Lidl-Auslieferungslager. Von all dem war in der Mainzer Neustadt keine Spur. Ein Raum, eine Tür, ein Stuhl, ein Tisch, ein Bett, ein Toilette und etwas Farbe an den Wänden - das war's.

Als Wülfing die JVA an der rechten Seite auftauchen sah, gingen ihm eine ganze Menge Dinge durch den Kopf. Jetzt hatten sie den dringend Tatverdächtigen, dessen DNA sie an der Leiche gefunden hatten, mit dessen Auto die Leiche transportiert worden war, der die Scheckkarte des Ermordeten besaß und bei dem außerdem auch dieselben Lederbänder gefunden wurden, die offensichtlich zur Fesselung der Leiche verwendet worden waren. Dass Ruppert ein Handy hatte, von dem auch seine Freunde nichts wussten, war kein wirklich wichtiger Punkt, passte aber ins Bild eines Mannes, der den Kontakt mit der Außenwelt nur dann suchte, wenn es um sein Vergnügen ging. Außerdem musste er irgendeine Verbindung zu den dunkelgeilen Satanisten haben, wie sein mit schwarzem Pannesamt ausgeschlagenes Schlafzimmer und seine düstere Flippersammlung zeigten. Nur ein Teil dieser Punkte hatte dem Haftrichter zur Ausstellung des Haftbefehls gereicht und das war ja auch verständlich und so gewollt. Schließlich hatte er, Wülfing, selbst den Haftbefehl beantragt.

Aber irgendwie schien dem Hauptkommissar das alles zu einfach, auch wenn die Indizien erdrückend waren. Oder weil sie so erdrückend waren? Keinen Haftbefehl zu beantragen, wäre jedenfalls ungewöhnlich gewesen. So hatte er formal alles richtig gemacht. Nach aller Wahrscheinlichkeit war Ruppert der Mörder. Punktum. Egal, ob er es zugab oder nicht. Andererseits aber wusste der Hauptkommissar, dass er erst dann wirklich mit sich zufrieden war, wenn der Tatverdächtige auch gestanden hatte. Er seufzte, als sie die bunten Mauern der JVA passiert hatten und auf Gau-Bickelheim zusteuerten. Marie kurvte in der hereinbrechenden Dunkelheit flott durch den Kreisel, während Ruppert auf der Rückbank jede Kom-

munikation abgebrochen hatte. Nur die ab und zu knackenden Wangenknochen verrieten seine Anspannung.
Wülfing war froh, als sie endlich im Polizeipräsidium waren. Es war schon dunkel. Für ein Verhör war es schon zu spät. Auch er brauchte seine Erholung. Elvira wurde mit jedem Tag grantiger und hatte schon mit Trennung gedroht, aber immer noch nicht damit rausgerückt, was er denn angestellt haben sollte. Ab und zu ertappte er sich bei dem Gedanken, wie es denn wäre, wenn er denn was hätte. Mit einer jungen, schönen Frau, mehr als dreißig Jahre jünger als er selbst. Mit Marie. Der wohltuende Neid in den Augen der Kollegen, die giftigen Blicke anderer Frauen. Aber dann wischte er ihn wieder beiseite. Es war Unsinn. Die Frage stellte sich nicht und auch Marie würde bei aller kollegialen Wertschätzung sich nicht in einen alten Mann wie ihn verlieben, das war klar.
Ganz so einfach wie Marie dachte, waren aber Männer auch wieder nicht. Denn sie hatte immer noch keine Antwort auf ihre Angebots-E-Mail an Steinfurth erhalten, obwohl die durchaus ansprechend formuliert gewesen war, wie Herbert ja bestätigt hatte. Und sie hatte sich beim Provider vergewissert, dass ihre E-Mail auch wirklich abgerufen worden war, wieder von einem Internet-Café. Also war Steinfurths Mörder immer noch online, aber warum reagierte er einfach nicht? Waren Männer doch nicht so berechenbar, wie sie glaubte?
Im Fax lag ein mehrseitiges Anwaltsschreiben von Anwalt Dreher. Darin bestritt er, dass sein Mandant Ferdinand Kiesling jemals einen Klaus Steinfurth gekannt habe. Von daher könne sich sein Mandant auch nicht erklären, wie seine Telefonnummer auf die Rufnummernliste des Ermordeten gekommen wäre, was ja auch nicht sein Problem sei. Das - musste Wülfing zugeben - konnte man durchaus so sehen. Das Fax war auch in Kopie an den Polizeipräsidenten gegangen. Wülfing sträubten sich die Nackenhaare bei dem Gedanken an den arroganten Kiesling, aber was sollte er machen? Er musste sauber arbeiten und leise, denn wer weiß, wen Kiesling noch alles kannte.
Als Wülfing am Aschermittwoch Abend zu Hause die Wohnungstür aufschloss, war Elvira nicht da.

*

Herbert konnte nicht schlafen. Er wälzte sich im Bett hin und her, bis er um eins in der Früh aufstand und die letzte angebrochene Dose Thunfisch aus dem Kühlschrank holte. Nun sinnierte er am Küchentisch über das aufgedruckte Gütesiegel. „Ohne Beifang" stand da zu lesen. Was meinten die damit? Mitgefangen - mitgehangen hieß es früher. Elvira achtete stets darauf, ökologisch korrekt einzukaufen, doch nun hatte sie ihre wichtigste Erwerbung scheinbar ausgesondert. Kein Beifang mehr, kein Beischlaf mehr. Sch ….

Sie hatte einen kleinen Brief hinterlassen, auf dem Nachttisch, in dem sie ihm „Zeit zum Nachdenken" zugestand. Nachdenken worüber? Der Hauptkommissar war sich keiner Schuld bewusst.

Wann hatte Elviras merkwürdiges Verhalten begonnen? Als sie sich den Fuß verstaucht hatte, klar. Ihm würde es auch nicht gefallen, praktisch zu Hause festgenagelt zu sein. Aber das war doch kein Grund, ihn dermaßen anzufeinden. Was war etwa zeitgleich geschehen? Hajo war weg, was sie aber sicher nicht wirklich interessierte, und Marie war gekommen. Die wäre ein Thema für Elvira, wenn dann was wäre, aber das war es eben nicht. Natürlich mochte er Marie, sogar sehr. Aber das war es dann auch, es war nie etwas gewesen und er hatte nie etwas anderes als dienstlich Belangloses über Marie erzählt. Verstehe mal einer die Frauen!

Wo war seine Lebensgefährtin? Elvira war sparsam und würde sicher nicht in ein Hotel gehen. Aber bei Freunden war sie auch nicht, er hatte alle durchtelefoniert und niemand wusste etwas oder wollte etwas sagen. Und natürlich tuschelte man bereits im Freundeskreis, ordnete seine Fragen richtig ein. „Oh, bei denen geht es auseinander." - „Armer Herbert!" oder „Arme Elvira!", ganz nach Orientierung. „Wo mag sie nur sein?" Ja, wo?

*

Der Bahnhof in Alzey macht auch nach seiner Renovierung einen schläfrigen Eindruck, als ich, von Wörrstadt her kommend, hinter der Bahnunterführung rechts einbiege. Die Uhr steht auf Punkt zehn, doch Ina Eickhoff ist schon da, sitzt in ihrem hochrädrigen Fahrgetüm und telefoniert mit dem Handy. Als ich meinen alten Golf daneben stelle, reckt sie den Hals, erkennt mich und beendet

gleich das Telefongespräch. Entweder es war nicht wichtig oder ich bin ihr wichtig. Der Effekt ist gleich, aber das Letztere ist schmeichelhafter.
Wir steigen kurz aus, geben uns die Hand und schon fährt sie los. Ich folge ihr am Alzeyer Krankenhaus vorbei auf der steil ansteigenden L408 in Richtung Wendelsheim. So langsam werde ich hier heimisch, war ich doch in den vergangenen Tagen so oft mit Herbert und Marie in der Katzmühl, nur ein paar Kilometer weiter. Vor dem Waldrand ist die Selbstbau-Windmühle zu erahnen, in derselben Windschneise wie die Großanlagen.
Etwa auf halber Strecke biegt Ina rechts auf einen betonierten Weg ein, der schnurstracks zur größten Anlage führt.
Vor der Tür ist eine neue Parkfläche aus Verbundsteinen, auf der noch Sand vom Verfugen liegt. Als wir aussteigen, bläst uns der Wind kalt um die Ohren. Die riesigen Rotorblätter, in hundert Meter Höhe an die Gondel mit Generator und Getriebe angeflanscht, zerschneiden die Luft mit großer Wucht. Immer, wenn ein Rotorblatt seinen tiefsten Punkt erreicht hat und mit unwiderstehlicher Kraft nach oben beschleunigt, ertönt ein „Flupp" und ein schneller Schatten huscht vorbei. Flupp, Flupp, Flupp … ich mag mir nicht vorstellen, direkt neben einem solchen Monster zu leben. Der Lärmpegel liegt nach meinen Recherchen bei etwa 100 Dezibel, also nicht viel weniger als ein Presslufthammer.
Die vier Grad plus Lufttemperatur fühlen sich durch den Wind deutlich kälter an, was man auf Neu-Rheinhessisch als Chill-Faktor bezeichnet. Ina hat einen figurbetonten dunkelroten Overall an, der gut zu ihren schwarzen Haaren und den Fingernägeln mit ihren roten Spitzen passt. Auf der Brusttasche prangt ein kleiner Schriftzug „Kies & Wind GmbH", der Reißverschluss ist ein wenig geöffnet. Aus der Hosentasche zieht sie einen großen Schlüsselbund und öffnet nach kurzem Suchen mit einem Sicherheitsschlüssel die ovale Turmtür. Die Turmwände aus zentimeterdickem Stahl, mit großen Bolzen im massiven Fundament verankert, tragen nicht nur der statischen Belastung durch die mehr als hundert Tonnen schwere Gondel Rechnung. Vor allem die durch den Wind entstehenden vertikalen dynamischen Belastungen muss der hoch belastete Turm aushalten. Vor ein paar Monaten knickte bei einem starken Sturm in Norddeutschland eine große Windkraftanlage ab, ein Millionenschaden.

Als wir drin sind und die Tür hinter uns schließen, flammen automatisch Neonröhren auf. Es ist windstill und deutlich wärmer als draußen. Um uns herum summt der erzeugte Strom, dessen Stärke auf Skaleninstrumenten angezeigt wird. Im Moment liefert die Anlage etwa die Hälfte der Nennleistung von zwei Megawatt, erläutert mir die Ingenieurin.
„Zunächst ein wenig zur Technik: Nabenhöhe 113 Meter, 71 Meter Rotordurchmesser, Gondel mit Generator etwa 40 Tonnen, Rotorblätter zusammen etwa 80 Tonnen. Die Nennspannung von 690 Volt wird hier“, sie legt ihre Hand auf einen brummenden Metallschrank, „auf 30 Kilovolt hochtransformiert und dann ins Hochspannungsnetz eingespeist. Jetzt sind es 1300 Ampere Stromstärke, hochgerechnet also fast ein Megawatt Ausgangsleistung. Bei Nennspannung stünde das Doppelte an!“
Beeindruckende Zahlen, keine Frage, aber ein nüchternes Ambiente. Ein wenig Aufpeppen tut Not und so lichte ich die grauen Stahlschränke mit einem Fischauge ab. Die Lichtverhältnisse sind ziemlich suboptimal, so dass ich jedes Bild auf dem Kameramonitor kontrolliere. Beim ersten Bild macht die automatische Belichtung Mist und ich schalte auf manuell. Beim zweiten stimmt der Ausschnitt nicht und erst beim dritten ist alles brauchbar. Das findet auch Ina, die mir neugierig über die Schulter schaut und dabei ihre Brust gegen meinen Rücken drückt.
„Das sieht gut aus, Herr San... wollen wir uns nicht duzen? Ich bin die Ina.“
„Und ich der Ronni.“
Ob es nur Zufall ist, dass sie so eng bei mir steht, dass ich sie ein wenig spüren kann? Das Gefühl jedenfalls ist sehr schön und außerdem kann man das ja durchaus etwas verlängern.
„Ich bin mir noch nicht so ganz sicher, Ina. Vielleicht ist diese Ecke ja ein wenig unscharf.“
Quatsch, bei einem Fischauge ist sowieso fast alles scharf und der Kameramonitor ist sowieso zu klein, um es wirklich beurteilen zu können. Doch sie nimmt den Ball auf, drückt sich noch mehr an mich, um vorgeblich besser sehen zu können. Ihre Brüste fühlen sich gut an, sehr gut.
„Ich denke, die ist in Ordnung, aber du bist der Experte, Ronni.“
Wie unabsichtlich legt sie ihr Kinn auf meine Schulter, doch als ich

mich umdrehe, weicht sie aus.
„Wir sollten nun zur Gondel hoch, denn ich muss mittags wieder in Mainz sein. Wichtige Termine“, sagt sie mit einem geschäftsmäßigen Lächeln und geht zielsicher voran durch die Stahltür, die aus dem Kontrollraum ins Turminnere führt.
Der Turm ist spärlich von Neonröhren an der Wand erhellt, eine Lichterkette, die sich hundert Meter nach oben fortsetzt, unterbrochen von Zwischenpodesten aus Gitterrosten alle zehn Meter. Eine Steigleiter mit Sicherungsschiene zieht sich neben den Leuchten senkrecht nach oben. Am Fuß beträgt der Innendurchmesser über vier Meter, nach oben sieht es so aus, als zöge sich der Turm soweit zusammen, dass man nicht mehr durchkommt.
Ina sieht meinen zweifelnden Blick nach oben und lächelt überlegen.
„Oben gibt es einen prima Blick, bei der heutigen Windrichtung nach Süden, also Wendelsheim - Donnersberg. Typisch für Rheinhessen - Süd-Südwest. Einen Moment, die Sicherheit geht vor.“
Sie schlingt mir einen Klettergürtel um die Hüfte, überprüft den festen Sitz, indem sie einmal kräftig daran zieht, und tritt zufrieden einen Schritt zurück. Dann hängt sie erst sich und danach mich in die Schiene ein und klettert geschickt voran, während ich noch mit der lose herumhängenden Kameratasche kämpfe. So ganz wohl ist mir bei der Angelegenheit nicht, aber wer gute Bilder haben will, muss leiden. Das erste Foto von der Steigleiter aus ist trotz Bildstabilisator völlig unbrauchbar verwackelt, sodass ich beim nächsten Zwischenpodest die Kamera auf den Boden lege und auslöse. Das Foto ist kaum im Kasten, da klettert sie schon weiter. Wir sind jetzt auf dem zweiten Podest, in zwanzig Meter Höhe und ich fühle mich immer unwohler. Durch die Gitterroste sehe ich zwanzig Meter unter mir die offen stehende Tür zum Vorraum, durch die etwas Tageslicht in den Turm dringt. Die Strecke über mir bis zur Gondel scheint endlos, dabei sind es nur achtzig Meter, wenn auch senkrecht. Ina ist schon auf der nächsten Plattform.
„Komm schon, Ronni. Nur noch ein paar Meter!“
Entschlossen, nur noch nach oben und nicht mehr nach unten zu sehen, hake ich mich in die Sicherungsschiene ein und nehme die nächsten zehn Meter in Angriff. Auf der 30-Meter-Plattform wartet Ina mit einem mitleidigen Lächeln auf mich. Wir sind auf Höhe der

tonnenschweren Rotorblätter angekommen, deren Spitzen draußen rasend schnell vorbeischwingen und deren unglaubliche Energie auch im Turminnern körperlich zu spüren ist.
„Wie schnell dreht sich der Rotor im Moment, Ina?"
„Jetzt haben wir etwa zehn Umdrehungen pro Minute. Das klingt wenig, sind aber schon etwa 150 Stundenkilometer an den Flügelspitzen. Bei Volllast ist es glatt das Doppelte!"
Schon klettert sie weiter, bis wir schließlich an der Gondel ankommen. Sie öffnet mit geübtem Griff eine Luke und klettert durch, ich hinterher.
Wir sind im Herz der Anlage, das von der großen Rotorwelle dominiert wird, die von der Nabe mit den angeflanschten Rotoren über das Getriebe bis zum Generator läuft. Endlich habe ich wieder festeren Boden unter den Füßen, aber der Geräuschpegel ist hoch. Am stärksten ist der Infraschall zu spüren. Bei zehn Umdrehungen ist er zu niedrig, um das Trommelfell in Schwingung zu bringen, aber das Zwerchfell spricht er sehr wohl an. Ina geht vor, öffnet eine Luke neben der Nabe und winkt mich heran.
Der Wind zaust mit Macht herein, aber das stört sie nicht. Lachend wirft sie den Kopf zurück und lässt ihre Haare fliegen, während ich vergeblich meine Mütze tiefer ins Gesicht ziehe. Es ist zu laut, um sich zu unterhalten, und so deutet sie nach draußen, auf die mächtige Silhouette des Donnersbergs in der Ferne und das nur ein paar Kilometer entfernte Wendelsheim. Schnell schieße ich ein paar Fotos, wobei ich die kurzen Momente zwischen den vorbeihuschenden Rotorblättern abpasse.
Dann geht es hinunter. Diesmal gehe ich vor und versuche, nicht in das tiefe Halbdunkel unter mir zu schauen, sondern fixiere die gummiüberzogenen Leitersprossen vor mir. Endlich sind wir unten im engen Vorraum und können uns wieder unterhalten. Wieder steht sie dicht bei mir und ich sehe ihren Atem in der kühlen Luft. Zeit, ins Warme zu kommen.
„Zufrieden mit der Fotoausbeute, Ronni?"
Sie betont meinen Namen irgendwie verführerisch, aber wahrscheinlich bilde ich mir das nur ein. Ich bin bestimmt noch beeindruckt von der aufregenden Kletterpartie in den Turm, der so rhythmisch vibriert, dass er scheinbar lebt. Dabei ist er nur ein Gebilde aus Stahl, das sich an der Luft reibt.

„Ich sehe sie mir gleich mal auf dem Notebook an, ob ich noch was nachschießen muss. Außerdem kannst du mir gleich sagen, was dir gut gefällt. Das mache ich immer so, wenn ich für jemand arbeite."
Habe ich „für jemand" gesagt? Uppsala, das ist mein eigenes Projekt! Aber was schadet es, mit einem potenziellen Auftraggeber schon mal Kontakt aufzunehmen? In den regenerativen Energien steckt heute reichlich Geld. Zwar ist das vielleicht nur ein Prozent der unglaublichen Summen, die die Kernkraft-Industrie über Jahrzehnte dem Steuerzahler aus der Tasche zog und in strahlende Manager-Millionäre und genüsslich ins Grundwasser leckende Altlasten verwandelte, aber auf eine Milliarde pro Jahr dürfte sich das inzwischen auch addieren.
Das Auto ist zwar schon abgekühlt, aber immer noch deutlich wärmer als der Vorraum des Windkraft-Turms. Mit geübten Griffen räume ich den Beifahrersitz meines betagten Kombis frei. Mütze und Pullover fliegen auf den Rücksitz, das Notebook wandert auf meine Knie. Mit einem leichten Zögern setzt sie sich auf den Beifahrersitz. Sie ist eher neue Ledersitze als vierzehn Jahre alte Stoffsitze mit Hahnentrittmuster gewohnt, aber es muss sein. Eine Minute später ist mein Notebook ausgepackt, die SD-Karte aus der Kamera im Kartenleser und schon tauchen die ersten Fotos auf dem 15-Zoll-Monitor auf.
Einige sind unscharf, andere sind verwackelt, Folge meiner Unerfahrenheit mit der neuen Kamera ebenso wie meiner Nervosität. Aber die meisten sind brauchbar und ihr gefallen die mit dem Fischauge am besten. Zuletzt kommen die Fotos aus der Gondel mit Wendelsheim im Vordergrund und dem Donnersberg im Hintergrund; danach taucht bereits das erste Bild von den Flügelspitzen der Selbstbau-Windkraft-Anlage an der Katzmühl auf. Als ich mit einem „das war's" das Bild schließen will, spüre ich ihre Hand auf meinem Arm.
„Ach, warte doch, Ronni. Lass mich das doch noch mal sehen."
„Die Konkurrenz?", witzele ich.
„Wenn man so will." Sie lacht leicht.
„Die ist ja direkt vor unserer Haustür. Eigentlich eine ganz pfiffige Konstruktion. Du hast das bestimmt für ein Bastelmagazin fotografiert."

„Nein, für die Kripo."
„Bist du Polizist?"
„Nein, das ist nur ein kleiner Job."
Mir wird etwas unwohl, was ich da so schnell alles ausplaudere. Sie spürt, wie ich mich innerlich etwas versteife, zieht ihre Hand von meinem Arm zurück und streift dabei wie zufällig kurz über mein Bein.
„Ja, du fotografierst schon gut. Vielleicht kannst du ja auch mal was offiziell für mich machen. Mein nächstes Projekt ist Geothermie. Da kennst du dich doch sicher auch aus."
Ihre rätselhaften dunkelbraunen Augen fixieren mich und dann zwinkert sie mir zu.
„Ich melde mich bei dir. Bitte entschuldige mich jetzt, die Termine in Mainz ..."
Sie greift mir noch einmal an den Arm und streichelt dabei mit dem Daumen über meinen Pullover. Dann verschwindet sie mit ihrem Allrad-Umweltverpester gen Alzey.
Ich folge ihr nach Mainz zu meinem Termin bei Marie und Herbert. Die interessieren sich sicher für das Fotomaterial von gestern, als sie den Mühlenschrat abführten.

*

„Haben Sie auch Zimmer stundenweise?"
„Eigentlich nicht. Wie lange brauchen Sie es denn?"
„Etwa von elf bis halb eins."
Die junge Frauenstimme am Telefon klang drängend, aber Ursula sagte sofort ab, denn bed and breakfast war eine durch und durch seriöse Zimmervermittlung. Die Nebenbei-Zweitstudentin war aber auch höflich und so formulierte sie die Absage mit geschäftlicher Freundlichkeit. Danach amüsierte sie sich noch länger über die Vorstellung, dass frau heutzutage schon selbst die Unterkunft für interessante Stunden suchen musste. Was war aus den heutigen Männern geworden? Die Germanistin mochte den Job, weil sie darüber mit vielen Leuten und ihren Geschichten zusammenkam. Oft genug spielte sie dabei die Seelentrösterin und profitierte von ihrer reichen Lebenserfahrung.

So war es auch am Vortag gewesen, als eine Dame wegen eines Zimmers für eine Woche anrief. Es sollte im Erdgeschoss sein, weil sie sich den Fuß verknackst hatte und noch nicht so gut laufen konnte. Ursula hatte ihr eines am Mombacher Westring empfohlen, doch da war die Dame in Tränen ausgebrochen. Sie hatte viel erzählt und sich schließlich für ein Zimmer in Gonsenheim entschieden. Das war weit genug entfernt vom Westring, aber auch nicht zu weit, darauf hatten sich die beiden geeinigt.

*

Es war ungewöhnlich, dass Herbert einmal zu spät zur Arbeit kam. Normalerweise war er als Erster im Büro, schon vor sieben, und das im Sommer wie im Winter. Heute aber nicht. Normalerweise war er tendenziell recht gut gelaunt, wenn man von seiner üblichen Schnoddrigkeit absah. Heute aber nicht. Als er gegen acht eintrudelte, sah er nicht gut aus. Schnell kochte Marie einen Kaffee, aber auch das half nicht so recht weiter. Er hatte offensichtlich viel zu wenig geschlafen, wie die Ringe um die Augen verrieten. Nachfragen nach dem Grund beantwortete er selbst Marie gegenüber ziemlich unwirsch. Alles in allem war er in einer Verfassung, die für ein Verhör wegen einer Mordsache nicht besonders geeignet war.
Dabei war die Indizienlage so eindeutig, dass man eigentlich nicht viel falsch machen konnte. Das Auto, das unzweifelhaft dem Mühlenbesitzer gehörte und von dem sie ein Teil am Leichenfundort entdeckt hatten. Der neue Bericht aus der Kriminaltechnik, nach dem die in der Mühle gefundenen und von Ronni zweckentfremdeten Lederbänder genau denen entsprachen, die zur Fesselung des Ermordeten verwendet worden waren. DNA-Spuren waren allerdings bis auf die von Ronni keine drauf. Der wollte die restlichen Fotos vom Mühlenbesuch am Vortag nach dem Mittagessen bringen. Ein Problem war, dass sie noch kein wirkliches Motiv für den Steinfurth-Mord erkennen konnten, aber das konnte und sollte das Verhör ja bringen.
Marie schlug vor, das Verhör selbst zu führen. Wenn die beiden Miesepeter - Ruppert und Herbert - aufeinandertrafen, konnte das schnell eskalieren und dabei würde sicher nur wenig Verwertbares herauskommen.

Sie gingen in den Verhörraum, eine schmucklose Zelle mit einem Tisch, drei Stühlen und einem Aufnahmegerät auf dem Tisch. Die Farbgebung war ausgesprochen bunt, wenn man grau als Farbe und verschiedene Grautöne als bunt ansieht. Der Innenarchitekt - wenn es denn im Polizeipräsidium jemals einen solchen gegeben haben sollte - hatte auch hier dem Minimalismus gefrönt. Der Knast in Wöllstein jedenfalls war ein Farbenmeer dagegen, auch die dort vom Farbpapst von Garnier gestaltete stylische Außenmauer. Herbert und Marie nahmen Platz, das Mikro war auf den noch freien Stuhl gerichtet.
Als Ruppert hereingeführt wurde, bedeutete Wülfing, dass man ihm ruhig die Handschellen abnehmen könne. Dem schweren Mann fühlte er sich jederzeit gewachsen und auch Marie war fit in Nahkampf-Techniken. Dem Mühlenbesitzer stand aber nicht der Sinn nach körperlicher Aggression. Er ließ sich in seinen Stuhl plumpsen, kratzte seinen Bart und strich über seinen üppigen Bauch. Krümel im Bart und Flecken auf dem Hemd verrieten, dass es zum Frühstück weich gekochtes Ei gegeben hatte. Er wollte auch keinen Anwalt, obwohl Marie ihn konkret darauf ansprach, nachdem sie das Aufnahmegerät eingeschaltet hatte. Kurzum, er gab sich ausgesprochen siegessicher und das wiederum verunsicherte Marie, die noch keine große Verhörerfahrung hatte. Fragend schaute sie zu Herbert, doch der nickte ihr aufmunternd zu, bevor er wieder in seine Gedanken versank.
„Herr Ruppert, Sie wissen, warum Sie hier sind?"
„Ihren Haftbefehl können Sie sich in die Haare schmieren. „In Sachen Steinfurth" - so ein Quatsch! Der war letzte Woche mal zum Flippern da und wir sind Samstag dann zusammen nach Mainz zurückgefahren, haben einen getrunken."
„Und dann?"
„Na ja, da habe ich eine Frau kennengelernt und wir sind getrennt gegangen."
„Kann uns das diese Frau bestätigen?"
„Natürlich, aber …"
„Ja?"
„Wie hieß die noch ..."
„Sie werden doch wohl wissen, wo Sie geschlafen haben."
„Wo denken Sie hin?" Er grinste. „Die Nacht ist nicht zum Schla-

fen da!“
„Also bei Ihrer Freundin in Mainz.“
„Was denken Sie, wozu es Fassenacht gibt? Sie scheinen mir aus einem fernen Lande zu kommen. Ihr Dialekt ist schwäbisch - da gibt es so was wie hier wohl eher nicht.“
„Doch, wir haben die schwäbisch-alemannische Fasnet!“, trumpfte sie auf.
„Och, so ...“, kam die gelangweilte Antwort. Ruppert rutschte behaglich noch etwas weiter auf seinem Stuhl herunter, gähnte demonstrativ und Herbert verdrehte die Augen. Sollte er Marie weitermachen lassen? Er entschied sich dafür, sandte aber einen Seufzer aus, den sie unzweifelhaft hörte. Sie nahm das sehr wohl auf und setzte sich bewusst gerade auf ihren Stuhl. Ihre vorher verbindlich-nette Stimme gewann deutlich an Schärfe.
„Also, Sie haben Herrn Steinfurth danach nicht mehr gesehen?“
„Nein.“
„Und wo waren Sie in der Nacht von Sonntag auf Montag?“
„Ach, die Frage nach dem Alibi ...“
„Genau. Antworten Sie, sonst führen wir Sie gleich dem Haftrichter vor!“
Ruppert schien beeindruckt, seine Stimme wurde verbindlicher.
„Immer mal langsam, Frau Kommissarin. Ich war natürlich im Bett.“
„Und Sie haben sicher jemand, der das bestätigen kann.“
„Hmmh, ja, natürlich … wer war das noch am Sonntag … ach, ich weiß, dieselbe vom Samstag.“
„Sehr aufschlussreich, Herr Ruppert!“
Wülfings Stimme schaltete sich ins Gespräch ein und seine Stimme wurde sarkastisch. „Wie war das noch bei den Kommunarden: Wer zweimal mit derselben pennt, gehört schon zum Establishment. Oder irre ich mich?“
„… Ann … Andrea! Ja, sie hieß Andrea.“
„Sie werden ja langsam sesshaft … da können Sie mir doch sicher sagen, wo die Dame wohnt. “
„Ach, das war irgendwo hier in der Neustadt. Moltkestraße, direkt hier irgendwie. Es war dunkel, als wir zu ihr gingen.“
„Stimmt. Die Moltkestraße ist gerade auf der anderen Straßenseite! Schauen Sie doch mal aus dem Fenster.“

Wülfing hielt das ganze Alibi-Gefasel für Unsinn, aber zu seiner Überraschung ging Ruppert ohne Zögern ans Fenster und zeigte dann auf den mittleren Wohnblock.
„Da war's, der Mainz05-Balkon und die Mainz05-Gardinen."
„Und mit dieser Dame waren Sie dann auch am Montag zusammen ..."
„Nach dem Aufstehen bin ich nach Hause gefahren. So um vier."
„Morgens?"
„Wo denken Sie hin? Sechzehn Uhr gefällt Ihnen wohl besser."
Sein überhebliches Grinsen ging Wülfing dermaßen auf die Nerven, dass er Marie einen kurzen Wink gab und die weitermachte.
„Und wer kann bestätigen, dass Sie dann in der Mühle waren?"
„Ich war allein. Überhaupt kann ich so viele Menschen um mich herum nicht haben."
„Ach so?"
„Na ja, außer an Fassenacht."
„Nun, Ihr Alibi für die Nächte auf Sonntag und Montag müssen wir noch überprüfen, aber von Montag auf Dienstag haben Sie wohl keins, wenn ich das richtig sehe."
„Drei Alibis? Soll ich den Klaus jetzt schon an drei Tagen hintereinander umgebracht haben? Sie spinnen ja! Weshalb sollte ich ihn überhaupt umgebracht haben?"
„Nun, sagen Sie es uns einfach, wir sagen es nicht weiter! Sehr weit scheint Ihre Flipperfreundschaft ja nicht gegangen zu sein."
„Ach, jetzt wollen Sie mich wohl verar... vergessen Sie's. Er kam sowieso immer nur zum Flippern vorbei und damit war es gut. Wollte Wein schnorren, aber den brauche ich selbst. Was haben Sie denn außer Ihren haltlosen Anwürfen überhaupt in der Hand?"
„Die Lederbänder aus Ihrer Werkstatt wurden zur Fesselung von Steinfurth verwendet ..."
„Wissen Sie, wie viele Lederbänder es gibt? Ist halt ein praktisches Material, fest und leicht und griffig. Das braucht man überall. Wieso soll ich Klaus überhaupt gefesselt haben?"
Da hatte er recht. Auf den Bändern aus der Werkstatt waren keine DNA-Spuren gefunden worden, aber das wollte sie natürlich nicht zugeben.
„Vielleicht weil Sie ein Spielchen gemacht haben?"
„Worauf wollen Sie jetzt hinaus? Ich bin nicht schwul und Fesse-

lungsspielchen sind auch nicht mein Ding."
„Dunkle Mächte scheinen aber eine wichtige Rolle für Sie zu spielen. Die Flipper ..."
„ … ach, was ist denn an der Addams Family gruselig? Sie sind ja noch so jung, da kennen Sie die Hintergründe gar nicht."
„Ihre Schlafstube ..."
„Ich schlafe halt so am besten. Was machen Sie alles, um gut zu schlafen?"
„Das geht Sie nichts an!"
Marie holte Luft. Ein Indiz nach dem anderen entpuppte sich als wenig stichhaltig, aber bei einer Sache konnte er sicher nicht mehr ausweichen!
„Was sagen Sie dazu, dass in der Nacht von Montag auf Dienstag Ihr Auto zum Transport der Leiche benutzt wurde?"
„Der Morgan - Quatsch! Der stand bei mir im Hof. Da hätte ich eine Leiche auf dem Beifahrersitz wohl bemerkt!"
„Wir meinen den Kastenwagen."
„Der? Der fährt schon seit einem halben Jahr nicht mehr, deshalb habe ich ihn letztes Jahr abgemeldet."
„Aber es wurde damit gefahren!"
„Das müssen Sie mir erst mal zeigen. Der hatte einen Kolbenfresser! Verstehen Sie? Bumm! Oder haben Sie ihn mir netterweise repariert? Kann ich jetzt gehen?"
Ruppert schlug mit der rechten Faust in seine linke Hand, dass es krachte, und lachte schallend.
Marie sah hilfesuchend zu Herbert, der aufstand, sich mit beiden Händen auf den Tisch stützte und sich in Richtung des Tatverdächtigen vorbeugte.
„Nun, Herr Ruppert, wir werden Ihre Angaben selbstverständlich prüfen. Aber Sie sollten nicht eine solche Schau abziehen, der Haftrichter wartet heute Nachmittag. Und der versteht nicht so viel Spaß wie wir! Zunächst werde ich Sie zu Ihren Gemächern, ähm … Ihrer Zelle begleiten."
Auf dem Weg dorthin schwieg Ruppert hochmütig. Er warf sich auf die Pritsche und rief noch: „Heute Nachmittag bin ich wieder raus! Wetten?" und lachte wieder schallend. Wülfing ließ sich nichts anmerken, aber die Selbstsicherheit des dringend Tatverdächtigen machte ihm zu schaffen. War er nur ein guter Schauspieler oder war

er es wirklich nicht gewesen?
Marie telefonierte noch, als Herbert wieder ins Büro kam, nickte und notierte sich etwas auf einem Blatt Papier, das sie mit dem Ellbogen auf der Schreibtisch-Unterlage festklemmte. Dann beendete sie das Gespräch und sah ihren Kollegen mit einer Miene an, die nichts Gutes verhieß.
„Das Alibi von Ruppert konnte ich noch nicht überprüfen. Die Dame, eine Andrea Kreyßig, ist nicht da. Aber aus der Werkstatt gibt es schlechte Nachrichten."
„Nämlich?"
„Die haben sich nicht so viele Gedanken gemacht, warum das Auto nicht ansprang, weil sie ja kein Reparaturbetrieb sind. Aber auf meine Bitte haben sie einmal in den Motorraum geschaut und siehe da: Ein Spinnennetz am Ventilator. So klein, dass man es leicht übersehen konnte, aber wenn man gezielt danach suchte ..."
„Da Spinnen draußen aber im Winter keine Netze bauen ..."
„... stammt das aus dem vergangenen Jahr. Das Auto ist seitdem nicht mehr bewegt worden! Also ist die Leiche nicht mit dem Fiorino zum Fundort transportiert worden und Ruppert ist raus."
„Noch nicht. Noch haben wir sein Alibi für die Mordnacht nicht überprüft. Und es kann ja auch sein, dass er - oder wer auch immer", der Hauptkommissar seufzte, „ein baugleiches Auto für den Transport verwendet hat."
„Wobei dann die Frage auftaucht, warum ein Bruchstück von genau seinem, nicht mehr fahrfähigen Auto am Fundort lag. Lange kann das da noch nicht gelegen haben, denn der ganze Bereich am KMW-Gasturbinen-Kraftwerk ist seit letztem Jahr erheblich umgekrempelt worden und es wurde auch über Winter weitergebaut, teilweise sogar in beheizten Zelten."
„Bei seiner Krempelwirtschaft ist das vielleicht einfach so mitgekommen. Wenn er die Leiche mit seinem Morgan transportiert hat, hat er sie bestimmt in eine Decke eingewickelt, damit die feine Oberfläche nicht beschädigt wird. Und vielleicht war der Kunststoff-Splitter in der Decke - warum nicht?"
„Durchaus möglich, Herbert. Aber Ronnis Fotos decken den ganzen Zeitraum der Leichenablage ab. Und in der Zeit ist kein dunkleres Auto abgelichtet worden."
„Und was ist mit dem Zeitraum zwischen Ronnis letztem Foto um

Mitternacht und der Fundzeit am frühen Morgen? Nein, nein, es gibt immer mehr hätte-wäre-wenns. Ich fühle mich zunehmends unwohler. Da stimmt etwas nicht."
„Auch, weil der Mühlenmensch so verdammt selbstsicher ist?"
„Das kommt dazu. Ach, verdammt, wann kommt endlich die Freundin von diesem Mühlenfritzen? Tausend Indizien sind nichts wert, wenn ein Alibi stimmt."
„Die Frau habe ich ja telefonisch noch nicht erreicht. Vielleicht arbeitet sie Schicht und ist mittags zu Hause. Jetzt haben wir elf, der Haftrichter hat uns für vier eingeplant. Da haben wir noch etwas Luft. Außerdem müsste unser gemeinsamer Freund Ronni bald auftauchen mit den neuesten Bildern von gestern."

*

Kurz nach dem Alzeyer Kreuz gibt Ina richtig Gas, beschleunigt ihren Protzhobel die Steigung hinter Biebelsheim hoch und verschwindet hinter der Kuppe gen Mainz. Was mag sie für Termine haben, zu denen sie im Overall gehen würde? Nein, sie wird sich sicher vorher umziehen, etwas „Adrettes" anziehen, obwohl das nicht wirklich zu ihr passt. Es hat mich schon beeindruckt, mit welcher Sicherheit sie geklettert ist, wie geschmeidig und kraftvoll sie sich bewegte in ihrer roten Arbeitskluft, die so vorteilhaft ihre Figur zur Geltung brachte.
Gern hätte ich noch einen Kaffee mit ihr getrunken, aber so werde ich mit Marie und Herbert vorliebnehmen. Fast pünktlich zu Mittag bin ich da, aber die beiden sind schon auf dem Weg in die Kantine und da stelle ich mein Notebook ins Büro und schließe mich ihnen an. Auch wenn die Kantine schon länger für „Otto Normalbürger" geöffnet ist, sind die Mitarbeiter des Polizeipräsidiums klar in der Mehrheit. Wir sitzen seitlich neben dem Leiter der Schutzpolizei mit seinen drei goldenen Sternen auf der Uniform. Es gibt Hähnchengeschnetzeltes, ein wenig salzig, aber trotzdem recht genießbar. Marie greift zu Grünfutter. Dann baut sie Essig und Öl vor sich auf, würdigt mein in der Bauchregion leicht nach außen gewölbtes Hemd mit einem nachsichtigen Blick und verteilt nach einem streng festgelegten Geschmacksschlüssel konzentriert zwei Tropfen rechts und einen links zwischen Endivien- und Eisbergsalat.

„Na, habt ihr euren Täter?“, eröffne ich das Tischgespräch, ein in dieser Umgebung nicht seltener Aufhänger.
„Na ja, wie man‘s nimmt“, antwortet Herbert. „Ein paar Details könnten wir schon noch gebrauchen. Was ist auf den Fotos?“
„Wie du schon sagst: ein paar Details. Die Flügelenden und so. Da sind übrigens auch Lederbänder verbaut, wie sie in der Mühlenwerkstatt lagen. Echt vielseitig, die Dinger, scheint mir. Was schaut ihr so?“
Tatsächlich hören Herbert und Marie auf zu essen und schauen erst sich und dann mich an.
„Ich glaube, wir sollten im Büro weitersprechen. Das gehört nicht hierher“, stellt Herbert fest und Marie nickt. Der Rest des Gespräches verläuft ein wenig zäh, so wie die Soße zum Geschnetzelten, und ich bin froh, als wir wieder im Büro sind und frei sprechen können.
„Zunächst die Bilder, damit wir wissen, worüber wir reden“, ordnet Regisseur Wülfing an. Die SD-Karte meiner Kamera spuckt sie bereitwillig aus und ich kommentiere.
„Eine recht pfiffige Konstruktion aus spaltbarem Material ...“
„Was soll der Quatsch?“, unterbricht mich Herbert.
„Das ist schon richtig, schließlich ist Holz spaltbares Material“, führe ich aus und Marie verdreht die Augen zu den Öffnungen der Klimaanlage in der abgehängten Zimmerdecke. „Also die ganze Mühle, von mir aus auch Windrad, ist fast komplett aus Holz aufgebaut. Die Flügel bestehen aus jeweils einem großen Balken, auf dem breite Bretter den Wind aufnehmen. Das Ganze ist mit rautenförmig angeordneten Dachlatten versteift. Nur die Nabe, wo die Flügel aufgehängt sind, ist eine Eisenkonstruktion.“
Die beiden schauen sich vielsagend an und Marie ergreift das Wort.
„Du hast Lederbänder erwähnt …?“
„Moment, da ist eine Flügelspitze in Großaufnahme. Hier“, ich lasse meinen Laserpointer wandern, „die Lederriemen, mit denen die Ausgleichsstäbe befestigt sind.“
„Wie groß sind diese Stäbe? Und wie lang der Flügel?“
„Die Flügel sind etwa drei Meter lang, fast einen Meter breit und die Stäbe so etwa einen Meter. Warum fragst du?“
„Hmmh, da passt etwas zusammen und etwas nicht. Doch zeig uns

mal die nächsten Bilder."
Es ist eine Übersichtsaufnahme, die ich für wenig gelungen halte und schnell weiterschalten will, aber Marie sagt: „Stopp! Bitte den Ausschnitt vom Boden vergrößern!"
Digital ist das ja alles kein Problem. Der Matsch rückt optisch näher, noch näher und das Bild wird dann pixeliger. Doch sie hat gefunden, was sie sucht.
„Da liegt ein Lederband auf dem Boden. Und das Ende eines Seils, matschverkrustet. Das sollten wir uns ansehen."
„Das Band ist wohl von einem Ausgleichsstab abgefallen", mutmaße ich, doch die beiden schütteln den Kopf und sind offensichtlich anderer Meinung.
„Es sind ja alle Bänder noch am Flügel. Bitte weiter."
„Hier noch ein Bild von der Anfahrt und - ach, da sind schon die aus der Windkraftanlage am nächsten Morgen. Dann gibt es noch quasi ein Luftbild aus der Gondel mit dem Selbstbau-Rad. Einen Moment." Ich klicke weiter und da ist das Bild aus der Luke der Gondel. Auf dem Bild aus luftiger Höhe verschwindet die Ruppert-Mühle fast vor der Kulisse des Waldes. Dafür kommt Ina auf den nächsten Bildern in ihrem roten Overall gut heraus, sowohl im Anlagenturm als auch vor der Anlage.
„Das ist Frau Eickhoff, Geschäftsführerin der Kies & Wind", erläutere ich, „die hat mich in diese moderne Windkraftanlage in der Nähe eingeladen."
Herbert stutzt und Marie fragt nach.
„Und die hat nicht zufällig auch die Bilder vom Ruppert-Windrad gesehen?"
„Doch - sie konnte mir sogar einiges zur Konstruktion sagen, das mit den Ausgleichsgewichten und so."
„Eine hübsche Frau", stellt die blonde Marie fest und betrachtet mich genau.
„Das ist rein geschäftlich", stelle ich fest.
„In Ordnung, lass uns mal die Bilder da. Bitte auch das Bild aus der - wie sagtest du so schön - Gondel."
„Kein Problem, ich kopiere einfach alle."
„Ja, aber danach löschst du unsere Bilder aus deinen Dateien. Darauf bestehen wir!"
Gesagt, getan. Schon kurz vor drei bin ich wieder auf dem Weg nach

Hause. Kurz vor der Abfahrt Ingelheim-West klingelt das Handy über die Freisprecheinrichtung. Die AZ braucht bis zum Samstag in einer Woche einen Bericht über das Potenzial der Thermovoltaik. Insgesamt sollen es zehntausend Anschläge und einige Grafiken werden. Das klingt wunderbar.
Zuhause biegen sich die Büsche vor der Haustür im Wind. Wahrscheinlich denkt Ina, dass es das richtige Wetter für einen Hintergrundbericht über Windkraftanlagen ist, denn sie ruft mich gegen sieben an und wir verabreden uns für den Abend im Lokschuppen in Ingelheim am Rhein, um acht.

*

Kaum war Ronni auf dem Nachhauseweg, rief Marie die Bilder aus dem Obduktionsbericht, was heutzutage Leichenschau heißt, auf und stellte sie neben Ronnis Flügelbild. Auf den ersten Blick sah es so aus, als würde das Muster auf dem Leichenrücken exakt mit Ronnis Flügelaufnahme übereinstimmen, aber dann doch wieder nicht. Der Winkel war etwas anders und ein Stab fehlte völlig. Das fiel auch Herbert auf, der Marie gespannt über die Schulter schaute.
„Fast, aber nicht ganz."
„Sollen wir es in die Kriminaltechnik geben?"
„Nein, die können da auch nicht mehr rausholen. Es gibt schließlich vier Flügel und jeder wird ein wenig unterschiedlich sein. Wir fahren hin. Sollen wir nicht gleich da einziehen? Das spart unnötige Wege ins Büro."
„Willkommen im Spinnenland? Nein danke, Herbert!"
Beiden war klar, dass sie nach Wendelsheim mussten. Mal wieder. Schon wieder. Das wievielte Mal eigentlich? Den Morgan konnten sie abholen und auf Leichentransportspuren untersuchen lassen, aber die Lederbänder an der Selfmade-Windkraftanlage, die mussten sie sich selbst holen, wenn sie denn noch da waren. Sie waren zweifellos zentrale Beweisstücke bei einem Verbrechen, das so viele Züge von hasserfüllter Rache trug, dass es sie schauderte, wenn sie genauer darüber nachdachten.
Wenn der Ermordete tatsächlich mit den Lederbändern am Windmühlenflügel angebunden worden war und die Flügel sich drehten,

war es nur eine Frage der Zeit, bis ihm die Zentrifugalkraft das Blut aus dem Kopf gedrückt hatte. Ihr Freund Ronni hatte sie bereits auf die Notwendigkeit eines Auswuchtens hingewiesen, falls ein Flügel wesentlich schwerer war als ein anderer. Auch dieses technische Problem ließ sich bei der sehr flexiblen Konstruktion sicher lösen. Doch wer immer es war, musste soviel von Physik verstehen, dass er diese Problematik überhaupt erfasste. Und auch genug, dass er eine Lösung wusste. Ruppert gehörte sicher dazu. Nicht zuletzt hatte er ja die ganze Mühle selbst entworfen und gebaut.
Um vier begleiteten sie Ruppert zum Haftrichter. Wie der entscheiden würde, war inzwischen gar nicht mehr so klar. Dass die Leiche nicht mit dem Fiorino zum Fundort transportiert worden war, obwohl man dort einen Teil des Autos gefunden hatte, entlastete Ruppert natürlich, aber vielleicht hatte er ja doch den Morgan verwendet. Dass er Steinfurth kannte, was er überhaupt nicht bestritt, bewies noch lange nicht, dass er ihn umgebracht hatte. Ein Motiv war nicht erkennbar oder erkannten sie es nur nicht? Die Verbindung zu dunklen Mächten war auch nicht stichhaltig. Das einzige beweiskräftige Indiz waren Rupperts DNA-Spuren unter den Fingernägeln des Ermordeten. Ein wasserdichtes Alibi hatte Ruppert auch nicht, wer aber hatte das immer? Im Single-Zeitalter schliefen immer mehr Menschen allein und da die meisten Verbrechen im Dunkeln geschehen, stieg die Zahl der potenziell Verdächtigen ständig an. Kurzum: Es war eine Ermessensfrage, ob Ruppert in Haft gehalten werden konnte.
Auch Ronni war Single, immer auf der Suche und so hatte er sich gern von Frau Eickhoff auf die Windkraftanlage einladen lassen. Die Bilder zeigten, dass es ihm nicht nur um die Technik gegangen war, dazu war die hübsche Frau zu oft und zu prominent im Bild. Herbert hatte nur kurz nachdenken müssen, woher er ihren Namen kannte. Ihre Nummer war auf Steinfurths Handy gespeichert gewesen, sie hatte den Ermordeten gekannt und auch gewusst, dass er an dem Wochenende, an dem er ermordet worden war, zu Ruppert gefahren war. Außerdem stand ihre Windkraftanlage in der Nähe der Katzmühl. Das konnten alles Zufälle sein oder auch einfach Verbindungen von Menschen, die sich mit demselben Thema beschäftigten. Regenerative Energien waren, von üppigen Steuersubventionen befeuert, ein stark wachsender Markt, in dem sich viele Fische

tummelten, große und kleine. Da konnten Interessen-Überschneidungen Zufall sein oder auch nicht. Auch wenn der Hauptkommissar berufsbedingt nicht an Zufälle glauben mochte, begegneten sie ihm jeden Tag. Und das hatte durchaus Vorteile, denn sein Kollege Kommissar Zufall hatte schon so manch scheinbar aussichtslosen Fall gelöst.
„Sag mal, Marie. Denkst du, da läuft was zwischen Ronni und dieser Frau Eickhoff?“
„Du meinst, dass der sich in einem schönen Moment über unsere Ermittlungen verplaudert?“
„Du weißt ja: Frauen denken mit dem großen Kopf und Männer mit dem kleinen.“
„Danke für die Erläuterung. Diese Frau Eickhoff sieht wirklich gut aus und ist sehr selbstsicher, den Bildern und ihrer Position nach. Sie dürfte ihre Wirkung auf Ronni nicht verfehlen. Ich will‘s mal so sagen: können wird er sicher wollen, aber dürfen?“
„Wie war das noch mit dem Apfel im Paradies?“
„Ich glaube, Ronni steht mehr auf zwei Äpfelchen als auf einen Apfel, hihi.“
So wenig Zweifel an dieser Ausrichtung bestanden, so viele Zweifel hatte der Haftrichter, ob der Haftbefehl aufrechterhalten werden sollte. Den Ausschlag gab der Aspekt, dass noch einige Spuren auf dem weitläufigen Areal gesichert werden mussten und somit eine potenzielle Verdunklungsgefahr bestand. Also blieb Ruppert in Haft, aber bereits am nächsten Tag sollte auf der Basis der dann vorliegenden Erkenntnisse neu entschieden werden.
Der stolze Mühlenbesitzer bekam fast einen Tobsuchtsanfall, als er wieder in die Zelle geführt wurde, aber das bekamen Marie und Herbert nicht mehr mit, weil sie bereits auf dem Weg nach Wendelsheim waren. Dort angekommen, ließen sie zunächst den Morgan Threewheeler in die Kriminaltechnik Mainz transportieren und fuhren vor dem Dunkelwerden schnell hoch zum Windrad. Dort fanden sie kurz hintereinander nicht nur einen, sondern sogar zwei Lederbänder, direkt unter den sich beim aufgefrischten Wind schnell drehenden Rotoren. Auch ein Nylonseil zogen sie aus dem Matsch. Eine Rotorbremse war nicht zu sehen. Zwischen Boden und Rotoren lag nur wenig mehr als ein Meter und Wülfing wurde es mulmig, als er die Bänder aufhob, während über ihm die Flügel

wie zischende Schwerter durch die Luft sausten.
Mit zwei Lederriemen und einem Seil kamen sie zurück nach Mainz und gaben sie gleich ins Labor zur DNA-Analyse. Bereits am nächsten Vormittag lag das Untersuchungsergebnis vor: Es waren die Bänder, mit denen Steinfurth gefesselt worden und in denen er wohl gestorben war und auch am Seil waren DNA-Spuren des Ermordeten.
Mit seinen langsam wachsenden Heimwerker-Kenntnissen konnte sich Wülfing inzwischen gut vorstellen, wie Steinfurth ums Leben gekommen war: Der Mörder hatte zunächst den Rotor mit einem Balken gestoppt. Dann hatte er dem Opfer das Seil unter die Arme gebunden, ihn damit am Flügel hochgezogen und ihn mit den Lederbändern fixiert. Dann hatte er die Rotoren wieder frei gegeben und der Wind hatte das übrige getan. Es war ein überschaubarer Kraftakt für den Mörder. Ruppert hatte auf jeden Fall genug Kraft dafür.

*

Die im Sommer so schöne Terrasse ist leer, der alte Lokschuppen duckt sich hinter dem Deich vor der nasskalten Luft, die zum Rhein zieht. Landwind heißt das an der Küste, hier sind das einfach die Reste der sibirischen Polarluft, die so langsam ihren Griff um das sonst so warme Rheinhessen lockert. Die Inversions-Wetterlage hat eine sich täglich verdichtende graue Smog-Glocke über Frankfurt gelegt, aber hier auf dem Lande kann man noch ganz gut atmen.
Das Thema Energie ist immer eng mit Umweltverschmutzung gekoppelt gewesen und daran ändert auch die in den letzten Jahren von hochbezahlten Lobbyisten wieder aufgewärmte Diskussion über angeblich umweltfreundliche, weil CO2-freie, Kernkraft nichts. Da sind nicht nur deren technische Tücken und die Unmöglichkeit, die höchst umwelt- und menschenschädlichen radioaktiven Abfälle wirklich sicher über Tausende von Jahren zu lagern. Da sind auch die unkalkulierbaren Folgekosten der Lagerung und eines Störfalles. Es spricht für sich, dass ein Kernkraftwerk nur so hoch versichert ist wie ein PKW, denn keine Versicherung will die Risiken übernehmen. Ein unversichertes Auto wird von der Polizei stillgelegt, ein unversichertes Kernkraftwerk nicht. Schlecht ist,

wer hier Schlechtes denkt. Nein, von einem Wiederaufleben der Kernkraft träumen nicht die Bürger und die Umwelt, sondern nur die, die ihren Verdauungsschlaf allzu gern in gut bezahlten Aufsichtsratssitzungen halten. Und sich bei Problemen auf kollektive Amnesie durch stressbedingte Übermüdung berufen.
Ina steht für die saubere Lösung, das sieht sie so und das soll ich kommunizieren, wie es im Branchenjargon heißt. Das bedeutet nichts anderes, als dass ich es verkaufen soll. Auch sie weiß sich zu verkaufen und alle Köpfe drehen sich zu ihr, als sie hereinkommt. Sie ist ganz in schwarz, ihr wollener Kurzmantel endet über dem Knie und ihre Stiefeletten glänzen nass. Ihre langen schwarzen Haare schimmern feucht; sie hat keinen Hut an. Betont langsam zieht sie den Mantel aus, hängt ihn an die Garderobe und kommt mit wiegendem Schritt zu mir. Sie trägt ein rotes Shirt mit Wasserfall-Kragen über ihrer schwarzen, eng geschnittenen Hose und begrüßt mich wie einen alten Bekannten. Bussi links, Küsschen rechts. Sie drückt mich ganz kurz, bevor wir uns gemeinsam setzen und die Spezialität des Hauses, Sauerrahm-Pizza, bestellen.
„Du siehst blendend aus, Ina."
„Danke für die Blumen, Ronni. Als Geschäftsfrau muss man auf Äußerlichkeiten achten."
„Jeder wie er kann. Ich ersetze meine nicht vorhandenen Haare im Winter durch eine Mütze, sonst hole ich mir gleich eine Erkältung."
Sie lacht und wirft ihre langen, lockigen Haare in den Nacken.
„Das Problem habe ich nicht. Auf jeden Fall machen es sich die Männer einfach mit immer denselben langweiligen Anzügen und den langweiligen Krawatten. Nur ein paar selbsternannte Paradiesvögel nehmen eine Donald-Duck-Krawatte im untauglichen Versuch, das System zu karikieren. Aber so sind die Regeln im Business halt. Als Journalist kannst du es ja lockerer angehen lassen."
Diese versteckte Kritik erfasse ich sehr wohl, wie ich da mit meiner Stretch-Jeans und dem Fleece-Pulli sitze. Nicht repräsentativ, aber bequem. Irgendeinen Vorteil muss der schlecht bezahlte Journalismus ja haben. Immerhin weiß ich, wie man Informationen so verpackt, dass sie den Lesern munden - sie nicht. Aber was genau soll ich verpacken? Inzwischen habe ich mal das Firmenkonstrukt der Kies & Wind im Amtsregister durchgesehen. Sie ist alleinvertre-

tungsberechtigte geschäftsführende Gesellschafterin, Kiesling stiller Mehrheitsgesellschafter. Tatsächlich ist das Theorie, denn Kiesling ist der eigentliche Mann in der GmbH, Ina kaum mehr als eine Strohfrau. Denn er wird nichts tolerieren, was ihm nicht passt. Wie still der stille Gesellschafter ist, haben die Aktionen am Westerberg gezeigt, wo der Kiesunternehmer mit dem Harvester den Westerberg stürmen wollte wie einst Hägar der Wikinger. Zwar scheiterte er auch im dritten Anlauf, aber er wird sicher weitere Versuche unternehmen und alles ist ja jetzt vor Gericht. Kiesling hat Zeit. Wenn bei ihm von zehn Vorhaben auch nur die Hälfte funktioniert, genügt das allemal. Oder besser: Anderen würde es genügen. Kiesling will alles. Immer. Ina mit ihren Windkraft-Projekten ist da nur ein kleines Rädchen im Getriebe, das dummerweise auch noch droht zu blockieren.

Sie sprach beim letzten Treffen von ...

„Geothermie. Soll ich darüber was machen?“

„Ja, auch darüber. Aber das erste Thema muss die Windkraft sein, schließlich heißen wir nicht zuletzt Kies & Wind.“

Das klingt gut bis auf den Kies. Zwar ist Kiesling in der ganzen Region für seine rüden Methoden und großzügigen Gesetzesauslegungen bekannt, aber der neue Wirtschaftsminister sieht in ihm scheinbar eher einen förderungswürdigen Samariter.

„Warum arbeitest du mit diesem Kiesling zusammen? Kies und Wind klingt irgendwie … na ja, etwas ungewöhnlich. Wie soll ich so etwas meinen Lesern verkaufen?“

„Ach, weißt du“, sie greift nach meiner Hand und drückt sie kurz, „das ist eigentlich sogar eine besonders gute Lösung, um dieselbe Fläche mehrfach zu nutzen. Streng genommen ist das wesentlich umweltfreundlicher als nur eine Kiesgrube und nur eine Windkraftanlage. Die Fläche ist in jedem Falle vorübergehend für die Landwirtschaft nicht mehr nutzbar.“

„Umweltfreundlicher weiß ich nicht, aber profitabler bestimmt.“

„Wovon leben wir denn? Auch du schreibst auf die Rückseite der Anzeigen, die wir bezahlen. Aber ich will dich nicht belehren. Sehen wir es einfach so: Wir haben sowieso eine landwirtschaftliche Überproduktion und nicht wenige Landwirte verkaufen uns nur zu gern ihre Äcker und sanieren so ihren Hof. So falsch kann das dann ja nicht sein.“

Da hat sie recht. Es gibt einige rheinhessische Bäuerchen, die für ein paar Euro bereitwillig strategisch günstig gelegene Äcker hergeben. Aber so ganz verkaufen will ich meine Überzeugung nicht und das spürt sie.
„Ronni“, wieder greift sie nach meiner Hand, zieht ihre aber weg, als ich sie nehmen will. „Du sollst ja nur ein wenig Positives über das ganze Konzept schreiben. Oder willst du weitere Kohlekraftwerke? Deine Bilder verklären das ganze Gelände am Industriehafen geradezu romantisch. Schade, dass meine erste Anlage mit den Savonius-Rotoren nicht drauf zu sehen ist. Die auf dem Dach vom Gas-Kraftwerk.“
„Die Nachtaufnahmen?“
„Ja, die vom letzten Wochenende.“
„Die waren vom Wochenende davor.“
„Meinte ich doch. Die aus der AZ, der Rheinzeitung und dem Mainzer. Mit den schönen langen Streifen, den Autolichtern. Was war eigentlich der weiße Streifen?“
Sie ist sehr interessiert und es schmeichelt mir, dass meine Fotos so viel Anerkennung finden und sie so genau schaut.
„Das war so ein weißes Auto, wahrscheinlich. Bei einer Stunde Belichtungszeit kommt schon so manches vor die Linse, was man erst gar nicht sieht.“
„Du hast bei der Aufnahme nicht durch die Kamera gesehen?“
„Nein, ich habe sie eingerichtet, abgedrückt und bin dann ins warme Auto. Warum fragst du?“
Sie wirkt beruhigt.
„Äh ... ich denke gerade, mit solchen Nachtaufnahmen könnte man doch auch Windräder oder fließendes Wasser gut darstellen.“
„Du hast also eine Anlage auf dem GuD?“
„Eine kleine. Die leistet nicht viel, ist aber ganz repräsentativ. Für hohe Industriebauten eine durchaus rentable Lösung. Ah, da kommen ja die Pizzen.“
Die Pizza schmeckt prima, aber sie lässt zwei Stück über, die sie mir zuschiebt. Als Kavalier darf ich dieses Angebot nicht ablehnen und sie schaut mir voller Dankbarkeit tief in die Augen. Allzu gern schaue ich zurück, doch als ich nach ihrer Hand greife, zieht sie sie zurück und bestellt einen Espresso.
Nach dem Espresso ist es schon halb zehn und sie hat es plötzlich

eilig, verspricht mir noch, sich am Samstag per Handy zu melden, um das nächste Projekt aufzunehmen. Dann haucht sie mir einen Kuss auf die Wange und huscht zur Garderobe. Kurz danach höre ich draußen den großvolumigen Motor ihres Protzomobils losblubbern und schon ist sie weg. Die Rechnung hat sie rücksichtsvoll da gelassen.
Ich verbuche fünfzehn Euro Akquisekosten mit der Aussicht auf einen lukrativen Auftrag. Denn meine Leser interessieren sich sicher mehr für saubere regenerative Energien als für veraltete Kohlekraftwerk-Technik, bei der die Kosten mal eben so um ein paar hundert Millionen Euro steigen. Solche Bagatellen sind in Mainz nun wirklich keiner besonderen Erwähnung wert. Eine Stadt, die mit konstant defizitären Ergebnissen eine ganze Anzahl an Betrieben bewirtschaftet - vom Hotel bis zum Restaurant. Eine Eishalle kommt gerade dazu.

*

An Tag zwei nach Elviras Auszug war die Situation unverändert. Nicht nur, dass Herbert allein am Frühstückstisch saß und sich fragte, was er - verdammt noch mal - denn falsch gemacht haben sollte. Er vermisste sie, aber zugeben würde er das - nochmal verdammt noch mal - natürlich nicht. Fassenacht war zu Ende, doch sein persönlicher Spuk zu Hause ging weiter.
Ob es im Büro besser aussah, würde der Morgen zeigen. Zunächst aber war der Himmel so wie die Stimmung des Hauptkommissars: bedeckt und kühl. Auch Marie hielt sich zurück und bastelte am Beziehungsdiagramm dieses Falls, das recht einfach aussah. So einfach, dass es schon fast auffällig war. Nicht wirklich, sondern nur fast auffällig, denn allzu oft sind es ausgesprochen dumme Leute, die einen Mord begehen und sich keine Gedanken darüber machen, dass die Leute bei der Kripo keine Dummerchen sind.
Wenn sich aber ein Verbrecher was bei seiner Tat gedacht hat, wird es richtig kompliziert. Hier war das wohl nicht so: Alles lief auf Ruppert hinaus. Noch zwei Berichte und dann würde er irgendwann gestehen und sie konnten den Fall schließen. Gegen elf tat sich endlich was: Am Himmel lichteten sich die Wolken und das Fax spuckte einen Laborbericht aus, den Wülfing fast gierig aus dem Gerät zog.

„Na also. Jetzt haben wir ihn!“, knurrte er zufrieden und schubste das Blatt quer über den Tisch, wobei es kurz abhob und sich elegant auf der Schreibtischunterlage seiner Kollegin niederließ. Die überflog das Blatt und nickte.
„Sieht so aus. Sein Alibi haben wir aber noch nicht überprüfen können - die Frau ist immer noch nicht da.“
„Ach Quatsch, die hat der nur erfunden. So ein Weiberheld halt. Kann ich sowieso nicht verstehen, was frau an dem finden soll!“
Das nächste Fax kam herein. Die Kriminaltechnik meldete, dass am Wagen des Tatverdächtigen keine Blut- oder Leichenspuren entdeckt worden waren. Wülfing schüttelte den Kopf. Was bewies das schon? Dann hatte sich der Ruppert halt einen anderen Wagen für den Transport ausgeliehen. War ja auch verständlich, eine Leiche nicht mit seinem Schmuckstück zu transportieren. Der Fall war so gut wie gelöst und bald würde eine detaillierte Presseinfo herausgehen, in der zwischen den Zeilen durchaus der Stolz auf die geleistete Arbeit herausscheinen würde.
Mehr aus Gewohnheit als aus Überzeugung schaute Marie über die Straße zu dem Wohnblock, in dem Andrea Kreyßig wohnte und es fiel ihr sofort auf: Auf dem Balkon stand ein Wäscheständer mit Mainz05-Bettwäsche, der vorher definitiv nicht da war. Sofort rief sie an und nach kurzem Klingeln meldete sich eine Frauenstimme, die am Telefon aber keine Auskunft darüber geben wollte, was sie in den letzten Tagen unternommen hatte. Das war nun kein wirkliches Problem, weil Herbert und Marie schon ein paar Minuten später vor ihrer Haustür standen.
Frau Kreyßig war eine hübsche Frau Ende dreißig mit krausen, blonden Haaren. Einen Herrn Ruppert kenne sie nicht, sagte sie mit einem leichten ostdeutschen Akzent und so zeigte ihr Marie ein Bild von Ruppert. Doch, den kannte sie, wenn auch nur beim Vornamen, gab sie mit Zögern zu und bat die beiden hinein. In der picobello sauberen Wohnung war jedes freie Wandfleckchen mit Plakaten von Mainz05 dekoriert. Ihr Prunkstück im Wohnzimmer war ein Heimtrikot mit der Unterschrift aller Spieler der in die 1. Bundesliga aufgestiegenen Mannschaft und eine UEFA-Kappe vom Spiel gegen Valencia, signiert von Dimo Wache.
Marie und Herbert konnten sich überhaupt nicht vorstellen, was diese Frau mit dem Mühlenschrat zu tun haben sollte, aber es war

wohl tatsächlich so, dass er nicht gelogen hatte: Sie bestätigte, dass Alfons zwei Nächte bei ihr gewesen sei, auch den Tag dazwischen. Dass sie seinen Nachnamen noch nicht kannte, tat in diesem Fall nichts zur Sache.
Das Alibi freilich tat viel zur Sache, denn noch am selben Tag verfügte der Haftrichter, dass Ruppert unverzüglich frei gelassen werden musste, trotz aller Indizien, die gegen ihn sprachen. Das Alibi musste erst mal als stichhaltig angenommen werden. Hauptkommissar Wülfing passte das überhaupt nicht, denn die Menge der Indizien war für ihn schon erdrückend, für den Richter aber nicht. Er spürte, dass Ruppert was zu verbergen hatte, konnte seinen Verdacht aber nicht begründen. Und ob diese Frau als Alibi wirklich taugte, war die andere Frage. Vielleicht wollte sie Ruppert einfach nur decken, gefälligkeitshalber. Wie man ein solches Gefälligkeitsalibi kippen konnte, war einfach. Man musste nur jemand finden, bei dem die Frau um diese Zeit tatsächlich gewesen war, oder entsprechende Aufnahmen beispielsweise von einer Überwachungskamera in einem Parkhaus. Das alles war theoretisch einfach, aber praktisch nicht durchführbar, speziell nicht für die Zeit zwischen Mitternacht und dem frühen Morgen. Da ist der brave Bürger in der Regel im Bett und der böse Bube an der „Arbeit“.
Vielleicht würde man etwas mit einer Überwachung der abgelegenen Mühle herausbekommen können, aber eine Telefonüberwachung scheiterte einfach schon mal daran, dass der Mühlenmensch kein Telefon hatte und sein Handy wohl in der Regel abgeschaltet war. Damit entfiel auch die Möglichkeit, ihn darüber zu lokalisieren, wenn er unterwegs war. Das Mühlengelände ließ sich ohnehin weder überwachen noch wäre das in dem kleinen Ort geheim geblieben. Nein, so ging es nicht.
Herbert und Marie mussten wieder von vorn anfangen, während Ruppert mit dem Victory-Zeichen lauthals lachend seinen Morgan aus der steilen Auffahrt der Tiefgarage des Polizeipräsidiums röhren ließ. Beim Einbiegen in die Goethestraße hielt er kurz an, drehte sich um und reckte die Faust gegen das Polizeipräsidium.
Als Herbert durch die kühle, feuchte Luft nach Hause ging, dachte er an diese Szene. Dieser arrogante, selbstverliebte Frauenheld, dieser Macho hoch drei. Wo war Elvira? War es ganz aus? Sie war nicht da, die Zeitungen waren noch im Briefkasten, die Luft roch

abgestanden, als er die Wohnungstür aufgeschlossen hatte. Es war ein Niemand-Kein-Gefühl: Niemand in der Küche, keine netten Worte, niemand im Wohnzimmer, keine belegten Brote auf dem Tisch. Kurz gesagt: Leere. Niemand umarmte ihn und so machte irgendwie alles keinen rechten Spaß.
Marie dagegen war noch lange im Büro, telefonierte hier und fragte da und zum Schluss ging sie noch einkaufen. Es war ein echter Großeinkauf in sämtlichen Geschäften und Discountern rund um den Westring in Mombach.

*

„Irgendwas müssen wir übersehen haben. Irgendwas!"
Wülfing lief im Büro wie ein Tiger im Käfig herum, schaute aus dem Fenster zu den Wohnblocks der Moltkestraße und bedachte den Balkon von Frau Kreyßig mit einem vernichtenden Blick, was diesen allerdings überhaupt nicht störte. Denn schließlich war so ein Mietwohnungsbalkon nur eine Konstruktion aus Eisen und Beton, diente vornehmlich als Ferienfleckchen im Sommer und im Nebenjob als Wäschetrockner für einen Mainz05-Fan. Heute trockneten eine Fanjacke, ein Auswärtstrikot in schwarz und ein langer rot-weißer Fanschal mit einer rot-weiß-Fassenachts-Musterkombination in dem immer noch ziemlich kalten und feuchten Wetter mühsam vor sich hin. Richtig: Am Vorabend war ein Auswärtsspiel gewesen und die gewann das Team des Kloppo-Nachfolgers Jörn Andersen mit erstaunlicher Zuverlässigkeit. Genauso zuverlässig verloren sie allerdings auch ihre Heimspiele und so recht wusste keiner, woran das lag. So war fanintern schon mal der Bruchweg in „Fluchweg" umgetauft worden und die Vorfreude auf das neue Stadion stieg.
„Ich weiß, alles deutet auf ihn, aber was ist, wenn er es doch nicht war?"
Maries helle Stimme nahm der eigentlich lästerhaften Aussage die Schärfe und Herbert fragte sich, ob sie nicht vielleicht doch recht hatte.
„Angenommen, er war es nicht, dann spielt uns jemand einen üblen Streich. So viele Indizien fälschen kann man doch gar nicht, so intelligent sind Mörder in aller Regel nicht. Irgendwas treibt die

immer und in ihrem Eifer übersehen sie irgendetwas. Immer.“
„Und wenn nicht?“
Wülfing seufzte. Ja, wenn nicht, bedeutete das zumindest zweierlei: statt einer Erfolgs-Pressekonferenz nur dumme Nachfragen von oben und der Presse. Oder halt ein Justizopfer mehr, aber das wollte er mit seinem Gewissen nicht vereinbaren. Also blieb nur: nochmal anfangen und nochmal viel zusätzliche Arbeit.
„Wo fangen wir an?“
„An den Wurzeln. Dem Motiv.“
„Hinweise auf die Kraftwerksbetreiber haben wir bisher nicht gefunden. Auf Satanisten eigentlich auch nicht, ebensowenig auf die Grünen, die ja außerdem mit der Friedensbewegung zusammenhängen.“
„Neid und Eifersucht gibt es überall, auch in der Friedensbewegung. Spätestens, wenn es um lukrative Aufsichtsrats- oder Vorstandspöstchen in Politik, Industrie oder kommunalen Unternehmen geht. Die haben noch so ziemlich jeden korrumpiert, auch bei uns im Ländle, hihi.“
„Aber nach allem, was wir wissen, hatte der Ermordete keine Ambitionen in dieser Richtung und der Ruppert auch nicht.“
„Weiß man nicht, aber Chancen darauf dürfte er jedenfalls nicht gehabt haben. Der war zu sehr Außenseiter. Ein Parteibuch haben wir auch nicht gefunden.“
„Viel wichtiger, Marie: Er hatte kein hohes Pöstchen im Karnevalsverein, in Mainz ein absolutes Ausschluss-Kriterium. Aber wen hätte Steinfurth gefährden können, wenn er sowieso keine Chance auf money for nothing hatte? Chicks for free sind wohl eher was für Weiberheld Ruppert.“
„Wie du schon sagtest: Vielleicht haben wir etwas übersehen.“
„Bestimmt haben wir was übersehen, aber was? Und jetzt seine ganze Umgebung noch mal durchforsten ...“
„Komm, Herbert.“ Marie ging auch zum Fenster, stellte sich neben ihn und legte kurz den Arm um ihn, sorgsam darauf achtend, nicht mit seinem stacheligen Dreitage-Bart in Kontakt zu kommen. Herbert hatte sich seit Elviras Auszug offensichtlich nicht mehr rasiert. So konnte das nicht weitergehen.
„Ich weiß, es ist reichlich Arbeit, aber es ist unser Job. Und … bald ist auch Elvira wieder da, glaube einer Frau!“

Wülfing blieb wie elektrisiert am Fenster stehen. Zum einen, weil ihm Maries Umarmung gut getan hatte. Zum anderen, weil unten ein Morgan Threewheeler in racinggreen um die Ecke röhrte und dann auf der Straßenseite gegenüber dem Polizeipräsidium parkte. Unwillkürlich trat Wülfing einen kleinen Schritt zurück vom Fenster, aber Ruppert verschwendete keinen Blick auf das Polizeipräsidium, sondern verschwand im Wohnblock von Frau Kreyßig. Was immer er da tat, es ging schnell. Keine zehn Minuten später kurvte Ruppert wieder in Richtung Rheinallee, gerade als ein weiteres Auto um die Ecke kam, das sie kannten: ein alter Golf Variant, in dessen Radkästen der Rost auf Expansionskurs war.

*

So langsam mache ich mir Sorgen um Herbert. Er ist wieder im Büro, auch Marie, jetzt am Samstag Vormittag. Die warten sicher nicht nur darauf, dass ich ihnen die Rechnung für die Wendelsheim-Fotos in die Hand drücken kann. Die Stimmung ist gedrückt und ich vermute, dass so einiges schiefgelaufen ist. Elvira wird noch nicht wieder zuhause sein und wie war das mit dem Wagen, der mir entgegenkam?
„Ich habe zwar den mit der Brille und dem Lederhelm geschützten Mann nicht recht erkannt, aber der eben weggefahrene Threewheeler war doch ..."
„Ja, du hast recht, Ronni. Wir haben den Mühlenbesitzer Ruppert wieder auf freien Fuß setzen müssen."
„Der Imker ist wieder bei seinen Bienen?"
„Ja, die erste hat er gerade besucht. Was er jetzt weiter macht, wissen wir nicht."
„Am Wochenende sollst du ruh … Moment."
Mein Handy klingelt, die Nummer kenne ich.
„Hallo Ina!"
Sie will sich mit mir am Westerberg treffen, am Nachmittag, sechzehn Uhr. Sie hätte da was von der Mediation, das mich bestimmt interessiert. Ob das passt?
„Klar, Sonntag um vier am Bismarckturm."
Sie stimmt zu. Ich beende das Gespräch und sehe, wie mich Marie und Herbert aufmerksam anschauen.

„Was ist, habe ich heute Morgen Haarspray und Mundwasser verwechselt?“
„Diese Ina ist doch Frau Eickhoff, Ronni?“, fragt Herbert.
„Ja, meine Auftraggeberin. Sie hat gerade ein paar PR-Berichte in Auftrag gegeben. Ich treffe mich Sonntag mit ihr auf dem Bismarckturm.“
„Die Zusammenarbeit intensiviert sich“, stellt Marie mit einem prüfenden Blick fest. „Erst Fotos, jetzt Berichte ...“
„Mehr nicht!“
„An mehr dachte ich auch nicht, hihi. Aber du scheinst daran zu denken.“
„Wie kommst du auf den Unsinn?“
Sie antwortet nicht, sondern schaut mir in die Augen, wechselt dann einen Blick mit Herbert. Der klopft mir freundschaftlich auf die Schulter und meint dann:
„Guter Auftrag. Mache dich ruhig schon auf den Weg. Wir müssen hier was Internes besprechen.“
Marie versüßt mir den Rauswurf mit einem aufmunternden Lächeln und kurz danach stehe ich wieder unter den Straßenbäumen, die immer noch winterkahl sind, obwohl wir schon fast März haben. Die stürmischen letzten Tage kündigen den Frühling an - endlich. Es ist die Zeit, in der die Windkraftanlagen auch mal gebremst werden müssen, um nicht durch zu schnelles Drehen zerstört zu werden.
Auch der Bismarckturm reckt seine Mauern seit über hundert Jahren trotzig in den Wind. Ich verstehe nicht, wie Ina an der Waldeck eine Windkraftanlage aufbauen will, ohne den ganzen Wald zu roden, der den Bismarckturm geradezu einrahmt. Die Rodung aber - so sieht es aus - ist wohl vorerst durch den Widerstand vor Ort und den Gerichtsentscheid gestoppt. Ganz kurzfristig ist dazu vom rheinland-pfälzischen Innenminsterium eine Mediation anberaumt worden, wie es so schön im Behördenjargon heißt.
Sie soll einen Konsens zu einem möglichst umweltverträglichen Wind- und Kiespark auf dem Westerberg ausloten. Es geht also nicht mehr darum, ob der Westerberg verwüstet wird, sondern nur noch um das Wie. Damit nimmt die Aufgabenstellung das vom Land gewünschte Ergebnis bereits vorweg. Erfreulicherweise vereinfacht sich so die Aufgabe für die erfahrenen Mediatoren so sehr, dass das Ministerium den Preis für das ganze Mediationsverfahren mit

mehreren Treffen hinter verschlossenen Türen auf nur noch fünfzigtausend Euro heruntergehandelt hat. Dieser wahrlich günstige Preis ist sicher nur bei einem knapp unter tausend Euro liegenden Stundensatz möglich. Leider freut mich das als Steuerzahler nur bedingt, denn so naiv wie ich bin, dachte ich, dass auch Kiesling mindestens die Hälfte tragen sollte, denn er ist ja der Verursacher des Verfahrens. Dennoch - das braucht er wohl nach dem Behördenwillen nicht. Zufällig trägt er auch keinen nennenswerten Anteil als Steuerzahler, denn nach meinen Recherchen zahlt er die meisten seiner Steuern ohnehin in Hessen.

*

Seit die Ingelheimer Umgehung nach Groß-Winternheim gebaut ist, ist es auch für Ortsunkundige ein Leichtes, zum Westerberg mit seinem imposanten, wenn auch etwas ungeschlachten Bismarckturm zu finden. Die Straße führt vom Kreisel in engen Kurven durch Weinberge hoch zur Waldeck. Etwa fünfhundert Meter vor Brausers Grillhütte geht ein Abzweig links zum Gestüt derer von Opel mit seinen riesigen Feldern und Weiden sowie dem Schloss Westerhaus. Auf dem Bismarckturm lockt ein atemberaubender Blick vom Hunsrück über den Rheingau bis ins Selztal.
Auch Ina bietet einen schönen Anblick, wie sie sich in ihrer schwarzen Lederkleidung mit rotem Schal an ihren Wagen lehnt und in die im Zenith stehende Sonne blinzelt. Rouge et noir – faites vos jeux! Als sie mich bemerkt, richtet sie sich auf und holt eine Papierrolle aus dem Wagen. Dann blinken die Warnleuchten; sie hat den Wagen wieder abgeschlossen. Wir begrüßen uns mit einem einseitigen Bussi, mehr nicht. Auf der anderen Wange hat sie ein wenig Abdeckcreme aufgetragen, vielleicht um einen Knutschfleck zu verstecken?
Sie hat bestimmt einen Freund, auch wenn sie nie davon gesprochen hat. Jedenfalls ist sie wieder ganz Geschäftsfrau, auch heute am Sonntag. Und sie hat mir Infos zur Mediation versprochen. Da die Ergebnisse erst Montag offiziell verkündet werden, könnte ich dann als erster veröffentlichen. Wenn denn die Infos wirklich stichhaltig sind und nicht ein Protokoll endloser Selbstdarstellungen der verfahrensbeteiligten Anwälte und Behördenvertreter.

„Warum schaust du so neugierig auf die Papierrolle, Ronni? Lass uns mal den Turm besteigen, dann zeige ich dir den Inhalt.“
„Eine Zeichnung von der Mediation?“
„Komm! Oben machen wir dann ein Interview. Du hast doch sicher dein Aufnahmegerät dabei.“
Ich habe und ein paar Schritte später umfängt uns das halbdunkle Turminnere, dass sich seit mehr als hundert Jahren ungenutzt ausruht. Der Turm besteht eigentlich nur aus einer Hülle ohne Füllung, wenn man von einem abgemauerten Raum im Erdgeschoss absieht, aus dem einst fast armdicke Kabel nach oben führten, als die Kuppel von einer Vielzahl terrestrischer Funkantennen verschandelt worden war. Die - inzwischen nicht mehr gebraucht - sind inzwischen abgebaut und nur noch eine Leitung führt nach oben, die Stromversorgung für die „Ingelumer Weihnachtskerz“.
Hoch geht es über die eiserne Treppe, die sich seitlich an der Turminnenseite freitragend nach oben windet. Zwischen den Stufen kann man ungehindert nach unten schauen und auch das kleine Geländer zur Innenseite beruhigt mich nur wenig.
Ina kennt meine Höhenangst bereits von der Klettertour auf die Windkraftanlage. Sie lächelt geheimnisvoll, als sie mit sicherem, geschmeidigem Schritt und der Rolle in der Hand an mir vorbei vorgeht. Gerade so, als wäre sie beim Einkaufsbummel, vertrautes Terrain. Ihre schwarzen Lederhosen zeichnen ihre langen, durchtrainierten Beine nach, die kurzen Absätze ihrer Stiefeletten klacken metallisch auf den eisernen Stufen. Etwa auf halber Höhe kommen uns zwei Ehepaare mit Kindern entgegen, die nach unten drängen, während die Erwachsenen gemessenen Schrittes folgen. An einem kleinen Treppenabsatz stellen wir uns mit dem Rücken an die Kalkstein-Wand, um den Entgegenkommenden entgegenzukommen. Ina Atem geht sehr ruhig, wie selbstverständlich nimmt sie die Rolle in die linke Hand und lehnt sich an mich.
„Immer noch Höhenangst, Ronni?“
„Na ja ...“
„Man kann alles schaffen ...“
„Auch die Angst?“
„Gerade die.“
Sie lacht und schaut mir direkt in die Augen. Als auch die zweite Familie an uns vorbei ist, dreht sie sich so, dass sich unsere Ge-

sichter fast berühren, und ich greife nach ihr, doch sie schüttelt den Kopf und geht mit schnellem Schritt voran. Von einer starken Feder zugezogen, schlägt die Gittertür hinter uns mehrfach in den Rahmen, als wir auf die Kuppel hinaustreten. Metall auf Metall, ein hässliches Geräusch, dessen Hall sich im Turminnern ausbreitet und schließlich an den unverputzten Wänden bricht.

Es ist kalt auf der Aussichtsplattform, ein kalter Ostwind zieht vom Taunus her über den Rhein. Das Messing der von Boehringer gesponserten Panoramatafeln ist fast schmerzhaft kalt. Schnell ziehe ich meine Wollmütze an; Ina mit ihren langen, lockigen Haaren stört die Temperatur nicht. Im Windschatten auf der Westseite der Kuppel ist es angenehmer. Vor uns liegt Ober-Ingelheim und das Selztal; die imposanten Mauern der tausend Jahre alten Burgkirche sind frisch renoviert und erstrahlen in neuem Glanz. Mein Blick schweift weiter nach Groß-Winternheim, als ein röhrendes Geräusch vom Tal hochdringt. Scheinbar sind wir nicht die einzigen, die die Waldeck auch um diese Zeit und bei diesem Wetter interessant finden. Das Geräusch kommt näher und dann fährt ein Auto um die letzte Kurve, das ich gut kenne: ein Morgan Threewheeler! Ich frage mich, ob es wirklich Ruppert ist, denn sicher gibt es noch ein paar Autos mehr von dieser Sorte, aber als das grüne Dreirad näher kommt, gibt es keinen Zweifel mehr. Auch wenn sein Kopf von der Lederkappe mit ihren Ohrenklappen und der Fliegerbrille weitgehend verdeckt ist: Die Figur und die sich unter der Kappe herausdrückenden Haare gehören zu dem Mühlenschrat aus Wendelsheim. Ich bin gespannt, was er auf dem Bismarckturm will. Auch Ina reckt den Hals, als er mit viel Zwischengas auf den Parkplatz kurvt.
Doch ich irre mich: Er dreht nur eine Runde und fährt gleich wieder zurück, folgt aber nicht der Straße ins Tal, sondern biegt zum Westerhaus hin ab. Kurz danach verstummt der Motor. Der Wind hat uns wieder für sich allein und Ina öffnet mit wichtiger Miene die Papierrolle. Da röhrt der Motor wieder los, ein entfernter Hund schlägt an und dann trägt der Wind ein tiefes, lautes Fauchen und Knurren zu uns, gefolgt von Alarm blökenden Eseln und aufgeregt meckernden Ziegen. Ina zuckt zusammen und steht plötzlich dicht bei mir. Angespannt späht sie über die Brüstung zum Tigergehege, das zum Restaurant gehört. Wieder ertönt ein langgezogenes

Knurren und Röhren, dessen Tiefe keinen Zweifel daran lässt, dass sich da ein sehr großes Tier mit entsprechendem Resonanzvolumen bemerkbar macht. Dann verstummt der Motor und die Tierstimmen verebben. Langsam beruhigt sich auch Ina wieder, aber ihre Hände zittern noch ein wenig, als sie endlich eine Zeichnung auf der Messingtafel ausrollt, die von Ingelheim beginnend über die Burgkirche das Selztal darstellt.
„So, Ronni. Das ist das Ergebnis der Mediation - es verbindet Neues und Altes genial miteinander. Ganz wichtig, dass es jetzt schnell geht. Wir haben schon eine Woche verloren und Dienstag geht der Schwertransport mit den Flügeln auf die Reise hierher."
„Ja aber ..."
„Ich weiß auch, dass es schwierig ist, aber die Anlage ist schon seit Monaten bestellt und es drohen hohe Konventionalstrafen, wenn ich sie nicht rechtzeitig abnehme. Aber schau doch mal selbst. Du bist doch ein Freund unkonventioneller Lösungen. Ich hoffe, es gefällt dir, damit du es deinen Lesern gut kommunizieren kannst. Zwar haben die Bürgerinitiativen noch nicht unterschrieben, aber das ist sicher nur ein Frage von wenigen Tagen. Mir gefällt die Idee jedenfalls und auch die Behörden fanden diesen Konsens gut."
Das glaube ich gern. Nicht, weil die Zeichnung wirklich schön farbig im A1-Format gedruckt ist und sogar die Obstwiesen, Felder und Weinberge unterhalb der Waldeck grün dargestellt sind. Sondern eher, weil dieser sogenannte Kompromiss eigentlich nur einem zugute kommt: der Kies & Wind. Denn die riesige Windkraftanlage wird dadurch nicht wirklich besser, dass sie einfach an die Kuppel des Bismarckturms geflanscht werden soll.
Und meine Finanzen werden nicht besser, wenn ich meine Prinzipien zu hoch hänge.

*

„So, so, da war Ronni mit dieser Ina Eickhoff im Lokschuppen. Wenn das man kein Lockschuppen war!"
„Du wiederholst dich, Marie."
„Nö, hihi. Lock mit ck!"
Marie grinste breit und kritzelte mit einem Kuli auf der Schreibtischunterlage eine Halle.

„Danke für die Nachhilfe. Du meinst, die hat was mit ihm vor?“
Ein paar Striche später dampfte eine stilisierte Lok aus dem Schuppen. Die Wolken, die aus dem Dampfkessel quollen, sahen irgendwie aus wie überdimensionale Brüste.
„Er würde sich das sicher gefallen lassen. Aber die hat es nicht wirklich auf ihn abgesehen, sonst wäre sie schon längst mit ihm im Bett gelandet. Als Frau würde ich sagen, dass die was von ihm will, was nicht persönlicher Natur ist.“
„Also geschäftlich.“
„Jedenfalls zahlt sie unserem gemeinsamen Freund ja ein Honorar. Sagt er. Vielleicht ist es mit ein wenig Zuwendung etwas billiger, aber ich werde nicht so recht schlau daraus. Ronni ist uns gegenüber da nicht ganz offen. Vielleicht sollten wir die Frau Eickhoff mal direkt befragen.“
„Sie war auf Steinfurths Handy gespeichert gewesen, kannte ihn und wusste, dass er unterwegs zu Ruppert gewesen war. Also auch eine Verbindung, die man genauer untersuchen sollte.“
„Und da ist auch dieser Kiesfritze, wie hieß der noch ...“
„Tu nicht so. Kiesling ist doch ein durchaus passender und leicht zu merkender Name, meine verehrte Kollegin.“
„Der kannte ihn angeblich gar nicht und das haben wir sogar schriftlich.“
„Mit Durchschrift an den Polizeipräsidenten.“
„Ich weiß, ich weiß. Und dennoch hatte der Ermordete die Kiesling-Nummer auf dem Handy. Auch da ist was faul!“
„Trotzdem müssen wir da vorsichtig sein.“
Das Telefon klingelte. Diese Nummer kannten sie. „Wenn man vom Teufel spricht ...“, sagte Marie, hob ab und drückte auf Mithören. Im Hintergrund waren einzelne Rufe zu hören. Offensichtlich suchte jemand irgendetwas. Dann meldete sich der Herr Advokat mit aufgeregter Stimme.
„Rechtsanwalt Dreher. Jetzt haben Sie Ihren Fall. Mein Mandant ist entführt worden, Ihre Kollegen von der Schutzpolizei Bad Kreuznach sind schon da. Die Adresse am Wissberg haben Sie ja. Kommen Sie sofort!“
Er legte auf.
„Ein ‚Bitte‘ wäre schön gewesen“, stellte Marie fest und erwartete ein Nicken, doch Herbert schaute nur komisch drein, war irgendwie

nicht beim Thema. Hatte er vielleicht auch einmal ein „Bitte“ zuwenig geäußert? Es war Tag fünf nach Aschermittwoch und Elvira immer noch nicht wieder da, wie er mit einem Kontrollanruf gerade festgestellt hatte. Er fürchtete, dass sie gar nicht mehr kommen würde, doch er riss sich zusammen, schüttelte den Kopf und nahm Dienstwagenschlüssel und Kfz-Schein aus der Wandbox neben dem Waffenschrank.

Während der Fahrt zum Wissberg grübelte Wülfing auf dem Beifahrersitz, während Marie so routiniert über die Dörfer kurvte, als sei sie hier aufgewachsen und nicht im Schwabenländle. Die Straßen waren so unterschiedlich auch wieder nicht, aber sie machte sich zunehmende Sorgen um Herbert. Der ersten Euphorie über ihre Arbeitsaufnahme war allzu schnell Elviras Auszug gefolgt. In den fünf Tagen seitdem war Herbert zunächst noch ganz gut drauf gewesen und hatte ihr gar Avancen gemacht. Die hatte sie mit viel Feingefühl zurückgewiesen, aber dennoch war in den letzten Tagen seine Stimmung immer mehr in den Keller gerutscht. So konnte es nicht weitergehen.

Als Marie in Ober-Hilbersheim abbog und am „Ma Provence“ vorbei in Richtung Sprendlingen steuerte, hatte sie ihren Entschluss gefasst. Sie war die Ursache für die Irritationen im Hause Wülfing und sie würde es wieder geradebiegen. Elvira würde sicher wieder arbeiten, schließlich können Lehrer nicht einfach so Urlaub machen. Auch wenn sie bei ihrer Tour durch die Supermärkte in Mombach und Gonsenheim Elvira bisher nicht gefunden hatte, bei der Schule musste es klappen. Ob Herbert es schon bei der Schule probiert hatte? Eher nicht, er war zu stolz dazu. Männer in ihrem Größenwahn halt!

Das Anwesen passte zu Kiesling. Ein riesiges Haus, direkt am Hang des Wissbergs, mit einem Blick über Rheinhessen, der seinesgleichen suchte. So eine Art einsamer Adlerhorst fürs persönliche Geltungsbedürfnis. Man hätte es auch fast als Schloss bezeichnen können, wäre da nicht das eine oder andere Unpassende gewesen. Wie beispielsweise die Nähe zur Deponie. Kiesling konnte sich sicher auch weiter weg von einer Deponie ein Grundstück leisten, warum wohnte er hier? Ebenfalls nicht zum sonst so gehobenen Ambiente passte der große Betriebshof mit der langen Reihe rot-schwarzer LKWs, direkt neben dem Haus.

Es war Montag, Arbeitstag. Da sollten wohl die meisten Laster unterwegs sein, aber genau das war nicht der Fall. Nur vereinzelt waren Lücken in der Anreihung. Die meisten Fahrzeuge standen da, fein säuberlich nach ihren römischen Ziffern angeordnet. Es war bestimmt interessant gewesen, den Fahrern die römischen Zahlen beizubringen. Denen, die da in Grüppchen herumstanden und diskutierten.
Auch Kieslings Anwalt stand vor der Tür, sprach mit einem Polizisten und winkte mit einem Seitenblick unwirsch den Opel auf einen der Besucherparkplätze. Seine Miene hellte sich auf, als Marie ausstieg, nachdem sie neben dem blau-weißen Dienstwagen der Schutzpolizei geparkt hatte.
„Dreher, Rechtsanwalt Dreher. Wunderbar, dass Sie so schnell kommen konnten!"
Der Ton hatte sich gegenüber dem Telefonat deutlich geändert, stellte der altgediente Hauptkommissar fest und sah vor seinem geistigen Auge eine Schleimspur, die von dem Krawattenträger über den weiß gekiesten Eingangsbereich zu seiner Kollegin kroch und ihre langen Beine umkreiste. Marie machte das nichts aus, mit einem entschlossenen Schritt trat sie vor und reichte ihm die Hand.
„Kripo Mainz, Roscher. Darf ich vorstellen: Hauptkommissar Herbert Wülfing."
Sie trat wieder zur Seite und voller Absicht auf die Schleimspur, die sich erschreckt im Kies verlief. So jedenfalls schien es Wülfing, als er die schlaffe Hand des Rechtsanwalts ergriff und schüttelte. Es war, als ob er in Pudding rühren würde, in klebrigem Pudding, der die Hand herunterlief und auf die braunen Halbschuhe tropfte.
„Sie sind also sicher, dass Herr Kiesling entführt wurde, Herr Rechtsanwalt?"
„Ja, er war immer ein Muster an Pünktlichkeit und alles ist auf ihn zugeschnitten, alles hängt von ihm ab! Er ist Samstag früh weggefahren, das zeigt die Überwachungskamera. Und er ist immer noch nicht zurück! Sein Handy ist abgeschaltet, was er sonst nie macht. Sehen Sie nur, die Laster stehen still. Er würde die Firma nie im Stich lassen! Allein die Arbeitsplätze, die daran hängen! Er hat eine so soziale Ader, die immer wieder in der Presse falsch dargestellt wird."
Jetzt fang bloß noch an zu heulen, dachte sich Wülfing, doch wie-

der ließ er sich nichts anmerken.
„Vielleicht ist er ja mal ein paar Tage weggefahren und sein Stellvertreter ..."
„Nein, er hat keinen Stellvertreter, das sagte ich ja schon. Nur den Betriebsleiter Wagner, aber den hat er auch nicht informiert. Und wenn er wegfahren würde, würde er das vorher ankündigen."
„Die Aufträge und Termine wird er ja nicht alle im Kopf haben. Er hat doch bestimmt einen Terminkalender, so dass wir nachsehen können, wo er zuletzt war. Und der Betriebsleiter wird doch wissen, was anliegt."
„Ja, natürlich hat er einen Kalender, aber ..."
„Ja?"
„Da haben wir zuerst nachgeschaut, aber der ist natürlich auch nicht da. Den hat er immer dabei. Und darin sind auch die Aufträge erfasst."
„Und Sie haben da auch nicht zufällig vorher mal hineingeschaut?"
„Nein, das sind Betriebsgeheimnisse. Das geht niemanden sonst etwas an! Sein Notebook hat er übrigens auch dabei, falls Sie danach fragen wollten. Jedenfalls ist es nicht mehr da!"
Sein Ton wurde barscher.
So, so, dachte sich Wülfing. Niemand ging es etwas an, was dieser Herr machte, aber wenn er verschwand, sollten alle helfen. Sein Blutdruck stieg. Marie merkte, dass er bald explodieren würde, und übernahm die Gesprächsführung.
„Wir möchten uns gern einmal im Haus umsehen. Vielleicht finden wir etwas, was uns bei der Suche weiterhilft."
„Da muss ich erst Herrn ..."
„… Kiesling fragen? Ich glaube, das geht im Moment nicht."
Marie stellte das mit einem zuckersüßen Lächeln fest, das dem Anwalt die Verlegenheitsröte ins Gesicht trieb.
„Äh, da …. haben Sie natürlich recht. Ich … ich glaube, ich gehe am besten mit, damit Sie alles finden können."
„Fein. Bitte gehen Sie vor."
Tatsächlich ging der Anwalt vor, nachdem er noch einmal zum Eingangstor geschaut hatte, ob sein Herrchen nicht doch plötzlich auftauchen und auf den Bruch seiner Privatsphäre höchst erzürnt reagieren würde. Er zuckte zusammen, als er ein brummen-

des, schepperndes Geräusch aus der Küche hörte. Aber es war nur der Kühlschrank, der sich eingeschaltet hatte. Nein, Kiesling kam nicht.
Auch Wülfing machte sich seine Gedanken, als er hinter Marie und Dreher ins Haus stiefelte. Seine Schuhe waren noch etwas schmutzig und er ertappte sich dabei, wie er sie scheinbar unabsichtlich auf dem dichten Läufer abstrich, der über den feinen Carrara-Marmor im Eingangsbereich führte.
Eine geschwungene Treppe führte in den ersten Stock und mündete in einen langen Flur. Wülfing wollte seine Erkundungstour systematisch bei der ersten Tür beginnen, aber Dreher hielt ihn zurück.
„Nein, das sind Privaträume, da dürfen wir nicht rein. Die Geschäftsräume sind weiter hinten."
„Und was ist, wenn wir in den Privaträumen etwas finden, was uns weiterhilft?"
Wülfing schwoll schon wieder der Kamm. Wie hatte der Anwalt so schön gesagt: „Ich gehe mit, damit Sie alles finden können." Es schien ihm eher das Gegenteil: Der kam mit, damit sie nichts finden konnten, was nicht ins Bild passte. Noch war es zu früh dafür, aber wenn nichts mehr weiterhalf, müssten sie halt einen Durchsuchungsbefehl beantragen. Das war eine geradezu blödsinnige Vorstellung, wenn man davon ausging, dass das Umfeld des Verschwundenen ein Interesse daran haben sollte, die Suche zu unterstützen. Aber vielleicht hatte das seine Gründe. Gründe, die tiefer lagen als nur die Angst, etwas falsch gemacht zu haben, wenn er wiederkommen sollte?
Der Gang teilte sich, Dreher steuerte zielsicher nach rechts und öffnete eine Tür. Der riesige Raum hatte eine imposante Einrichtung aus teuren Möbeln. Die Fensterfront bot einen beeindruckenden Ausblick, der vom Wissberg über die Eckelsheimer Bucht bis zur trutzigen Kuppe des Donnersbergs reichte.
„Hier ist das Büro von Herrn Kiesling."
Dreher ging vor zu einem überdimensionalen Schreibtisch mit einer Arbeitsplatte aus poliertem Granit, auf dem ein großes Telefon thronte. Ein paar Schreiben lagen herum, doch die waren offensichtlich nicht neu für den Anwalt, denn er schaute sie gar nicht an. Da war eine Einladung zur Mediation, über die mit weitläufiger Handschrift „Dreher!" geschrieben war. Unter „Ablage" fanden

sich Skizzen von Trassenführungen zum Kiesabbau auf dem Westerberg und Schreiben der Regionalplanung „nur für den internen Dienstgebrauch". Damit konnten Wülfing und Roscher nicht viel anfangen.
Der Anwalt war bereits weitergegangen, zu einer überdimensionalen Sitzecke am überdimensionalen offenen Kamin und einem überdimensionalen Flachbild-Fernseher daneben. Auf dem winzigen Beistelltisch lag nur eine superbunte Fernsehzeitung, von persönlichen oder geschäftlichen Dokumenten keine Spur. Unter den Argusaugen des Anwalts durchsuchten die beiden von der Kripo den Raum noch genauer, konnten aber nichts entdecken, was bei einer Suche nach dem Verschwundenen helfen könnte. Alles wirkte ebenso aufgeräumt wie abgeräumt, nichts, womit man etwas anfangen konnte.
„Herr Kiesling beschäftigt eine Raumpflegerin, Herr Anwalt? Und die war zuletzt am Samstag da?"
Es war eher eine Feststellung als eine Frage. Marie konnte sich eine solch penible Ordnung nicht anders erklären, als dass Kiesling nach der Reinigung nicht mehr im Büro gewesen war.
„Samstag Nachmittag." Seine Stimme wurde aufgeregter. „Sie meinen, die Putze ..."
„Nein, die Raumpflegerin meinte ich." Maries Stimme bekam eine Schärfe, die Herbert noch gar nicht von ihr kannte. „Sie hat also Samstag Nachmittag aufgeräumt. Richtig?"
„Ja. Meinen Sie, sie hätte mit dem Verschwinden von Herrn Kiesling ...?"
„Etwas zu tun? Nein, er ist ja schließlich vorher weggefahren. Aber wo sind Ihre Mülltonnen?"
„Hinter dem Haus … ich führe Sie hin. Sie denken, dass ..."
„Ja, dafür sind wir da."
Die Mülltonnen befanden sich auf der Rückseite des Hauses, die üblichen Kunststoff-Behälter, braun für Bio, grau für Papier und Restmüll. Der erste Blick war eine glatte Enttäuschung, denn in der Papiertonne waren nur Papierstreifen vom Aktenvernichter. Aber die Restmüll-Tonne schien ergiebiger, denn direkt unter der ersten Schicht von Essensresten und Verpackungen lag ein zusammengeknülltes Blatt Papier. Die Kommissaranwärterin zog Einmal-Kunststoff-Handschuhe an und zog den Zettel vorsichtig auseinander. Es

war ein typischer Einkaufszettel, am oberen Ende abgerissen. Darauf stand, hastig hingekritzelt, „Christoph Schmitz! 11 an der Deponie“ und eine Handynummer, die ihr irgendwie bekannt vorkam, ebenso Wülfing. Beide konnten sie aber nicht genau zuordnen. Sie riefen sie kurzerhand an, aber das dazugehörige Handy war abgeschaltet.
Ihre Arbeit war hier soweit erledigt. Sie ließen sich noch das Band aushändigen, auf dem zu sehen war, wie Kiesling wegfuhr, und machten sich auf den Weg zurück ins Kommissariat.

*

Als sie aus dem Kieslingschen Anwesen herausfuhren, war es, als fiele eine Last von ihnen ab. Diese latente Spannung im Haus. Hier dürfen Sie nicht und dort dürfen Sie nicht. Dieses penible Arbeitszimmer so ganz ohne jede Wärme, die wartenden Männer auf dem Hof. Als sie wieder aus dem Haus gekommen waren, hatten sich die Hälse gereckt, aber kein Fahrer hatte etwas zu fragen gewagt.
Marie kurbelte in die erste der nach Ober-Hilbersheim führenden Kurven hinein, während Herbert nachdenklich den in einer durchsichtigen Kunststofftüte eingepackten Zettel gegen das Licht hielt.
„So etwas Verrücktes habe ich auch noch nicht erlebt. OK, ich bin erst seit ein paar Monaten auf der Piste, aber ...“
„Keine Sorge, Marie. Ich auch nicht. Da verschwindet einer unabgemeldet, obwohl er ja offensichtlich sehr geschäftstüchtig ist. Ob das was mit dem Zettel zu tun hat? Versetzt das Wort „Christoph Schmitz!“ einen wie den so in Angst und Schrecken, dass er alles hinwirft?“
„Und wenn es gar nichts damit zu tun hat? OK, zu viel der Zufälle wirst du sagen. Vielleicht hat dieser Christoph Schmitz ja auch nur Verbindung zu seinen sonstigen Aktivitäten auf dem Lande. Oder vielleicht hat halt nur die Midlife-Crisis zugeschlagen oder eine neue Freundin?“
„Du denkst immer an dasselbe.“
„Muss ich ja, wenn ich das Verhalten von Männern verstehen will. Du weißt ja: Frauen denken mit dem großen Kopf und die Männer mit dem kleinen.“
„Ja, ja, ist schon klar. Ich hoffe, es war nicht auf mich gemünzt.“

„Nein, Anwesende wie immer ausgeschlossen, hihi."
Marie ging mit quietschenden Reifen in die Serpentinen nach Ober-Hilbersheim.
„Bitte etwas langsamer, Marie!"
„Entschuldige, ich bin mal wie ein Mann gefahren und schon beschwerst du dich. Ich fahre dann wieder etwas gemächlicher, mit dem großen Kopf, OK?"
„Danke für die Lehrstunde. Die Vermisstenmeldung liegt vor und wir müssen ihr nachgehen. Wenn nur mein Zahlengedächtnis nicht so schlecht wäre."
„Ja, die Nummer kennen wir. Es kann also nicht lange her sein, dass wir damit zu tun hatten."
Im Kommissariat sichteten sie ihre Unterlagen und tatsächlich war es erst vor kurzem gewesen, dass sie die Nummer gesehen hatten. Sie gehörte zu Rupperts Handy, dem, mit dem der Aussteiger telefoniert hatte, als sie die Hausdurchsuchung durchgeführt hatten. Diese Nummer schien nicht jeder zu kennen, denn Ina Eickhoff hatte bei ihrem Hinweis auf Ruppert ja gesagt, dass er kein Telefon habe. Und Kiesling hätte die Nummer ja nicht auf einen Zettel notieren müssen, wenn er sie gekannt hätte.
Wahrscheinlich hatte Kiesling den Zettel einfach unter der Haustür gefunden oder im Briefkasten und war dann zum Treffpunkt gefahren, gerade um die Ecke. Den Zettel hatte er liegen gelassen und die Putzfrau hatte ihn weggeräumt. Und nun war Kiesling verschwunden. Sie bauten den Beamer auf und schauten sich das Video an.
Ein fremder Laster kam in den Betriebshof, die Ladefläche mit einer Plane abgedeckt, so dass man die Ladung nicht sehen konnte. Dann passierte eine Weile nichts, bis drei von Kieslings Lastern und der fremde Laster wieder wegfuhren. Kurz danach kam Kiesling aus dem Haus und verschwand in der Garage. Danach kurvte er mit einem Porsche aus dem Tor, das sich automatisch hinter ihm schloss. Er schien es eilig zu haben und verschwand aus dem Bild, als er auf die Straße abbog. Die Kamera erfasste die Zufahrt zum Anwesen nur bis zur Kurve zur Landstraße, etwa einhundert Meter vor dem Tor.
„Das war's."
Marie wollte schon ausschalten, doch Herbert nahm ihr die Fernbedienung aus der Hand.

„Immer ruhig mit den jungen Pferden. Vielleicht ist er ja nochmal wiedergekommen. Vielleicht weil er etwas vergessen hatte? Wir sollten das ganze Material sichten. Am besten inklusive des Besuchs der Raumpflegerin. Danach ist er ja offensichtlich nicht mehr wiedergekommen.“
Das Video lief weiter und nur wenig später fuhr ein merkwürdiges Auto langsam seitlich ins Bild. Es kam aus einem Wirtschaftsweg, hatte drei Räder, vorne zwei und hinten eins, und der Fahrer trug eine Lederkappe mit Fliegerbrille. Zwar konnten sie die Farbe des Autos nicht erkennen, weil die Überwachungskamera nur schwarzweiße Bilder lieferte, aber das Nummernschild war beim Abbiegen auf die Straße kurz zu sehen. Marie hielt das Band an und vergrößerte den Bildausschnitt.
„Das ist Ruppert! Was macht der hier?“ Sie war überrascht.
„Gute Frage, liebe Kollegin. Oder besser: Was haben die miteinander zu tun? Weshalb sollte Ruppert dem Kiesling einen Zettel mit einem Namen zustecken und dieser danach verschwinden? Das wird immer dubioser!“
Der Rest des Bandes zeigte nichts mehr, bis die Raumpflegerin mit einem aufgemotzten BMW ins Bild kam. Kurz danach war die Aufzeichnung zu Ende. Wülfing schaltete den Beamer aus und lehnte sich in seinem Drehstuhl zurück.
„Also dann mal los.“
„Same procedure as last year, Herbert?“
„Same procedure as every year, Mylady.“
Marie rief in Kieslings Büro an, holte sich von dort die persönlichen Daten, von der Homepage ein hochauflösendes Pressefoto und trug alles in die Vermisstenmeldung ein.
„Ferdinand Kiesling, Unternehmer, 45 Jahre, vermisst seit 28. Februar 2009. Einszweiundsiebzig groß, etwa siebzig Kilo schwer, schlank, halblange schwarze Haare. Besondere Kennzeichen: trägt die Haare normalerweise zum Pferdeschwanz gebunden. Unterwegs mit einem Porsche Cayenne mit Mainzer Kennzeichen. Danke für Ihre Informationen. Ich hoffe, dass wir ihn bald wiedergefunden haben.“
Einen Knopfdruck später war die Vermisstenmeldung beim BKA in der zentralen Vermisstenkartei erfasst. Auf dem Weg in die Kantine dachten beide lange darüber nach, was Ruppert wohl bei Kiesling

gewollt hatte. Da war nicht nur die Frage, warum er ihm nachfahren sollte, sondern auch, ob er mit dem „Dreirad“ überhaupt hinterhergekommen wäre. Wenn er denn hinterher gewollt hatte.
Beide fühlten, dass es nicht recht vorwärtsging mit dem Fall. Ständig passierte etwas, aber nichts davon passte zusammen. Es war, als ob sie da jemand an der Nase herumführen würde. Marie stocherte lustlos in einer Königin-Pastete auf Reissockel, während Herbert seine Currywurst vor lauter Frust geradezu hinunterschlang.
„Bald ist sie wieder da, Herbert.“
„Elvira? Das hast du mir schon mal gesagt. Und wo ist sie?“
Marie sagte nichts. Schweigend gingen sie durch die tristen Flure zurück ins Kommissariat. Gerade rechtzeitig, um zu sehen, wie das Fax zwei Seiten ausspuckte. Die erste Seite war ein Standard-Anschreiben von Anwalt Dreher, in dem er die Vermisstenanzeige zurückzog. Die zweite Seite war von einem Internet-Café aus England gesendet worden, wie die Absenderkennung „Slurp & Surf, London, +49 20 346682177“ verriet.
Es stammte - laut Unterschrift - von Ferdinand Kiesling und der Inhalt war kurz und knapp:
„Bin einige Wochen auf Auslandsreise und in dieser Zeit nicht erreichbar. Wagner soll den Betrieb organisieren, Dreher den Rechtskram machen. Beide sollen Ina die nötigen Mittel für die Windkraftanlagen zur Verfügung stellen. Kiesling.“

Wülfing nahm die Seiten und hielt sie gegen das Licht, als wollte er die Echtheit prüfen, aber da war natürlich kein Wasserzeichen und kein auf Aluminiumfolie gestanztes Hologramm. Das waren zwei Blatt einfache Behördenqualität mit gesetzlich genormtem Altpapier-Anteil. Genau die, die er selbst am Vortag in die Papierkassette gelegt hatte, nachdem er schon wieder diese ungebetenen Radarwarner-Werbungsseiten bekommen hatte. Er schüttelte den Kopf, reichte sie Marie mit spitzen Fingern und ging zum Espressoautomaten. Es war schon seit einer Woche ein sinnloses Ritual, weil der Servicetechniker immer noch nicht gekommen war, aber es beruhigte ihn irgendwie.
Marie überflog die Seiten und schüttelte ebenfalls den Kopf.
„Du kannst es auch nicht glauben, Herbert?“
Es war mehr eine Feststellung als eine Frage und Wülfing nickte.

Es zischte kurz, als er die chromblitzende Dampfdüse der Espressomaschine auf- und dann wieder zudrehte. Wenigstens das funktioniert, dachte er und ging wieder zurück. Wenn auch sonst nichts. Kiesling war weg und die Vermisstenanzeige zurückgezogen. Damit war auch die Frage hinfällig, was denn Ruppert da gemacht hatte, so zeitnah am Verschwinden. Und wieder war Ina Eickhoff mit im Spiel. Der Hauptkommissar fragte sich, was denn diese drei Personen verband. Eickhoff war mit Steinfurth, dem Ermordeten, wohl bekannt gewesen, aber mehr nicht. Sagte sie jedenfalls. Auch Ruppert kenne sie nur vom Hörensagen. Ruppert hatte den Ermordeten Steinfurth gekannt, hatte aber sonst zu keiner Frage während des Verhörs im Polizeipräsidium irgendetwas gesagt, was sie weiterführen konnte. Auch zu Eickhoff nicht. Und da war Kiesling, der mit Eickhoff bekannt war, aber jede Verbindung zu Steinfurth leugnete, obwohl seine Nummer auf dem Handy des Ermordeten gespeichert gewesen war.

Wie sah es mit den Alibis aus? Ruppert hatte ein Alibi, das dem Haftrichter genügt hatte, ihn auf freien Fuß zu setzen. Dem Hauptkommissar hätte es nicht gereicht, da seiner Meinung nach zu viele Indizien gegen Ruppert sprachen. Aber Rupperts Fassenachtsbekanntschaft war wohl bisher nicht mit dem Gesetz in Konflikt gekommen und daher als glaubwürdig eingestuft worden. Ob Kiesling ein Alibi hatte, ließ sich derzeit nicht nachprüfen, denn er war einfach nicht zu erreichen. Blieb also im Wesentlichen Ina Eickhoff, gegen die bisher nichts vorlag. Ganz im Gegenteil: Sie hatte ja stets bereitwillig über alles Auskunft gegeben und ihnen sogar weitergeholfen.

„Wir rufen sie an."

„Was grummelst du in deine Bartstoppeln? Elvira?"

Musste sie das ansprechen? Er schaute zu seiner jungen Kollegin, die ihn ermutigend anlächelte. Ganz ohne Hintergedanken.

„Nein, Frau Eickhoff."

„Hast du einen speziellen Verdacht oder juckt die Nase?"

„Eher die Nase. Wie war noch ihre Telefonnummer?"

„Ich mache es schon, verehrter Kollege."

Eickhoff war nicht zu Hause, aber auf dem Handy zu erreichen. Sie nahm nur kurz ab, war in großer Aufregung, rief: „Ich rufe später zurück." Im Hintergrund hörte man Martinshörner und wild durch-

einander rufende Stimmen. Dann brach die Verbindung ab.
„Das klingt nach einem Unfall oder so etwas“, stellte Wülfing fest, der wie üblich laut mitgehört hatte. „Es wird bald dunkel. Ob sie noch zurückruft?“
„Wir können es ja morgen noch einmal bei ihr probieren. Für heute reicht es. Schlaf einmal drüber und morgen kommen dir sicher neue Ideen. Ich gehe auch gleich.“
Vielleicht hat sie recht, dachte Wülfing, packte seine Jacke und ging mit müden Schritten durch die feuchte, kalte Luft nach Hause. Am Goetheplatz wurden die letzten dort noch spielenden Kinder von ihren Eltern vor der einbrechenden Dunkelheit nach Hause geholt. Die Straßenbahnschienen in der Hattenbergstraße glänzten feucht und am Haupteingang der Schott Glaswerke verkündete eine rote Anzeigetafel, dass man bereits 364 Tage keinen Arbeitsunfall mehr hatte. Noch einen Tag und dann ist das Jahr voll, dachte der Hauptkommissar, dem die frische Luft guttat.
Doch zu Hause wartete wieder eine leere Wohnung und das tat ihm nicht gut. Die Decke stürzte über ihm ein und die Wände fuhren soweit zusammen, dass er keine Luft mehr bekam. Er verließ die Wohnung wieder und ging zu Fuß zum Gonsenheimer Juxplatz, wo er sich nacheinander gleich drei Biere genehmigte, ohne dass es deutlich besser wurde, dieses Gefühl der Sinnlosigkeit allen Tuns.
Marie telefonierte fleißig in dieser Zeit. Sie hatte einfach eins und eins zusammengezählt, das gefunden, was sie suchte, und betätigte sich nun als Seelentrösterin. Es dauerte noch bis fast neun, als sich endlich der Erfolg einstellte, und dann ging es sehr schnell.
Um zehn kam Herbert nach Hause, nicht wankend, aber für sicheres Autofahren sicher nicht mehr fit genug. Als er am TÜV vorbeiging, wurden seine Schritte unwillkürlich raumgreifender, seine Haltung straffte sich. Irgendetwas trieb ihn. Er spürte es, es kribbelte in der Nase und auch in seinem Bauch. Als er die Tür öffnete, fiel ihm Elvira um den Hals.

*

„Sag schon. Na los!“
Elvira stellte die Kaffeetasse ab und schaute ihr Gegenüber genau an.

„Was denn?“
Herbert tat äußerlich unbeteiligt und nahm den nächsten Schluck aus seiner überdimensionalen Kaffeetasse, in die mindestens eine Monatsproduktion der Nestlé passte. Eher anderthalb.
„Dummkopf!“
„Na gut, ich habe dich vermisst. Zufrieden?“
„Sturkopp!“
Elvira seufzte. Sie war froh, dass sie ihren alten Brummbär wieder hatte. Nicht, dass er irgendetwas zuzugeben hatte, nein! Ganz der Coole halt. Nicht mal einen Brief hatte er geschrieben, zumindest an ihre Schule hätte er kommen können, wenn die Kolleginnen ihn auch auf ihre Bitte hin am Telefon zurückgewiesen hatten. Wenn einem etwas an einer liegt, dann macht man das eben doch. Aber nein, dieser verkappte Macho gab ja nichts zu.
Gut, dass ausgerechnet Marie sie aufgestöbert hatte, die scheinbare Ursache ihrer Probleme. Die hatte ganz professionell recherchiert. Wo bleibt man vielleicht eine Woche oder länger, wenn man nicht zu viel Geld ausgeben will? Als sie bei bed and breakfast angerufen und ihr Anliegen geschildert hatte, hatte sie zwar nicht Elviras Telefonnummer oder Adresse bekommen, aber eine Ursula versprach, sich darum zu kümmern. Nur wenig später war Marie von Elvira angerufen worden. Schnell waren sich die beiden am Telefon nähergekommen, schnell war Elvira klar geworden, das da gar nichts war zwischen ihm und Marie. Und wie Herbert unter ihrem Auszug litt. Von Frau zu Frau war die Lösung des scheinbaren Problems schnell gefunden und sie war sofort in den Westring heimgekehrt. Die Schlüssel hatte sie ja noch, nun war sie wieder da und ihr Herbert kapierte immer noch nicht, worum es ging.
„Gib zu, dass du dich in Marie verliebt hast!“
„Quatsch, ist nur eine Kollegin.“
„Und warum hast du dann im Schlaf immer wieder von ihr gesprochen? Marie, aaah, schnarch ...“
Wülfing schluckte. An diese Informationsquelle hatte er noch nicht gedacht. Was immer er sagte, es konnte - und würde - postwendend gegen ihn ausgelegt werden. So sagte er erst mal nichts, murmelte, „Ich muss zur Arbeit“, und verschwand. Elvira überlegte einen Moment, ob sie ihn nicht zu sehr geärgert hatte, aber verdrängte den Gedanken bald wieder und machte sich an den Wohnungs-

putz. Manchmal konnte man den Eindruck gewinnen, dass manche Kriminal-Hauptkommissare so sehr an die Denke der bösen Buben gewohnt waren, dass sie deren verschlungene Logik in der eigenen Wohnung mit Bierdosen, Pizzapackungen und getragener Unterwäsche nachstellen wollten. Natürlich ausschließlich zu Ermittlungszwecken.
Herbert war ein wenig zu früh, als er beim Pförtner die aktuelle AZ holte und die Treppen zu seinem Büro hinaufging. Die Kollegen der Nachtschicht waren gerade dabei, ihre Waffen in die allgegenwärtigen Waffenschränke einzuschließen und den restlichen Papierkram zu erledigen. Immerhin brauchten sie sich bei der Kripo nicht umzuziehen, weil sie ja keine Uniform trugen. Der Hauptkommissar war kein Freund von Uniformen, aber manchmal beneidete er doch die Kollegen von der Schutzpolizei, die mit dem Ausziehen der Uniform nach Dienstende auch ein wenig vom Dienststress ablegen konnten.
Es war gerade halb sieben, als er in sein Büro kam. Marie war noch nicht da und so hatte er die Zeitung erst einmal für sich allein. Im Hintergrund dudelte das Radio und auf seinem Schreibtisch lag ein Zettel mit Maries akkurater Schrift: „Espresso-Reparatur heute 13 Uhr“. Wieder versöhnt mit der Welt, insbesondere mit Elvira, schlug er die Zeitung auf. Weltweit gab es viel Böses, insbesondere der von der Staatengemeinschaft weitestgehend ignorierte Völkermord im Sudan und die unglaubliche Mugabe-Despoterei in Zimbabwe, aber in Mainz schien alles seine gewohnten Bahnen zu laufen. Die machthabenden Fassenachter mussten so kurz nach der Kampagne wohl erst noch Kraft zur nächsten Attacke auf die leeren Stadtkassen schöpfen.
Es war kurz vor sieben, als die Radiomusik weggeblendet wurde und das Verkehrsfunk-Signal ertönte.
„Radio RPR. Sechs Uhr neunundfünfzig. Eine wichtige Meldung für die Autofahrer. Die L408 zwischen Alzey und Wendelsheim ist auf Höhe Erbes-Büdesheim auf unbestimmte Zeit vollständig gesperrt. Ortskundige werden gebeten, über Flonheim auszuweichen. Die Polizei richtet derzeit eine Umleitung ein. Wir halten Sie auf dem Laufenden. Heiko Bieser für RPR 1.“
Mit dem ausleitenden Signalton der Verkehrsmeldung kam seine Kollegin ins Kommissariat.

„Hast du schon gehört? Im Verkehrsfunk ..."
Wülfing winkte ab und griff nach dem Hörer. Es war schwierig, die Kollegen von der Polizei Alzey zu erreichen, weil deren Telefon ständig besetzt war, aber dann kamen sie ihnen zuvor.
„06731-9110", las Wülfing laut vom Display ab und meldete sich mit:
„Kripo Mainz."
„Polizei Alzey …", kam eine sehr angespannte Stimme, die offensichtlich zunächst jemand anschnauzte, sich entschuldigte und dann wieder schnauzte. Man hörte Türenschlagen im Hintergrund, danach wurde es ruhig und die Stimme sprach wieder ins Telefon.
„Meitzler, Polizei Alzey. Bitte entschuldigen Sie, Kollege, aber hier ist die Hölle los."
„Kein Problem, worum geht es?"
„Eine Windkraftanlage hier ist offensichtlich außer Kontrolle geraten und wir haben bisher Glück gehabt, dass es nur Leichtverletzte gab."
„Wir helfen ja gern, aber was haben wir als Kripo damit zu tun?"
„Vor Ort hat eine Frau Eickhoff gemeint, dass Sie uns wohl weiterhelfen könnten. Sie behauptet, es sei Sabotage und dass es ein Herr Ruppert gewesen sei, den Sie bereits einmal festgenommen und dann wieder freigelassen hätten. Die hat da einige kräftige Worte gebraucht ..."
„... die man nicht sagt, lieber Kollege, nicht wahr?"
„Ja, kann man sagen. Wollen Sie vorbeischauen oder direkt zu diesem Ruppert fahren?"
„Die Frage, ob überhaupt, stellt sich hier wohl tatsächlich nicht. Aber warum haben Sie diesen Ruppert noch nicht befragt?"
„Hätten wir ja gern, aber der ist nicht da. Und Frau Eickhoff meinte, dass Sie vielleicht eine Idee hätten, wo er gerade steckt?"
„Bedaure, aber wir machen uns gleich mal auf den Weg. Wie kommen wir am besten durch?"
„Über Flonheim. Die Kollegen stehen hinter der Geistermühle."
„Wir sind unterwegs."
Marie hatte bereits ihre Jacke aus dem Spind geholt und warf Herbert seine Lederkluft zu. Ein paar Schritte später waren sie auf dem Weg in die Tiefgarage unter dem Polizeipräsidium.
„Kann durchaus Zufall sein ...", Marie dachte laut.

„Dass es die Anlage der Kies & Wind von Kiesling und Eickhoff ist? Nein, da ist was im Busche. Kiesling fährt weg, kurz danach taucht Ruppert mit seinem Dreirad auf und seitdem ist Kiesling verschwunden. Dann aber - hurra! - meldet er sich mal wieder aus dem Ausland. Ruppert selbst ist natürlich auch mal wieder weg. Klasse."
„Vielleicht ist er ja bei seiner Alibi-Freundin nebenan?"
„Wir schauen einfach mal über die Straße, wenn wir aus diesem Labyrinth herauskommen."
Herbert kurvte mit Vehemenz zwischen den Pfeilern, Dienst- und Privatwagen in der Tiefgarage herum und dann öffnete sich endlich das Rolltor zur Ausfahrt. Einen kleinen Schlenker später war klar, dass Ruppert nicht bei seiner Freundin zu Besuch war, denn sein Wagen war nicht da. Klar war auch, dass Mainz05 so kurz vor Ende der Saison zuhause 1:4 verloren hatte und der Aufstieg wieder infrage stand. Denn auf dem Balkon von Rupperts Freundin wehte eine kleine Mainz05-Flagge auf Halbmast.
Herbert fuhr durch den Goethetunnel und gab Gas. Der grüne Opel fand den Weg Richtung Alzey schon fast allein.

*

Wenn man von der Menge der vorgefahrenen Autos auf die Bedeutung eines Ereignisses schließen darf, dann geschieht zwischen Alzey und Wendelsheim etwas von überlokaler Bedeutung. Sie sind alle da, die, wie man so sagt, „üblichen Verdächtigen", die professionellen Katastrophenbegleiter wie Polizei, Feuerwehr und Krankenwagen und auch der eine oder andere Schaulustige wandert bereits durch die sanft gewellte Landschaft am Wiesbach – bis zur nächsten Absperrung.
Der Wind frischt weiter auf, als ich den Wagen neben der Geistermühle abstelle, nicht weit von dem kleinen Trullo im anschließenden Weinberg. Die rot-weißen Absperrbänder auf den Feldwegen und der Landstraße durch das Wiesbachtal flattern im Wind. Es liegt etwas in der Luft, eine fast greifbare Spannung. Im Gegensatz zu den neugierigen Schaulustigen scheinen die Absperrkräfte ziemlich nervös. Auf der Höhe sieht man die großen Windkraftanlagen, aber das Bild ist ungewohnt. Trotz des bereits starken Winds

stehen alle Anlagen still, bis auf eine, deren Flügel sich mit hoher Geschwindigkeit drehen. Es ist die Anlage der Kies & Wind, das Zwei-Megawatt-Monster von Ina, aus dessen Kanzel ich schon fotografiert habe. Da will ich wieder hin, doch der junge Mann von der Freiwilligen Feuerwehr Flonheim lässt mich nicht durch, auch nicht, als ich den Presseausweis vorzeige.

Ein ganzes Stück weiter diskutieren Herbert und Marie mit Ina, deren lange Haare vom Wind zerzaust werden. Sie stehen direkt neben dem Flonheimer Trullo, einem dieser weißen Rundhäuschen, die im Rheinhessischen im Volksmund meist als „Weinbergshäuschen" bezeichnet werden. Die gemauerte Konstruktion mit ihren winzigen Fenstern stammt eigentlich aus Italien und wurde von italienischen Gastarbeitern im 18. Jahrhundert hierher importiert. Das massive Mauerwerk bleibt im Sommer schön kühl und lässt sich im Winter ganz gut heizen, aber das dürfte nicht der Grund sein, dass die drei nur ein paar Meter neben dem Eingang des bunkerartig aussehenden Gebäudes stehen.

Sie lassen die Anlage nicht aus dem Blick, so dass ich mich mit dem Handy bemerkbar machen muss, damit sie mich überhaupt bemerken. Herbert dreht sich in meine Richtung um und gibt dem jungen Flonheimer Brandbekämpfer ein Handzeichen, sodass der mich durchlässt. Es geht bergan, der Wind nimmt mit jedem Schritt zu. Das „wupp-wupp-wuuupp" der riesigen Rotoren schält sich umso stärker aus dem allgemeinen Rauschen heraus, je näher ich der Anlage komme. Dann bin ich am Trullo, von dem man einen ungehinderten Blick auf die riesige Anlage hat, deren tonnenschwere Rotorblätter mit ihren Spitzen bis in 160 Meter Höhe reichen.

„Tag allerseits", begrüße ich die drei. „Das sähe ja fast nach einer Weinprobe in den Weinbergen aus, wenn da nicht so viel Hilfspersonal wäre."

„Du hast gut spotten, Ronni", weist mich Herbert zurecht. „Die Sache hier ist sehr gefährlich."

„Die Windkraftanlage? Warum schaltet ihr die nicht einfach ab wie die anderen auch? Irgendwie klingt die wie ein schlecht ausgewuchteter Reifen."

„Genauso ist das … Ronni", meldet sich Ina zu Wort. Marie und Herbert werfen sich bei der Nennung meines Vornamens beredte Blicke zu.

„Ich weiß noch nicht, wie es zu der Unwucht kam, aber offensichtlich ist da Sabotage betrieben worden."
„Vielleicht ein Materialfehler? OK, die Anlage ist neu, aber es kann trotzdem ..."
„... passieren. Zu sehen ist allerdings nichts. Das grundlegende Problem ist, dass wir keinen Zugriff mehr auf die Steuerung haben."
„Das kann doch nicht sein! Selbst wenn ihr von außen nicht mehr an die Steuerung kommt, dann könnt ihr doch innen alles manuell regulieren!"
„Das brauchst du mir nicht zu erzählen – das Ding habe ich selbst mitkonzipiert. Natürlich habe ich auch sofort einen Techniker hingeschickt, aber der traute sich nicht in die Nähe, weil der Rotor schon zu schnell drehte. Als ich selbst kam und an die Zugangstür fasste, stand die unter Strom und das Schloss war verklebt."
„Das heißt, dass wir tatenlos zusehen müssen, bis sie wieder steht."
„Schöne Idee, aber für die nächsten Tage ist ein weiteres Ansteigen der Windgeschwindigkeiten gemeldet!"
„Wie viel verkraftet die Anlage?"
„Spätestens bei 80 Stundenkilometer Windgeschwindigkeit muss die gebremst werden. Dann haben die Rotorspitzen schon 300 Stundenkilometer!"
„Vielleicht bleiben wir ja unter achtzig."
„Wir sind schon drüber! Denk dran, dass die Rotoren nicht umsonst in hundert Meter Höhe sitzen. Wenn es hier vierzig Stundenkilometer Wind sind, ist es da oben leicht das Doppelte. Hörst du nicht?"
Wupp-Wupp-Wuuup. Das Geräusch, mit dem ein Zug mit hoher Geschwindigkeit durch einen Bahnhof braust. Nur dass der Zug einmal ein Ende hat und das hier den ganzen Tag so geht - und die Nacht natürlich auch. Hat sich der Rhythmus nochmal beschleunigt oder bilde ich mir jetzt etwas ein? Die Rotorblätter drehen sich weiterhin in einer beängstigenden Geschwindigkeit. Das kann nicht mehr lange gut gehen!
„Jetzt passiert was!" Marie zeigt aufgeregt zur Windkraftanlage. In das Rotorgeräusch hat sich ein Unheil verkündendes Quietschen gemischt, ein Rotorblatt gerät in seitliche Schwingung, dann ertönt ein dramatisch lautes Knacken und ein Rotorblatt fliegt weg, kurz nachdem es den tiefsten Punkt seines Kreises passiert hat. Es

beschreibt eine wilde, chaotische Flugbahn, wirbelt hin und her, überschlägt sich und nähert sich uns mit beängstigender Geschwindigkeit. Mehr als zwanzig Tonnen High-Tech-Glasfaser mit scharfen, strömungsoptimierten Kanten. Ein über fünfzig Meter langes Luftmesser, das leicht auch alles andere schneiden kann.
„Schnell rein!“, brüllt Herbert und ist einen Satz später im Halbdunkel des Trullo, sofort danach Marie, Ina und ich. Wir pressen uns gegen die Wände, als es bereits schrecklich rumst. Etwas fliegt gegen die Außenmauer, ein paar Steine stürzen in der Mitte zu Boden. Der Wind wirbelt von oben herabrieselnden Staub in die Ecken und ich muss husten. Es ist plötzlich hell geworden, am Himmel über uns treibt der Wind dunkle Wolken nach Osten.
„Glück gehabt!“, schnauft Herbert, doch Ina warnt: „Es ist noch nicht vorbei!“
Das Rotorgeräusch hat sich entscheidend verändert, es ist jetzt langsamer und unrhythmischer. Einem „wupp-wupp“ folgt eine Pause, dann wieder ein Doppel-Wupper. Ein Doppel-Wopper ist eher gesundheitlich bedenklich, aber der Doppel-Wupper klingt mechanisch ausgesprochen ungesund. Als wir nach draußen gehen, um den Schaden zu betrachten, sehen wir, dass nur noch zwei Rotorblätter an der Nabe hängen. Das ist einerseits gut, weil der Wind nun weniger Angriffsfläche findet und die Drehgeschwindigkeit deutlich gesunken ist. Andererseits überträgt die verbliebene Rotoranlage nun ihre starke Unwucht fast ungebremst auf den hundert Meter hohen Turm, der schon anfängt zu schwingen. Ina hat recht: Wenn es ganz schlimm kommt, kann das den ganzen Turm gefährden!
Welche Kräfte da walten, zeigt das neben dem Trullo liegende Rotorblatt. Es hat das Jahrhunderte alte Häuschen praktisch geköpft wie ein Messer ein Frühstücksei, aber uns ist erfreulicherweise nichts passiert. Da, wo die scharfen Kanten das Gemäuer durchschlugen, sind einige kleinere Teile aus dem glasfaserverstärkten Kunststoff gebrochen, ansonsten scheint es intakt. Im Vergleich zu dem nur wenige Meter durchmessenden Trullo ist das Blatt mit über sechzig Meter Länge geradezu riesig. An der hohen Windkraftanlage anmontiert, kommt einem das alles sehr viel graziler vor.
Die noch an der Nabe hängenden Rotorblätter wummern immer heftiger und es ist nur eine Frage der Zeit, bis die Nabe den Kräften

nicht mehr standhalten kann. Sie werden wahrscheinlich am tiefsten Punkt abreißen, weil dann die Belastung für die Verbindung zur Nabe am höchsten ist. Und sie werden sich wieder in unsere Richtung bewegen. Ob uns der Trullo noch einmal schützen kann? Ich glaube nicht.
„Wir sollten hier weg, bevor uns der Rest auch noch auf den Kopf fällt!"
„Hast recht, Ronni, am besten parallel versetzt zur Drehrichtung des Rotors. Folgt mir!"
Ina geht mit schnellen Schritten voran am Hang entlang in Richtung der Anlage, immer ein Auge auf die außer Kontrolle geratenen Rotoren. Das scheint widersinnig, aber so kann sie am schnellsten praktisch „auf die Rückseite" der Anlage kommen, wo wir am sichersten sein sollten. Mir kommt ein Ausflug mit meinen damals noch kleinen Kindern zu den Hellbrunner Wasserspielen bei Salzburg in den Sinn. Dort hatte der Führer so schön getextet: „Die nicht nass werden wollen, sollten sich möglichst dicht hinter mir halten!"
Fast gleichzeitig sind inzwischen zwei Hubschrauber am Himmel aufgetaucht, ein Polizeihubschrauber aus Mainz und einer, der wahrscheinlich von einem Privatsender gechartert worden ist. Der will näher an die Anlage ranfliegen, worauf sich der Polizei-Helikopter direkt vor ihn setzt und ihn zurückdirigiert.
Herbert schüttelt den Kopf.
„Die haben wohl keine Ahnung, wie gefährlich so etwas ist! Was ist, wenn so ein Teil nach oben abreißt und kilometerweit durch die Luft fliegt?"
Das erste Rotorblatt ist weg und lange wird es nicht mehr dauern, bis auch der Rest der Anlage zerbricht. Die Unwucht der Rotoren und der schwankende Turm versetzen die Luft in Schwingung. Die zwei verbliebenen Rotorblätter drehen sich langsam, vielleicht mit einer halben Schwingung pro Sekunde. Das ist zu tief, um es zu hören, aber vom Zwerchfell durchaus fühlbar. Mein Magen fühlt sich flau an.
Kaum haben wir einen Punkt erreicht, den Ina für sicher hält, etwa 150 Meter hinter dem Turm auf der dem Rotor abgewandten Seite, als es passiert. Auch der zweite Rotor reißt ab, fliegt wieder in Richtung des Trullos und bohrt sich kurz davor in die Erde.

Das letzte verbliebene Rotorblatt schwankt nun umso stärker und der Anschluss an die Nabe ist bereits so weit verbogen, dass er den Abstand zum Turm nicht mehr hält. Mit einem ohrenbetäubenden Schlag knallt das Blatt gegen den Turm, zersplittert teilweise und pendelt, der Windkraft beraubt, schließlich nur noch an der Nabe. Die hat ebenso wie die der Natur abgeschaute, grashalmartige Konstruktion des Turms mit ihren zentimeterdicken Stahlwänden erstaunlicherweise allen Kräften standgehalten. Wir warten vorsichtshalber noch eine Minute und nähern uns dann dem Turm, Ina voran, ich hinterher. Herbert und Marie halten etwas Abstand und telefonieren mit ihren Handys.
„Wenn ich den erwische, der das gemacht hat!“, zischt Ina und bemerkt erst dann, dass ich es gehört habe.
„Du meinst, dass da jemand dran gedreht hat?“
„Ganz sicher. Die Anlagen sind normalerweise sicher, haben Bremsen, Fernwartung, Notabschalt-Systeme und so weiter.“
„Und die setzen nicht eine Tür unter Strom und verkleben das Schloss. Aber wie kann man die Tür überhaupt unter Strom setzen, wenn die mit dem Turm verbunden und der geerdet ist?“
„Bei älteren Anlagen gab es Korrosionsprobleme an den Türen. Bei den neuen sind daher die Scharniere mit Kunststoff-Gleitlagern versehen. Dazu kommen dicke Gummi-Türdichtungen, die das Eindringen von Feuchtigkeit auch bei starken Temperaturunterschieden und den damit verbundenen Materialausdehnungen verhindern. Das isoliert die Tür aber auch gegenüber dem Turm, so dass man sie unter Strom setzen kann. Wenn man die Tür anfasst und gleichzeitig einen anderen, geerdeten Teil des Turms, dann kann der Strom abgeleitet werden - über den, der die Tür anfasst. Was lcbensgefährlich sein kann.“
Sie geht mit schnellem Schritt weiter, zu ihrem Lieblingskind. Auf dem Boden liegen abgesplitterte Teile des verbliebenen Rotorblatts.
„Aber du hast sie angefasst und ...“
„... du fragst dich, warum ich noch lebe? Habe ich mich erst auch gefragt, aber dann war es logisch. Es lagen bestimmt nur die 220 Volt aus der Speisespannung für die Anlagenelektronik an. Nicht die 690 Volt, die der Generator erzeugt.“
„Da muss also jemand in den Turm reingekommen sein und die Tür

unter Strom gesetzt haben."
„Nein, woher sollte der den Schlüssel haben? Die Speisespannung wird nämlich von außen in den Turm geführt. Wenn man also diese Zuleitung außen vorsichtig auftrennt und zur Tür hin verlängert, kann man die Tür unter Spannung setzen, ohne in den Turm zu müssen."
„Man meint, du bist bei der Kripo."
„Warte hier."
Ihre Stimme zeigt deutlich, dass sie keine Lust auf Floskeln hat. Wir sind am Turm angekommen. Ina schaut prüfend nach oben, wo das teilweise zersplitterte Rotorblatt wie ein Pendel im böigen Wind hin und her schwingt, und geht dann entschlossen auf die andere Seite. Ihr scheint es sicher genug und auch der Privathubschrauber will sich nun wieder dem Turm annähern, wird aber erneut vom Polizeihubschrauber auf Abstand gehalten. Auch ich bleibe lieber auf der dem Rotor abgewandten Turmseite.
„Totalschaden denke ich", ertönt so plötzlich hinter mir ein bekannter Bass, dass ich erschreckt zusammenzucke. Herbert und Marie sind inzwischen auch am Turm angekommen. Herbert hat eine Baseball-Kappe aufgesetzt, weil es ihm wohl doch zu kühl wurde. Marie hat die Kapuze übergezogen, sodass ihre blonden Haare ihr schmales Gesicht wie die Fransen einer Eskimomütze umrahmen.
„Was sagt Frau Eickhoff?"
„Kannst sie gleich selbst fragen, Marie."
Kurze Zeit später kommt Ina Eickhoff zu uns auf die windabgewandte Seite des Turms.
„Die Zuleitungen wurden gekappt, sowohl die Steuerungsleitung als auch die Speisespannung für den Turm. Damit lag die ganze Elektronik still und wir hatten natürlich von außen keinen Zugriff mehr. An die Notfall-Abschaltungen im Turm kamen wir nicht mehr ran, weil das Schloss blockiert ist und die Tür unter Spannung steht. Dazu der Sturm, der bereits seit Tagen angekündigt ist … ein perfider Plan!"
Herbert nickt.
„Reines Glück, dass außer Sachschaden nicht viel passiert ist, Frau Eickhoff. Ich hoffe doch, dass Sie versichert sind."
„Das deckt nur die Sachschäden, aber nicht den Leistungsausfall. Die Anlage muss schnellstens wieder ans Netz, sonst sind wir plei-

te! Die Mainzer Anlage bringt nicht so viel. Das hier war doch Absicht! Da will uns jemand ruinieren!"
„Sie gehen also davon aus, dass die Anlage vorsätzlich sabotiert wurde."
„Das ist ja wohl offensichtlich! Das ist kein Dumme-Jungen-Streich!"
„Haben Sie denn eine Vermutung, wer das gewesen sein könnte?"
„Ich sagte Ihren Kollegen doch schon, dass ich diesem Ruppert alles zutraue."
Ina ist ziemlich geladen, aber Herbert bleibt ruhig.
„Hat er vielleicht persönliche Motive? Vielleicht hat es etwas mit dem Verschwinden von Herrn Kiesling zu tun?"
„Nun, Herr Kiesling ist ja nicht verschwunden, wenn ich richtig informiert bin, sondern auf Auslandsreise. Ich nehme an, dass er bald wieder da ist. Das hat er doch selbst in seinem Fax geschrieben."
„Einen Termin hat er aber nicht genannt. Wissen Sie vielleicht mehr als wir? Haben Sie auch ein Fax bekommen?"
„Nein. Dreher … sein Anwalt hat mir den Inhalt telefonisch übermittelt. Mehr weiß ich auch nicht. Oder müsste ich mehr wissen?" Ihre Stimme bekommt einen scharfen Unterton.
„Nein, der Inhalt ist von dem Anwalt schon richtig wiedergegeben worden. Aber wir müssen uns zunächst um die Sicherheit kümmern. Wie schätzen Sie die Situation von der technischen Seite her ein? Wie hoch ist die Gefahr, dass das letzte Rotorblatt abreißt und durch die Gegend fliegt?"
„Das kann ich erst dann weitgehend ausschließen, wenn ich in den Turm komme und die Scheibenbremse arretiere."
„Da haben wir unsere Spezialisten, Frau Eickhoff. Lassen Sie uns nur machen. Unsere Spurensicherung habe ich schon hierher beordert. Die sind gleich da und machen das in einem Zug. Ronni möchte sicher bereits seine Fotos in die Redaktion bringen, oder?"
„Aber die Manipulationen am Eingang ...", versuche ich zu protestieren, doch Herbert schaut mich streng an.
„... sind ermittlungsrelevant und ich möchte sie nicht morgen bereits in der Lokalpresse in Mainz und Alzey sehen. Die Spusi hat übrigens auch eine Kamera dabei."
Nun gut, wenn ich denn so nett ausgeladen werde, füge ich mich natürlich und trolle mich talwärts zur Geistermühle. Unterwegs

mache ich mit dem Fischauge noch ein paar nette Fotos von den riesigen Rotorblättern und dem geköpften Trullo. Dann bin ich wieder beim Auto. Es ist bereits halb eins, noch vier Stunden Zeit bis Redaktionsschluss, die ich sinnvoll nutzen könnte.
Die Sperrung der Straße Flonheim-Wendelsheim ist inzwischen aufgehoben und so fahre ich in Richtung Katzmühl und dann wieder hoch auf die L408, um noch ein paar Anlagen-Fotos von der Windseite zu machen. Als ich aussteige, überfällt mich der Wind geradezu von hinten, meine Regenjacke flattert wie wild und auch die hölzerne Windmühle von Ruppert quietscht und knarrt im Rhythmus ihrer schnell drehenden Flügel. Da sie relativ nah am Wald liegt und bei weitem nicht so hoch ist wie die 2-Megawatt-Anlage, trotzt sie dem Sturm bisher scheinbar problemlos.
Als ich am Wiesbach entlang über Wendelsheim zurückfahre, sehe ich, wie Herbert und Marie gerade vom Tor der Katzmühl wieder zurück zum Auto gehen. Wahrscheinlich wollten sie mal zum Flippern bei Ruppert vorbeischauen, aber der war wohl mal wieder nicht da gewesen.

*

Die Bilder von der Zerstörung der großen Windkraftanlage sind ausgewählt und auf eine Auflösung komprimiert, die noch gut per E-Mail zu versenden ist und auch dem Zeitungsdruckraster genügt. Der Text steht schnell und einen Mausklick später ist das Material schon unterwegs zur AZ, MRZ und Bild. Zeit für eine kleine Mittagspause mit einer Flädle-Suppe, die mich an die aus dem Schwabenland stammende Marie erinnert. Sie war die meiste Zeit so still gewesen, als wir dabei waren, wie der Wind die Anlage demolierte, während Ina das große Wort führte. Nun gut, es war ihre Anlage und sie war über das Geschehen verständlicherweise aufgebracht gewesen.
Gerade flimmern die vom Hubschrauber aufgenommenen Bilder über die Mattscheibe. Sie sind bei weitem nicht so spektakulär wie das von mir Erlebte, zeigen aber deutlich die Beschädigungen an der Nabe, herangezoomt vom Kameramann. Sie hängt schräg in ihren Lagern, was darauf schließen lässt, dass die Welle des Antriebsstrangs in der Gondel gebrochen ist. Immerhin scheinen die

Verbindungsflansche zum letzten Rotorblatt noch intakt und die Gefahr, dass auch dieses letzte bewegliche Teil der großen Anlage unkontrolliert herunterfällt, scheint im Moment recht gering.
Aus der Hubschrauber-Perspektive sieht man schön, wie immer wieder einzelne Baumgruppen von Windböen nach unten gedrückt werden und sich kurz danach wieder aufrichten. Die Windstärke soll in Bodennähe inzwischen fast hundert Stundenkilometer erreicht haben. Einzelne Verkehrsschilder wurden schon umgebogen und Bäume entwurzelt. Die große Ampel zwischen Krankenhaus und Bahnhof Alzey schwingt im Wind mit Besorgnis erregender Amplitude hin und her; eine Fußgängerin, die ihren Regenschirm aufzuspannen versucht, scheitert kläglich. Der Schirm klappt sofort um und ist binnen Sekunden nur noch Sperrmüll aus Metalldrähten und zerfetztem Überzug.
Die Kollegen vom Fernsehen wissen schon, wie man ein solches Wetter in Szene setzt. Ich kann mir gut vorstellen, dass sie für solche Fälle immer einen alten Schirm dabei haben und eine Praktikantin damit vor die Kamera schicken. Hauptsache, die Bilder verfehlen ihre Wirkung nicht auf die, die die Welt bevorzugt im Fernsehsessel bei einem Bier und Kartoffelchips vorgekaut bekommen wollen. Die-die-die, da-da-da - das Fernsehen war doch sowieso schon da.
Die wichtigeren Geschehen dagegen verlaufen meist im Verborgenen und man sieht sie erst später, wenn sie ihre Auswirkungen entfalten. Ein Beispiel dafür mag das Untertauchen von Ferdinand Kiesling sein, das mich echt überrascht. Ina Eickhoff scheint dadurch jetzt das Sagen in der Kies & Wind zu haben, zumindest vorübergehend. Welche Auswirkungen das auf die Aktionen am Westerberg und auf die zu erarbeitenden Artikel haben soll, möchte ich doch gern aus erster Hand wissen.
Sie ist immer noch an der Anlage und die Windgeräusche geben einen guten Eindruck davon, dass der Sturm weiter zugenommen hat. Erst als sie in den Windschatten des Turms geht, kann ich sie besser verstehen. Die Spurensicherung hat inzwischen ihre Arbeit beendet und für morgen, Mittwoch Nachmittag, ist bereits ein großer Autokran bestellt und auch die Schadensregulierer der an der Anlage beteiligten Versicherungen haben sich bereits angesagt.
„Da wirst du wohl wenig Zeit für ein Hintergrundgespräch zur weiteren Entwicklung der Kies & Wind haben?“ Es ist mehr eine

Feststellung als eine Frage, doch die Antwort fällt gegen meine Erwartungen aus.
„Das glaube ich, dass dich das interessiert. Sagen wir heute Abend um acht?"
„Soll ich zu dir kommen?"
„Nein, wir treffen uns am besten in Ingelheim. Vom Flugfeld ist es nicht weit."
„Wie wär's mit dem Goldenen Engel? Abfahrt Ingelheim-West, an der nächsten Kreuzung links und durch den Kreisel?"
Sie stimmt zu und doch habe ich mal wieder das Gefühl, dass sie mir nicht wirklich vertraut. Was weiß ich über sie? Wenig, ausgesprochen wenig. Ohne das Gespräch an der Windkraftanlage wüsste ich noch nicht einmal, dass Kiesling plötzlich nicht mehr im Lande ist. Dass die Kripo es wusste, aber mich nicht darüber informiert hat, ist natürlich eine Frage des Dienstgeheimnisses, ungeachtet aller persönlichen Beziehungen zu Herbert und Marie. Gut finde ich es trotzdem nicht, bastele ich doch ausgesprochen gern meine eigenen logischen Ketten zusammen. Und da ist es natürlich sinnvoll, möglichst viel zu wissen.
Ich beschließe, einmal direkt über die Diplom-Ingenieurin (FH) Ina Eickhoff, Geschäftsführerin der Kies & Wind GmbH & Co. KG, zu recherchieren. So weit, so gut. Das Dumme ist nur, dass sie meine Auftraggeberin ist und das nicht unbedingt gut finden muss. Besser: nicht gut finden wird, wenn sie es denn herausbekommt. Das heißt, dass ich vorsichtig sein muss. So ist das Spiel des Lebens. Wer das Geld hat, hat das Sagen.
Die Homepage der Kies & Wind GmbH & Co. KG schweigt sich über persönliche Daten der Geschäftsführerin aus und auch im Impressum ist nichts zu erkennen, was auf sie hinweist. Alle Verbindungen gehen zu Kiesling, ausschließlich. Ihre Handynummer hilft auch nicht weiter, die Inverssuche bringt kein Ergebnis. Sie wohnt auf dem Flugfeld, sagte sie. Das kann in Mainz nur das Gebiet Layenhof sein mit seinen großen Wohnblocks und Hallen und dem Sportflugplatz. Einen solchen Wohnsitz wählt man, wenn man viel Platz und wenig Nachbarschaft nahe der Stadt braucht. Die meisten Gebäude sind - soweit ich weiß - auf dem Ausstattungsniveau amerikanischer Streitkräfte in den fünfziger Jahren des letzten Jahrhunderts im letzten Jahrtausend geblieben. Weniger prosaisch:

Die Jahre nach 1950, als im Kalten Krieg Deutschland zur Frontlinie zwischen Ost und West wurde und auch im benachbarten Ober-Olmer Wald Atomraketen in Bunkern stationiert und gen Osten gerichtet worden waren.
Die Raketenbunker sind längst verwaist und als 1992 die meisten amerikanischen Truppen abgezogen wurden, entwickelte sich aus den alten Bauten im Layenhof ein Stadtteil mit einer eigenen, unverwechselbaren Atmosphäre. Vielerorts scheint hier die Zeit stehen geblieben zu sein und auch die Natur hat sich auf der Hochebene ein ganz eigenes Refugium mit seltenen Tieren und Pflanzen geschaffen.
Der heute von Sportfliegern genutzte Flugplatz war gegen Ende des Zweiten Weltkriegs Basis von deutschen Nachtjägern und häufig angegriffen worden. Die Beschädigungen mussten immer wieder von geschundenen Kriegsgefangenen aus dem KZ Hinzert im Hunsrück instand gesetzt werden. Die dafür aufgebauten Baracken waren nach dem Krieg abgerissen worden; nur noch wenige Fundamentreste zeugen davon.
Ich frage mich, wozu Ina viel Platz und wenig Nachbarschaft braucht. Sonst findet man auf dem Gelände etliche Künstler, Proberäume für eine ganze Anzahl von Bands, ein Wohnprojekt und auch eine Clownschule. Sogar der Stadtbus fährt den Layenhof an und hält direkt an der Schule, auch wenn das die notorische Autofahrerin wenig interessieren dürfte.
Vielleicht bewohnt sie - dann doch wieder standesgemäß - ein Loft. Das sind ehemalige Hallen, die kurzerhand mit ein paar Stellwänden zu Kreativwohnungen umfunktioniert werden. Mit wenig Komfort, kaum zu heizen und ungemütlich. Aber seit etlichen Jahren in Schicki-Micki-Kreisen schwer angesagt.
Also angenommen, sie hat dort ein Loft, dann wäre das doch prima für einen Imagebericht zu fotografieren. Moderne Geschäftsführerin in modernem Ambiente. Mit knallrotem, geschwungenem Sofa und rustikalen Holzmöbeln. Dazu ein paar nette moderne Drucke oder Gemälde an der Wand, abgerundet durch ein paar Plakate, die ans Öko-Gewissen appellieren - das gibt ein stimmiges Bild von einer Windkraft-Unternehmerin. Vielleicht kann sie sogar die von Kiesling angestoßenen Maßnahmen zum Kies- und Sandabbau auf dem Westerberg zurücknehmen. Wenn Kiesling die Wahrheit sagt -

und davon darf man durch die ständigen Wiederholungen bestimmt ausgehen - betreibt er den Sand- und Kiesabbau ohnehin nur zu karitativen Zwecken. Vielleicht hat er sich ja einfach nur verrannt und ist deshalb ins Ausland verschwunden, damit Ina diese Sachen ohne Gesichtsverlust für ihn regeln kann. Auch das ließe sich sicher bestens an die Öffentlichkeit „verkaufen". Die Zeichnung des zur Windkraftanlage mutierten Bismarckturms als Ergebnis der Mediation kann ja eigentlich nur als Witz verstanden werden. Ich glaube nicht, dass sie ernsthaft daran denkt, einen solchen Plan umzusetzen. Kiesling hätte sicher keine Hemmungen, aber sie?
Je mehr ich darüber nachdenke, umso besser gefällt mir die aktuelle Situation. In Kieslings Abwesenheit - so lange sie auch immer dauern mag - kann Ina schalten und walten. Die Fernsehbilder über ihre zerstörte Windkraftanlage bringen bundesweite Publicity, die es zu nutzen gilt. Im Branchenjargon nennt man das Timing. Gerade vor ein paar Tagen gab es ein anderes schönes Beispiel für gutes Timing, als ein deutscher Autor just ein paar Tage vor der Veröffentlichung seines neuesten Werkes seinen Nazi-Parteiausweis fand. Dieser absolute Zufall - um nichts anderes konnte es sich handeln! - sorgte dafür, dass man direkt zur zweiten Auflage übergehen konnte, denn die erste war nach dem regen Medieninteresse gleich ausverkauft.
So könnte man auch die Windkraftunternehmerin gezielt über mehrere Wochen zur Medienperson aufbauen und wenn Kiesling zurückkommt, ist er vor vollendete Tatsachen gestellt. Das geht am besten Stück für Stück, so wie das Häuten einer Zwiebel. Erst die Dramatik der zerbrochenen Windanlage, die ja noch kritische Fragen nach der Sicherheit dieser Ungetüme aufwerfen kann. Die daraus sich entfachende Kontroverse hält das Thema wochen-, wenn nicht monatelang in den Medien. In diese öffentliche Aufmerksamkeit hinein füllt man gezielt Informationen über das private Umfeld der betreffenden Person und gibt so den Lesern und Fernsehern die Möglichkeit der Identifikation.
Das sieht doch ganz so aus, als ob ich die nächsten Monate mal gut zu tun habe, zumal Pressearbeit für ein Unternehmen erheblich besser bezahlt wird als Tageszeitungs-Journalismus, wo die Zeitungen streng wirtschaften müssen, um zu überleben.
Am Schreibtisch entwerfe ich schon mal in groben Zügen die Stra-

tegie für die nächsten Monate. Da ist zunächst eine offizielle Pressemitteilung zur Anlagensicherheit, die die Sabotage als ursächlich für die Anlagenzerstörung herausstellen muss, egal, ob das Marie und Herbert bei den Ermittlungen stört. Im nächsten Schritt kommt dann die Unternehmerin hautnah, in ihrem Wohnumfeld, in ihrer Freizeit, bei ihren Hobbys. Die moderne Unternehmerin mit heimatlichen Wurzeln, die neue Wege in sinnvoller Umweltnutzung aufzeigt. Danach die Samariterin, die die Standorte für ihre Windkraftanlagen nur in Abstimmung der beteiligten Anwohner und Gemeinden auswählt und so nachhaltig wirtschaftet. Dazu die Unbilden, gegen die sie kämpft, Leute, die ihr den Erfolg neiden und gar ihre Anlagen zerstören wollen wie gerade nahe Wendelsheim.
Als ich das Konzeptpapier fertig habe, ist es draußen bereits dunkel. Der Sturm der letzten Tage ist abgeflaut, aber das Licht des Polarsterns am Himmel flackert, was darauf hinweist, dass in der Stratosphäre große Luftmassen verschoben werden. Die Wetterberuhigung ist also nicht von Dauer; bereits für den frühen Morgen und den ganzen Mittwoch kündigt der Wetterdienst Offenbach auffrischende Winde mit heftigen Böen an, die an der Küste Orkanstärke erreichen können.
Aber noch ist alles ruhig, als ich um halb acht nach Ingelheim fahre. Die „Rheinwelle“ mit ihrem großen Freiluft-Saunabereich streut ihr bläuliches Licht in die Gemarkung; Bagger stehen auf den ehemaligen Tennisplätzen am Ortseingang von Gau-Algesheim. Bald werden die Aushubarbeiten für die dort geplanten Supermärkte beginnen. An der Tankstellenkreuzung ist immer noch die Abbiegeampel geschaltet, die auch mich zum sinnlosen Warten zwingt, obwohl der Verkehr sehr spärlich ist.
Trotz des düsteren Wetters ist der „Engel“ gut besucht. Die PKW-Parkflächen sind voll belegt; nur die Rad-Parkplätze sind noch frei und harren auf besseres Wetter, wenn auch der Biergarten wieder öffnet. Ein Plätzchen auf der Galerie ist schnell gefunden, mit direktem Blick auf die Braukessel und auch die Eingangstür habe ich im Auge. Es ist noch vor acht und so bastele ich am Konzept weiter und bestelle eine Apfelschorle.
Es wird acht, viertel nach acht, halb neun. Als um eins nach halb neun Ina immer noch nicht erschienen ist, greife ich zum Handy. Auf dem Festnetz geht nur ihr Anrufbeantworter dran, auf dem

Handy ebenfalls. Das ist nun - gelinde gesagt - ungewöhnlich und ich beschließe, dem nachzugehen. Kurz entschlossen zahle ich und mache mich auf den Weg zu ihr nach Hause. Vorher kaufe ich vorsichtshalber ein paar Blumen an der Shell-Tankstelle, denn wer weiß, ob sie es gut findet, wenn ich unangemeldet vor ihrer Tür stehe. Blumen wirken da gewöhnlich Wunder. Schnittblumen haben zwar meist nur eine begrenzte Lebensdauer, aber das gilt wohl auch für die meisten Wunder.

*

Vielleicht hätte ich mir vorher Gedanken darüber machen sollen, wo genau sie denn wohnt. Schon seit fünf Minuten gurke ich auf dem weitläufigen Gelände mit seinen durchnummerierten Gebäuden herum. Es ist bereits neun und das Licht der wenigen Straßenlaternen verliert sich zwischen den Häusern. Viele Fenster sind dunkel, ein sicheres Zeichen, dass die Bewohner ausgeflogen sind. Nur bei einigen Eingängen brennt Licht, aber auch dort ist nicht immer ein Namensschild dran.
Aus dem Gebäude 5820 dringt laute Musik, dann eine Ruhepause, dann geht es weiter. Eine Band probt, was die massiven Backsteinwände und betonierten Keller hergeben. Es ist ein großes Gebäude, etwas abgesetzt von den Wohnbauten. An der Seite führen betonierte Flächen zu einem großen Tor, wahrscheinlich ehemals wohl Garagen und Werkstätten. Durch die Lichtbänder unter dem gering geneigten Wellblechdach zuckt in unregelmäßigen Abständen das Licht einer defekten Neonlampe, deren Starter die Gasentladung wohl nicht mehr zünden kann.
Die in die Tore eingelassenen Türen sind zugeschweißt und an den Schiebetoren selbst ist kein Öffnungsmechanismus zu erkennen. Sie sind wohl nur von innen zu öffnen, warum auch immer. Ein Spalt zwischen Tor und Wand gibt einen kleinen, unvollständigen Einblick in die Garage. Im Vordergrund steht ein weißer, geschlossener Kastenwagen. Der Schriftzug der Kies & Wind prangt auf den Hecktüren und - größer - auf den Seiten. Das dürfte also die Garage von Ina sein und so gehe ich weiter um das Gebäude herum.
Im Eingang brennt Licht; ein mit Tesafilm an die Wand geklebtes Blatt weist den Weg zum Künstler-Atelier Erika Enders, ein anderes

zum Probenraum, in dem die Band Auletta, gerade zurück von einer Deutschland-Tournee, einen Song für ihre neue CD einstudiert. Vom Foyer klettert eine weite Wendeltreppe im Stil der fünfziger Jahre nach oben. Im ersten Stock führt ein Gang in Längsrichtung des Gebäudes bis zu einer großen verschlossenen Stahltür. Hier gibt es eine neu aussehende Funkklingel und auch eine Sisal-Fußmatte mit der Aufschrift „Willkommen“. Wieder weder Namensschild noch eine Beschriftung. Ich drücke den Klingelknopf, ein Gong ertönt, aber nichts rührt sich.
Mit dem Handy habe ich mehr Glück - oder auch nicht.
„Entschuldige, Ronni, aber ich muss unseren Termin heute absagen.“
Ihre Stimme klingt gehetzt und genervt.
„Wo bist du denn jetzt? Ist etwas passiert? Ich habe mir schon Sorgen gemacht und bin zum Layenhof gefahren.“
„Was?“ Ihre Stimme klingt empört. „Wozu soll das gut sein?“
„Ich habe mir gedacht, dass ich für einen Imagebericht ...“
„Ich weiß nicht, was du dir denkst, aber was wir machen, bestimme immer noch ich.“ Die Mobilfunkwellen vereisen augenblicklich, fallen auf dem Weg zu meinem Handy aus dem Äther und bilden einen feinen weißen, frostigen Überzug auf dem rotbraun gestrichenen Betonboden unter mir.
„Entschuldige, Ina. Ich bin schon weg. Dann bis morgen.“
„Ja. Ich melde mich bei dir!“
Das war deutlich! Sie unterbricht die Verbindung und ich mache mir ernsthaft Gedanken um den schon sicher geglaubten Auftrag, deponiere aber schon mal den Blumenstrauß vor der Tür. Mich interessiert brennend, was Ina so aus dem Gleichgewicht gebracht hat. Sehen muss sie mich bei meinen Nachforschungen nicht und so parke ich meinen Golf neben der Clownschule, wo in einem kleinen Fenster im Dachgeschoss noch Licht brennt. Vielleicht eine kleine Wohnung Spitzweg‘scher Prägung, nur dass hier kein armer Poet logiert, sondern eher eine aufstrebende Pantomimin im täglich gelebten Bühnenfieber.
Ich setze mich auf einen Betonpoller, der einst wohl aus Sicherheitsgründen eine Verbindungsstraße der Wohnblocks für den normalen Verkehr sperrte. Es ist kalt und dunkel und langsam frischt auch der Wind wieder auf. Doch ich muss nicht lange warten. Mit grollen-

der Maschine kurvt Ina vor das Gebäude 5820, steigt aus und sieht sich um. Kurz danach geht sie ins Innere des Gebäudes, Neonlampen flammen widerwillig auf, einige flackern ständig. Dann wird es auch in der Garage hell, das gekörnte Glas der alten Oberlichter verzieht den matten Neon-Schein zu einfachen Ornamenten. Dann schlägt Metall auf Metall und ein Flügel des großen Tors öffnet sich mit einem Summen. Der Lieferwagen der Kies & Wind steht seitlich, zum Flugplatz hin. Ein großer Platz direkt hinter dem Tor ist frei und für den Audi vorgesehen.
Ina kommt aus der Garage, steigt in den Audi und fährt ihn sofort hinein. Automatisch schließt sich das Tor wieder. Wenig später erlischt das Licht in der Garage und im ersten Stock, direkt darüber, geht ein Licht an. Sie wohnt also genau über ihrem heißgeliebten Q7. Ihr Domizil hat durchaus den Charakter einer Festung mit Stahltüren vor Wohnung und Garage. Vorsichtig mache ich mich auf den Weg nach Hause. Es ist spät genug und mir wird erst jetzt so richtig bewusst, dass ich durchgefroren bin.
Auf dem Nachhauseweg frage ich mich, ob ich durch meine Aktion die im Entstehen begriffene Geschäftsbeziehung gefährdet oder gar zerstört habe. Mal ganz abgesehen davon, dass ich mir durchaus ein bisschen mehr Nähe hätte vorstellen können, ja gewünscht hätte. Allerdings hatte Ina ein ziemlich wechselhaftes Verhalten an den Tag gelegt und ich frage mich, ob das alles reine Zickerei ist oder andere Hintergründe hat.

*

„Da freut sich die Presse mal wieder. Hast du das im Fernsehen gesehen? Geschätzte vierzig Sekunden im ZDF, gefühlte vierzig Minuten in der SWR-Landesschau. Alle mit Sequenzen aus dem Hubschrauber. „Buenos dias“ - schöne Bilder, würde unser gemeinsamer Freund Ronni sagen. Aber dich interessiert doch bestimmt die AZ.“
Marie faltete die Mittwochs-Ausgabe und reichte sie ihrem Kollegen Hauptkommissar über den Tisch. Wülfing war heute etwas spät gekommen, erst viertel nach sieben und mit dem Auto. Das war nun deutlich später als gestern, wo er viel zu früh im Büro gewesen war. Maries Beobachterblick war eine kleine rote Spur auf der linken

Wange nicht entgangen, durch die sich bereits wieder die Bartstoppeln arbeiteten. Dazu ein rötlicher Fleck am Hals, der wohl nicht vom Rasieren herrührte. Das Klima im Hause Wülfing am Westring war offensichtlich wieder in Ordnung. Herberts Stimmung war fast gelöst. Der Fall allerdings noch lange nicht.
„Zu viel der Zufälle."
Marie dachte laut und schlug ungeduldig die MRZ auf, als ob die eine Lösung bieten würde. Tat sie aber nicht.
„Die Sabotage der Windkraftanlage der Ina Eickhoff, die räumliche Nähe zu Ruppert, das zeitlich nahe Verschwinden von Kiesling?"
„Dazu kommt zu viel persönliche Nähe. Unser Freund Ronni ist von dieser Ina Eickhoff engagiert worden und geht hier ein und aus."
„Der kann schon den Mund halten. Ich glaube, du siehst da Gespenster."
„Und wenn er sich mal in einem falschen Moment verplappert? Ich habe davon gehört ..."
„... danke, ich weiß schon!"
„Nenne es weibliche Intuition, wenn du willst. An das Verschwinden vom Kiesling glaube ich sowieso nicht. Ruppert ist ja mal wieder nicht greifbar. Streng genommen ist er immer noch unser Hauptverdächtiger. Wenn da nicht diese Alibi-Frau Kreyßig von nebenan wäre."
Marie trat einen Schritt zum Fenster und schaute auf den Wohnblock. Die Mainz05-Bettwäsche war nicht mehr auf dem Balkon und auch die Flagge wehte nicht mehr auf Halbmast. Nach der letzten Heimpleite vom Fluchweg stand nun wieder ein Auswärtsspiel bevor, wenn auch beim Angstgegner Greuther Fürth. Schlimmer als ein Heimspiel konnte das nun wirklich nicht werden. Rupperts Auto war jedenfalls nicht da, was Marie irgendwie gar nicht wunderte.
Herbert unterbrach die Stille.
„Wir haben keinen Anlass, zu ermitteln, seit die Vermisstenanzeige zurückgezogen wurde. Das Fax ..."
„... kann von jedermann geschickt worden sein. Unterschriften kann man fälschen ..."
„... aber die Absenderkennung ..."
„… auch. Ich weiß, der Laden in London existiert wirklich, das

habe ich schließlich selbst recherchiert. Aber die Fluktuation in solchen Läden ist zu groß, um das Fax wirklich einer bestimmten Person zuzuordnen. Es kann eigentlich auch von nebenan kommen."
Marie griff sich das oberste Blatt vom Papierstapel rechts vor dem Monitor und schob es auf dem Tisch zwischen Monitor und Postausgangskörbchen hin und her. Es war die erste Seite des Obduktionsberichts über Klaus Steinfurth, mit dem der ganze Fall begonnen hatte. Der mit Lederriemen am Windrad festgebunden worden und dort jämmerlich zu Tode gekommen war. Wenn er denn nach dem Betäubungsschlag überhaupt noch zu Bewusstsein gekommen war, bevor die Zentrifugalkraft seinen Kreislauf zum Erliegen gebracht und den Hirnschlag ausgelöst hatte. Der Fall, den sie immer noch nicht gelöst hatten und der eine ganz vitale Eigendynamik entwickelt hatte, die sie scheinbar immer weiter vom Ziel wegführte.
Marie schubste das Blatt zu ihrem Kollegen über den Tisch, geradeso wie vorher die gefaltete Zeitung. Die war glatt rübergerutscht, das Blatt aber hatte abgehoben und war auf seinem selbst erzeugten Luftpolster wieder zurückgeschaukelt. Wülfing hielt es hoch.
„Also angenommen, das Fax ist getürkt."
„Einverstanden."
„Wer hat dann einen Vorteil davon? Die Leute in der Firma, die froh sind, dass sie nun mal alleine ohne ihren allmächtigen Patron agieren können, zumindest vorläufig. Dreher, der Winkeladvokat, der Betriebsleiter Wagner und die Frau Eickhoff mal in erster Linie."
„Oder auch Kiesling selbst. Er kann irgendwas anstellen und später sagen, dass er irgendwo im Ausland war."
„Aber falls es nicht so ist und er wirklich weg ist ...", Wülfing machte eine bedeutungsvolle Pause und Marie vollendete den Satz:
„... wäre er also entführt worden oder gar nicht mehr unter den Lebenden."
„Was, wie bereits gesagt, gleich etlichen Leuten gut in den Kram passen würde."
„Viel Feind, viel Ehr."
„Viele Feinde, viele Motive, noch mehr Arbeit für uns."
Sie verbrachten noch eine gute Stunde mit dem Studium der Zeitungsberichte über die zerstörte Windkraftanlage. Hatten sie etwas übersehen? Ronni hatte seinen Bericht in der AZ und MRZ platzie-

ren können und er hatte auch die Vermutung der Sabotage hineingeschrieben. Die anderen Windkraftanlagen-Betreiber in der Gegend hatten inzwischen ihre Anlagen überprüft. Das geschah nicht nur auf Anregung der Kripo, sondern auch aus Eigeninteresse, denn große Maschinen mit ihren Kräften erzeugen nun mal unwillkürlich Ängste in den Menschen, die damit zu tun haben. Aber an keiner der anderen Anlagen waren Manipulationen an den Schlössern, Zu- oder Ableitungen entdeckt worden. Also galt der Anschlag gezielt einem Projekt von Ferdinand Kiesling und Ina Eickhoff.
Zumindest Kiesling hatte ein ausreichendes Reservoir an Feinden, aber auch Ina Eickhoff schien nicht alles zu sagen, was sie wusste. Erst verdächtigte sie Ruppert, wies aber gleichzeitig jede Verbindung zum Verschwinden Kieslings entschieden zurück. Obwohl sie verständlicherweise aufgewühlt gewesen war, hatte sie ihre Äußerungen gut kontrolliert und der Hauptkommissar fragte sich, warum.
Der Mühlenschrat war - natürlich - mal wieder nicht da gewesen, als er mit Marie am Vorabend dort vorbeigefahren war. Ihn aufgrund einer bloßen Vermutung zur Fahndung ausschreiben zu lassen, das konnte und wollte er nicht. Was blieb, war, auf die verfügbaren Büsche zu klopfen und zu sehen, was sich da so alles rührte. Immerhin ein Busch war noch da.
„Komm Marie, ruf doch mal die Eickhoff an. Vielleicht kannst du mit ein bisschen zeitlichem Abstand ja was von Frau zu Frau rauslocken."
Gesagt, getan. Ina Eickhoff war zu Hause und Marie kam ohne große Umschweife zur Sache.
„Liebe Frau Eickhoff, Marie Roscher von der Kripo Mainz. Ich rufe wegen der Schäden am Windrad ..."
„Windkraftanlage!"
„ … also Windkraftanlage an. Ich hatte den Eindruck, dass Sie gestern vielleicht ein wenig unter dem Druck der Ereignisse waren und vielleicht könnten wir uns ja mal bei einer Tasse Kaffee treffen und ganz entspannt die Sache besprechen."
Es blieb still am anderen Ende der Leitung, so dass Marie nachfragte.
„Frau Eickhoff, sind Sie noch da?"
„Ja, aber ein Treffen ist im Moment ungünstig. Die Anlage muss so

schnell wie möglich wieder aufgebaut werden und ich habe mich gestern noch ein wenig im Gesicht verletzt. Sie wissen ja, wir Frauen sind manchmal ein wenig eitel."

Sie lachte ein künstliches Lachen und Marie fragte sich, was an dieser Frau tatsächlich noch spontan war. Auch hier hatte sie erst überlegt, bevor sie etwas sagte. Oder besser: etwas nicht sagte.

„Nun, vielleicht am Freitag, übermorgen?"

„Ich will sehen, was sich tun lässt, Frau Roscher."

Sie legte auf, was in der Mithör-Einrichtung ein hässliches Geräusch erzeugte und Wülfing zusammenzucken ließ.

„Ein harter Brocken, diese Eickhoff."

„Hören wir doch mal, was unser Freund Ronni über sie weiß."

„Du meinst mit „wir" doch nicht etwa mich?"

„Gut kombiniert!", lobte Wülfing mit einem breiten Grinsen. Ihm war nicht entgangen, mit welchen Blicken Ronni seine junge Kollegin anschaute. Zuhause war er allerdings nicht und so wählte Marie seine Handynummer. Nach dreimaligem Klingeln war Ronni dran, aber er hatte keine Zeit für ein Gespräch. Er war im Einsatz, wieder in der Nähe von Wendelsheim und wieder hörte man im Hintergrund Stimmengewirr und Sirenengeheul. Wieder war etwas mit einer Windkraftanlage: Diesmal brannte das Selbstbau-Windrad von Ruppert.

*

Wer glaubt, dass man Holz gut anzünden kann, der hat noch nicht gegrillt. Tatsächlich ist es in größeren Blöcken schwer entflammbar, aber wenn es erst einmal brennt und genug Sauerstoff nachgeführt wird, dann brennt es richtig.

Da macht das Ruppert-Windrad keine Ausnahme. Seine Flügel sind Feuerräder, die sich in dem kräftigen Wind immer weiter anfeuern und dabei mit wachsender Geschwindigkeit selbst verzehren. Ein Flügel steht schon vollständig in Flammen, aber auch auf den anderen greift das Feuer in beängstigender Geschwindigkeit um sich. Noch läuft die Nabe rund; mit einem rhythmischen Knacken zwingt sie die flammenden Flügel auf ihre Kreisbahn - wie lange noch? Die Freiwillige Feuerwehr Wendelsheim steht ziemlich machtlos da, weil auf der Hochebene kein Hydrant in der Nähe ist und die Reichweite der Schaumlöscher einfach nicht ausreicht und sich verständlicherweise niemand nah genug an das schnell rotierende Windrad herantraut. Der Tankwagen aus Alzey soll erst in zehn Minuten da sein, erfahre ich. So lange wird das Feuer nicht mehr brauchen, um sein Zerstörungswerk zu vollenden.

Schon haben die Flammen auf den hölzernen Unterbau übergegriffen, schon fliegen die ersten brennenden Teile der hölzernen Flügel in hohem Bogen weg. Mitunter zischt es, wenn ein glühendes Holzstück in eine Pfütze geschleudert wird und mit einem Geräusch verlöscht, dass an das Seufzen eines alten Mannes erinnert, der weiß, dass seine letzte Stunde gekommen ist.

Mangels Wasser beschränken sich die Mannen der Feuerwehr mit ihrer leuchtenden Warnkleidung darauf, die Gefahrenstelle zu sichern und die Entstehung weiterer Brände im nahen Wald zu verhindern, in den der Wind immer wieder brennende Teile verweht.

Es war auch die Feuerwehr, die mich hierhergeführt hat, als ich gerade die besten Fotomöglichkeiten für die nächste Veranstaltung in der Beller Kirche in Eckelsheim auslotete. Wenn die es eilig haben, fahre ich gern hinterher. Mit Katastrophen-Tourismus bestreite ich einen nicht unwesentlichen Teil meines stets mageren Etats. Als kurz vor neun die Floriansjünger von Wonsheim kommend in Richtung Wendelsheim düsen, bin ich einfach hinterher und jetzt bin ich da. Wie sie sagen, hatten sie am Morgen einen Anruf bekommen und sind so schnell wie möglich hergefahren. Das hatte etwas gedauert, weil die meisten auf dem Weg zur Arbeit waren und der Wehrführer sogar gerade im Stau bei Nieder-Olm gestanden hatte.

Es werden schöne Bilder; die lange Belichtungszeit verklärt die brennenden Flügel zu romantischen Feuerkreisen vor dem düsteren Waldhintergrund. Wieder fliegt eine brennende Latte weg, direkt danach ein brennendes Brett, das irgendwelche Kapriolen in der Luft vollführt, bevor es auf dem benachbarten, frisch gepflügten Acker landet. Die nun ungleich schweren Flügel und die daraus resultierende Unwucht sind allerdings für die Nabe zu viel.

„Alle zurück!“, schreit der Wehrführer, als überbelastetes Holz kreischt und mit einem lauten Krachen und Splittern die Rotornabe abreißt. Die Flügel krachen mit ungebremster Rotation auf den Boden und rotieren wie Feuerräder in heidnischen Ritualen auf den Wald zu, bleiben aber schon auf halbem Weg im weichen Ackerbo-

den stecken und fallen dann kraftlos um.
Endlich biegt auch der Tankwagen mit Blaulicht auf den Betonweg ein und nur wenige Minuten später ist der längst lichterloh brennende Mühlenunterbau, von einem Gebäude kann man da nicht sprechen, gelöscht. Kurz danach ersticken auch die Flammen der noch brennenden Flügelteile unter dem Löschwasser. Was bleibt, sind schwarze, stechend riechende Holzreste und eine Menge gute Bilder, die ich noch am Vormittag in die Redaktionen schicken will.
Und natürlich ist da die Frage, ob sich die Mühle selbst entzündet hat oder ob sie entzündet wurde. Eine solche Häufung recht ungewöhnlicher Vorkommnisse an einem Ort zur fast gleichen Zeit spricht klar dafür, dass auch an der Ruppert-Mühle manipuliert wurde. Dann sollten sich mit viel Erfahrung Spuren finden lassen, denn es ist gar nicht so einfach, Holz anzuzünden. Da muss man schon kräftig manipulieren und die Kripo hat ausgesprochen gewiefte Brandermittler.
Vielleicht aber war es nur eine natürliche Ursache, die zum Feuer führte, beispielsweise ein Blitzschlag. Allerdings gab es am Morgen kein Gewitter. Oder ein technisches Problem wie ein Kurzschluss am Generator, also im Innern der Selbstbau-Windkraftanlage. Kurzschlüsse erzeugen Funken, die zum Brand führen können. Dagegen spricht allerdings, dass die Flügel zuerst gebrannt hatten, speziell der, von dem die ersten Teile weggeflogen waren. Natürlich könnte auch ein Lager an der Nabe heiß gelaufen sein, aber da ist der Brand definitiv nicht entstanden.
„Können Sie mal zur Seite gehen?“
Der Wehrführer schaut mich tadelnd an, denn ich stehe – wie leider auch sonst manchmal – auf dem Schlauch. Genauer auf der Zuleitung zum C-Rohr, die schlaff auf dem matschigen Boden liegt. Schnell springe ich zur Seite.
„Sie sind nicht von hier, ich kenne die Reporter von der AZ in Alzey“ stellt er fest. „Dann wissen sie auch nicht, dass das hier nicht das erste Mal ist.“
Ich werde hellwach.
„Sie meinen, dass ...“
„Vor zwanzig Jahren hat es schon mal hier gebrannt. Ein Pferdeschuppen. Schlimme Sache. Kam ein Mann dabei um.“
„Wie ist das damals passiert?“

„Wahrscheinlich eine Feuerwerksrakete. Das Stroh im Stall und der Mann kam nicht mehr raus. Tragisch. Der war sogar aus unserer Straße. Wir konnten nichts mehr machen, das Feuer wurde uns erst am nächsten Morgen gemeldet."
Er zuckt mit den Schultern.
„Brandstiftung?"
„Ich sagte doch schon: Eine Rakete. Damals gab es überall Feuerwerke, wegen der Wiedervereinigung."
„Und haben Sie eine Idee, wie der Brand heute entstand?"
„Was weiß ich, wie der seine Selbstbau-Mühle gebaut hat. Ob der überhaupt eine Baugenehmigung hat? Ist aber nicht unser Bier. Die Polizei ist schon unterwegs, habe ich gehört. Wir müssen los!"
Die Schläuche sind längst in den rot lackierten Wagen verstaut und dann fauchen die Dieselmotoren los. Mit Blaulicht geht es Richtung Landstraße und dann rechts Richtung Alzey
Wie auch immer: Die Brandermittler der Kripo werden etwas zu tun haben und ich kenne auch schon jemand, dem das sicher nicht egal sein wird, was hier passiert ist. Wie wird Ruppert reagieren? Er soll ja am Vorabend mal wieder nicht zu Hause gewesen sein, wie mir Marie am Telefon mitteilte. Wann immer er vom Brand erfährt, wird er sicher bald auftauchen. Das dürfte aber keinesfalls vor Mittag sein, weil er wohl gewöhnlich bis in den Nachmittag hinein schläft.
Die Kripo hat dagegen schon von Amts wegen stets hellwach zu sein und so dürften Herbert, Marie und die Spusi bald hier auftauchen. Das gilt längst nicht für alle Strafverfolger, wenn man an Frankfurter Verhältnisse denkt, wo allzu erfolgreiche Steuerfahnder massiv gemobbt und - als das nichts half - ihrer Aufgaben enthoben und versetzt wurden. Von denselben Leuten, denen sie auf den Fersen waren oder die einen kannten, der einen kannte, der ....
Es ist noch nicht einmal zehn, als gleich drei Autos, aus Richtung Alzey kommend, auf den Wirtschaftsweg abbiegen und auf die Mühle zufahren. Vorneweg, wie könnte es anders sein, Herbert mit seinem Opel, dahinter die Spusi mit ihrem mit technischem Gerät vollgestopften Kombi und dahinter der nächste Kombi mit Sperrnetz zwischen Fahrerbereich und Kofferraum: ein Einsatzwagen der Polizei-Hundestaffel in Heidesheim.
„Hast du mal wieder gezündelt?", begrüßt mich Marie flapsig. Sie

stiefelt unbeeindruckt durch die Brandbekämpfer, die schon langsam ihre Gerätschaften zusammenpacken, zu mir. Sie hat also auf meiner Homepage gestöbert, wo ich ein jugendliches Chemie-Experiment mit Schwarzpulver beschreibe. Da war eine Gardine Feuer und Flamme gewesen, aber meine Eltern weniger. Herbert begrüßt mich nur knapp, und schaut sich dann, mit den Händen in den Hüften, den Schaden an und schüttelt den Kopf.
„Lass erst mal den Olaf dran“, meint er lakonisch und der Leiter der Hundestaffel führt einen aufgeregt springenden Mischling an der langen Leine erst zum Mühlenunterbau, sorgsam auf spitze Gegenstände achtend, an denen sich der Hund verletzen könnte. Der schnüffelt hier und da, riecht aber offensichtlich nichts.
„Komm, Fido, weiter.“
Olaf geht entschlossen über den Acker zum abgerissenen Rotor. Die lehmige Erde klebt an seinen Stiefeln, sodass er mit jedem Schritt größer wird, obwohl er das gar nicht nötig hat. Der Hund jedenfalls findet es toll und nutzt die Gelegenheit, sich unvermittelt im Schlamm zu wälzen, was dem Hundeführer ein nachsichtiges „Nun komm schon!“ entlockt. Dann sind sie am verbrannten Holz. Der Hund rennt erst scheinbar ziellos über die Bretter und Latten, konzentriert dann aber sein Interesse auf ein wenig verbranntes Flügelende und schlägt an, schaut sich nach Olaf um und bellt wieder. Der hat inzwischen Plateausohlen, die Madonna alle Ehre machen würden, und versucht ziemlich erfolglos, sich der Erdklumpen wieder zu entledigen. An der von Fido entdeckten Stelle zieht er eine Plastiktüte heraus und bricht mit einem Messer ein verkohltes Stück ab. Er zuckt plötzlich mit der Hand zurück und schaut sie an.
„Was ist, Olaf?“, ruft Herbert.
„Nur ein Splitter. Ich ziehe mal neue Handschuhe an.“
Nachdem er fertig ist, verschließt er die Tüte und schaut zu uns.
„Noch mehr Teile?“
„Da hinten sind weitere Stücke“, rufe ich zurück und deute zum Wald. Die ersten Holzstücke sind am weitesten geflogen, weil die Umdrehungsgeschwindigkeit des Rotors da noch am höchsten war. Es sind kleine Stücke, die da nahe am Waldrand liegen. Olaf steckt eins in eine weitere Plastiktüte. Fido schnüffelt hier und da, findet aber nichts. Stattdessen entdeckt er ein Kaninchen und will hinterher, aber Olaf weiß schon, warum er ihn an der langen Leine hat.

„Noch etwas?“, ruft er. Der Wind trägt eine ziemlich genervt klingende Stimme zu uns.
„Nein! Komm zurück!“, brüllt Wülfing gegen den Wind zurück und Marie winkt ihm mit den Armen.
Olaf stapft zurück und wächst bei jedem Schritt weiter. Fido suhlt sich auch auf dem Rückweg im Matsch und will erst Marie und dann mich anspringen, um sich abzuputzen, aber wir weichen aus. Der Hundeführer muss etwas warten, bis er seine Spürnase in den Einsatzwagen verfrachten kann. Er gibt dem zufrieden und dreckig im Kofferraum liegenden Hund noch einen kleinen Kauknochen und kommt dann zu uns in den Windschatten des angekohlten Mühlenunterbaus. Hier ist es nicht so kalt, aber dafür streicht uns Brandgeruch um die Nase. Dieser strenge, feuchte und irgendwie bedrohliche Geruch nach verkohltem Holz und Zerstörung, der einen beißenden Geschmack auf der Zunge erzeugt.
Olaf gibt Herbert seine beiden Fundstücke. Das erste war den Flammen nur wenig ausgesetzt, das zweite ist fast völlig verkohlt.
Herbert hält das erste Stück am ausgestreckten Arm vor sich, kneift die Augen zusammen und reicht es Marie.
„An dem kleinen Stück scheinen Haare zu kleben. Schau du mal, du hast bessere Augen.“
„Vor allem mit Brille, hihi. Da kleben einige schwarze Haare dran, ziemlich lang.“
„Glatt?“
„Sieht eher kraus aus. Das Stück war …“
„… am abgerissenen Rotor. Also da, wo das Feuer erst später hinkam. Am anderen Stück könnte der ...“
„… Brand entstanden sein. Es ist völlig verkohlt, keine Holzoberfläche zu erkennen. Und Fido hat keinen Brandbeschleuniger gerochen?“
Marie schaut fragend zu Herbert, der seinen Kopf schüttelt und einen Schritt zur Seite geht, sodass er voll im Wind steht, der nach wie vor über die Felder Richtung Alzey bläst. Es ist nicht mehr der Sturm der Vortage, aber weiter kalt, feucht und ungemütlich. Herbert zieht die Schultern hoch und schaut grimmig gegen den Wind.
„Nein, und Holz ist normalerweise schwer entflammbar. Das Feuer ging wohl von einem einzelnen Flügel aus.“ Als ich das kommen-

tieren will, bedeutet mir Marie per Handzeichen, dass ich good old Herbert nicht in seinen Kreisen stören soll. Er fährt fort.

„Wenn also jemand einen Flügel überhaupt angezündet hat, dann würde das Feuer bei diesem Wetter nach kurzer Zeit wieder verlöschen. Also dürfte es bei stehendem Rotor angezündet worden sein und erst, als es richtig brannte, begann die Rotation wieder und die Flammen verbreiteten sich weiter. Wobei immer noch nicht klar ist, wie denn das Feuer angezündet werden konnte, ohne Spuren zu hinterlassen. Und dann haben wir noch ein Problem."

„Nämlich?"

„Nach meinen Informationen hatten wir auch in den letzten Stunden einen recht stetigen, relativ starken Wind, der jetzt erst nachlässt. Kann mir jemand erklären, wie das zusammenpasst? Ich sehe hier nichts, womit man die Flügel bremsen kann."

Herbert schnauft vernehmlich und zeigt mit dem Finger auf die Windrad-Ruine.

„Da treibt jemand ein böses Spiel mit uns, jemand, der Windkraftanlagen sehr gut kennt."

Wie zufällig dreht er sich in Richtung Alzey, wo die Gondel der Windkraftanlage der Kies & Wind GmbH & Co. KG über die sanfte Kuppe hinausragt.

„Wir schauen mal bei dieser Frau Eickhoff vorbei. Und ich bin ziemlich optimistisch, dass Ruppert auch bald hier aufkreuzen wird. Vielleicht hat auch Kiesling seine ungewaschenen Finger mit im Spiel. Das hast du übrigens alles nicht gehört, Ronni!"

„Klar, Chef! Off the record, wie die Engländer sagen."

Die Spusi ist inzwischen voll bei der Arbeit und bemüht sich, möglichst schnell voranzukommen. Fotoblitze hellen die ansonsten zu kontrastarmen Bilder etwas auf. Olaf ist mit seinem Hund bereits auf dem Weg zu seinem nächsten Einsatz am Frankfurter Flughafen, wo sich seine Kollegen vom Bundesgrenzschutz in ihrer sterilen Beton- und Kunststoffboden-Umgebung darüber wundern werden, wie viel guter rheinhessischer Ackerboden auch in ein recht kurzes Hundefell passt. Marie hat sich längst die Kapuze ihrer roten Outdoor-Jacke über das Gesicht gezogen; im Profil ragen nur ihre bezaubernde lange Nase und die keck auf der Nasenspitze sitzende Goldrandbrille über die Kapuze hinaus. Ihre Finger sind fast blau gefroren und sie schwingt sich schnell auf den Beifahrersitz, als

Herbert den Aufbruch gen Osten, also Richtung Alzey, verkündet. Ich fahre natürlich hinterher. Schließlich muss ich ja noch das eine oder andere für Ina machen.

*

„Achtung Autofahrer! Auf der L407 zwischen Erbes-Büdesheim Nord und Erbes-Büdesheim Mitte zwölf Kilometer Stau wegen hohen Verkehrsaufkommens. Ortskundige Fahrer werden gebeten, den Stau weiträumig zu umfahren. Umleitungsstrecken über Berlin, Hamburg und München sind eingerichtet."
Das stimmt zwar nicht so ganz, aber ein überlanger Schwertransport mit Rotorblättern blockiert den Zufahrtsweg zur Windkraftanlage der Kies & Wind in Erbes-Büdesheim und weitere Autos und Werkstattwagen haben auch die Landstraße schon halbseitig zugeparkt. Ich halte direkt hinter Herberts Wagen und wir gehen gemeinsam über die Betonplatten des Zufahrtweges zum Turm.
Direkt neben dem Turm klafft ein tiefer Graben im Boden, in dem ein Elektriker - dem daneben stehenden Lieferwagen nach aus Flonheim - an einem dicken, schwarz ummantelten Kabel montiert. Er bindet gerade die Leitungsenden zusammen, schützt sie mit einem wasserdichten Gehäuse und bettet sie sorgsam in den Graben. Dann beginnt er, eine Schalung darum zu erstellen.
Auch der riesige Raupenkran ist bereits in Aktion und hebt mit seinem großen Ausleger gerade das letzte verbliebene Rotorblatt. Hektische Rufe gellen hin und her, deutlich ist dicke Luft zu spüren und sie hat ein Zentrum: Auf dem mit Verbundpflaster ausgelegten Platz vor der Anlage steht Ina vor einem der Kies & Wind-LKWs, dirigiert lautstark Leute hierhin und dorthin. Sie ist wieder in ihrem Arbeitsoverall und hat eine Baseball-Kappe auf. Es scheint ihr kalt zu sein, denn vorher habe ich sie noch nicht mit Mütze gesehen. Sie steht ihr gut, die langen Haare hat sie zusammengebunden und nach hinten durchgesteckt. Gerade wendet sie sich wieder an den neben ihr stehenden Kieslingschen Betriebsleiter. Ihr Ton ist schneidend.
„Herr Wagner, es kommt mir so vor, als ob Sie den Ernst der Lage nicht erkennen! Sie haben doch das Fax vom Chef gesehen!"
„Ich ... die Kunden wollen doch beliefert werden! Sie ziehen die Leute ab, die ich zur Auslieferung brauche!"

Wagner opponiert, aber so richtig wohl scheint ihm nicht dabei zu sein. Seine Wangen haben vor Nervosität rötliche Flecken und er schaut immer wieder zum zerstörten Rotorblatt, wohl, um ihrem scharfen Blick auszuweichen.
„Das hier sind besondere Umstände, das können Sie sich ausrechnen. Wenn die Anlage läuft, können Sie ungestört weiterfahren."
„Aber ein Laster Kies bringt zweihundert netto pro Fahrt. Macht bei zweihundert Fahrten pro Tag ..."
„Das läuft nicht weg. Die Kies-Kunden können auch mal einen Tag warten."
„Ich weiß nicht, wa… wa … was sich der Chef dabei gedacht hat …"
Wagner fängt bei seinem letzten Argument schon an zu stottern.
„Sie können ihn ja fragen, wenn er wieder da ist. Auf jeden Fall ist das hier dringender. Er ist der Chef und da fragt man nicht. Basta. Und er hat ja auch festgelegt, was zu tun ist, oder?"
Das gefällt Wagner offensichtlich nicht und er trollt sich zu seinen Leuten, die missmutig zusehen, wie der große Kran das zerstörte Rotorblatt vorsichtig ablässt. Der Wind ist weiter abgeflaut, aber auch jetzt noch schwankt das Blatt bedenklich. Ich bewundere den Monteur, der in luftiger Höhe die Krangurte um den Flügel gelegt und die großen Verbindungsmuttern zum Rotor gelöst hat. Nun beobachtet er durch die Gondelklappe, was vor sich geht.
Nachdem Wagner weg ist, wendet sich Ina auch Herbert, Marie und mir zu. Sie streift mich mit einem neutralen Blick und gibt uns allen ganz formell die Hand.
„Womit kann ich dienen?"
Wülfing ergreift das Wort.
„Die Mühle von Herrn Ruppert ..."
„Ich habe es schon gehört. Mein Monteur hat es von der Gondel aus gesehen und die Feuerwehr gerufen. Was ist denn passiert?"
Sie rückt ihre Baseball-Kappe zurecht und schiebt das Kinn vor. Sie wirkt energisch und abweisend, ist voll auf Herbert konzentriert und hat mich ausgeblendet.
„Wir denken, dass es möglicherweise Brandstiftung war."
Sie antwortet nicht und er fährt fort.
„Da Sie ja um diese Zeit hier arbeiteten, dachten wir, dass Sie vielleicht etwas gesehen haben?"

„Da fuhren ein paar Autos auf der Landstraße, aber die habe ich mir natürlich nicht gemerkt."
„Natürlich. Und Sie selbst waren ab wann hier?"
„Sie verdächtigen mich, ich hätte dieses Hutzelrad angezündet? Ist ja lachhaft."
Sie lacht ein arrogantes Lachen. Herbert bleibt ruhig, mehr als ich es erwarte.
„Sie wissen ja: nur eine Formalie, damit wir den Zeitpunkt besser eingrenzen können, an dem das Feuer … äh, entstand."
„Nun, ich kam kurz vor sechs. Meine Kollegen so etwa um sechs. Da - das werden Sie jetzt fragen - brannte es noch nicht, mein Monteur hat das Feuer ja erst später entdeckt."
„Woher wissen Sie, was ich fragen will?"
„Sieht man doch jeden Abend im Fernsehen. Oder ist das nicht so?"
„Ja, natürlich."
Herbert wirkt zufrieden, verabschiedet sich und geht mit Marie zum Auto. In der Nähe wird etwas Schweres auf den Boden gewuchtet. Der Kran legt das verbliebene Rotorblatt gerade auf den nächsten Acker, dann ist der Haken schon wieder auf dem Weg nach oben. Im nächsten Schritt muss wohl die Nabe ausgetauscht werden. Das wird ein wenig dauern, Zeit für ein Gespräch mit Ina.
Ich bin gespannt, ob sie ihre abweisende Miene ohne die Anwesenheit der Kripo fallenlässt, und greife vorsichtig nach ihrem Unterarm. Sofort zieht sie ihn zurück.
„Lass das! Was willst du hier?"
„Ich habe das brennende Windrad fotografiert ..."
„Wie kommt die Kripo darauf, dass es etwas mit mir zu tun haben könnte?"
„Ich kenne Herbert Wülfing schon länger. Der hat so eine Art Riecher, den er meist selbst nicht recht erklären kann. Jedenfalls hat er nichts gefunden, was auf Brandstiftung hindeutet, kann sich die Brandentstehung aber auch nicht recht erklären. Die Feuerwehr übrigens auch nicht. Wenn ich das richtig sehe, willst du gleich wieder die Anlage aufbauen?"
„Logisch, was meinst du, was jeder Tag an Ausfall kostet?"
„Und wie hast du die neue Anlage so schnell beschaffen und anliefern lassen können?"

„Das ist die für den Westerberg bestimmte. Nenn es Glück im Unglück, dass die hier genau passt. Ich hoffe, dass wir schon morgen Abend alles in Betrieb nehmen können. Wie wär‘s, wenn du ein paar Fotos machst und was Wohlwollendes in die Zeitung bringst? Ich muss mich um Anderes kümmern."
Spricht's und lässt mich stehen. Als sie an mir vorbeigeht, schultere ich gerade meine Fototasche. Sofort zuckt sie zurück und weicht mir aus. Ich frage mich, warum sie Angst vor Berührungen mit mir hat. Im Lokschuppen war das ganz anders gewesen.
Dann ist sie wieder bei den Arbeitern, die ihre Laster-Auszeit wohl genießen, ganz im Gegensatz zum Betriebsleiter, dessen Miene sich missmutig verzieht, als sie kommt. Das Ablassen der defekten Rotornabe gestaltet sich wesentlich einfacher als die Demontage des letzten Flügels, der konstruktionsbedingt jede Windregung zu schwer kontrollierbaren Bewegungen nutzt.
Kaum ist der Elektriker aus dem Graben geklettert, röhren wieder große Dieselmaschinen los. Eine große Betonpumpe der HeidelbergCement fährt vor, gefolgt von drei Beton-LKWs. Zehn Minuten später ist der Graben komplett gefüllt und die Leitung läuft jetzt direkt von unten in den Turm, umgeben von mindestens einem Meter Beton. Die Laster fahren leer zurück zur Landstraße und der Elektriker schließt sich ihnen an, nachdem ihm Ina die geleisteten Arbeiten quittiert hat.
Schon kurz danach fährt der erste Schwerlast-Transporter vor und vermeidet dabei sorgsam den frisch betonierten Graben. Die Arbeiten schreiten schnell voran. Noch vor vier Uhr ist die neue Nabe montiert und sogar der erste Rotorflügel wird bereits vom Kran in Position gehalten.
Ein paar letzte Aufnahmen und dann geht es nach Hause, damit ich den Bericht noch vor Redaktionsschluss an die Tageszeitungen schicken kann. Auch der Bericht über den Mainzer Energiemix geht in die letzte Runde: Am Donnerstag steht als letztes wesentliches Element eine Fotostrecke der verschiedenen Kraftwerkstypen auf der Ingelheimer Aue an. Endlich hat der Wetterbericht gutes Wetter angekündigt.

*

Es war schon dunkel, als der erste Rotorflügel endlich angeflanscht war. Der Kranführer fluchte, als die Halteschlaufen gelöst wurden und er seinen Ausleger endlich in Ruheposition bringen konnte. Seit sechs Uhr früh war er praktisch ununterbrochen im Einsatz gewesen und freute sich nun auf den Feierabend. Die Montage der restlichen beiden Rotoren sollte wesentlich schneller verlaufen, denn inzwischen war es praktisch windstill und das war auch für den morgigen Donnerstag angekündigt.
Er fröstelte in der kalten, feuchten Luft und zog sich den Kragen seiner Jacke hoch, als er gegen sieben über den von den schweren Maschinen völlig verdreckten Feldweg zur Landstraße ging, auf der er am frühen Morgen seinen Golf IV geparkt hatte. Er hatte sich längst angewöhnt, die schon seit Monaten gelb blinkende Motorkontroll-Leuchte zu ignorieren. Schon mehrfach waren etliche Teile und Sensoren von der Fachwerkstatt ausgetauscht worden, ohne dass sich daran etwas geändert hatte, und so hatte er kurzerhand eine kleine grüne Folie über das Symbol geklebt und seitdem ein besseres Gefühl.
Oft wünschte er sich seinen alten, nicht-elektronischen Golf zurück oder ein anderes Auto, bei dem man noch selbst bestimmen konnte, was passierte. Als er nach Alzey herunterrollte, kam ihm ein solches Auto entgegen: ein dunkler, dreirädriger Wagen älteren Modells, an dem man sicher noch alles selbst reparieren konnte. Mit röhrendem Motor beschleunigte der Fahrer an der Steigung in Richtung Wendelsheim. Am Krankenhaus verlor ihn der Kranführer aus dem Rückspiegel. So konnte er auch nicht den Wutanfall sehen, den der Fahrer bekam, als er das abgebrannte Windrad am Waldrand sah.

*

Als Marie Punkt sieben durch die Pforte ins Polizeipräsidium kam und sich die aktuellen Tageszeitungen nehmen wollte, rief die Pförtnerin fröhlich: „Er hat sie schon, Frau Roscher!“ Die Dame hinter der Panzerglasscheibe mit der Sprechanlage hatte gute Laune. Das lag wahrscheinlich am guten Wetter, das für heute angekündigt worden war. Nach einer wochenlangen Periode mit Kälte,

Feuchtigkeit und Sturm spannte sich nach einer kalten Nacht mit vereinzelten Bodenfrösten endlich wieder ein blauer Himmel über der Domstadt. Früh am Morgen schien die Sonne zwar noch zum Zollhafen hin, aber spätestens zur Mittagszeit würde auch der Eingangsbereich des Polizeipräsidiums zur Moltkestraße wieder in der Sonne liegen.
Gute Laune konnte am Wetter liegen, aber auch dafür sprechen, dass zu Hause alles in Ordnung war. Seit Herbert seine Elvira wiederhatte, war er morgens auch wieder gut gelaunt. Er hatte die herannahende Kollegin schon am Schritt erkannt, zwei Espresso-Tässchen in den Automaten gestellt und drückte nun mit Besitzerstolz den Einschalter. Der Servicetechniker war am Vortag da gewesen und hatte ganze Arbeit geleistet. Bei so viel guten Neuigkeiten konnte die Lösung des Falls ja nicht mehr lange auf sich warten lassen, dachte sich die Kommissaranwärterin. Der Hauptkommissar servierte bereits.
„Uno espresso, Signorina?“
„Mille grazie, commissario lupolino!“
Ein schöner Duft durchzog das Büro, als sich die beiden an den Besprechungstisch setzten und die Laborergebnisse studierten. Bewusst verzichteten sie darauf, die dem Bericht beiliegenden Beutel mit den Fundstücken zu öffnen. Der stechende Brandgeruch würde sich sehr mit den Düften der gerösteten Arabica-Bohnen aus dem Eine-Welt-Laden in der Christofsstraße beißen. Mit dem politisch korrekten Muntermacher in der Hand konzentrierten sie sich auf die fein säuberlich auf Umweltschutzpapier gedruckten Befunde.
Der Hund hatte wie stets recht gehabt - auch das Labor hatte keinerlei Spuren eines Brandbeschleunigers gefunden, weder an dem am stärksten verkohlten Holzstück, noch an den anderen Fundstücken.
„Reiner Zufall. Mal wieder.“
„Was grummelst du in deinen Stoppelwald, Herbert?“
„Passt mal wieder gut ins Bild, dass ausgerechnet die Mordmühle abbrennt und damit weitere Untersuchungen praktisch nicht mehr möglich sind. Daran könnte Ruppert ein Interesse gehabt haben. Wenn er denn doch Steinfurth auf dem Gewissen haben sollte.“
„Wobei er sich dann selbst geschädigt hätte, mit seiner heißgeliebten Mühle.“

„Wäre schon merkwürdig. Ebenso fraglich wie die Entstehung des Brandes."
„Mal sehen, was die Haarprobe vom Flügel ergibt. Vielleicht ist sie ja von ihm."
Die Haarprobe bestand aus schwarzen, gebogenen, kräftigen Haaren, so wie die, von denen Ruppert sein Gesicht zuwuchern ließ. Sogar ein kleiner Hautfetzen war dran, wenn auch von der Hitzeeinwirkung zusammengezogen, koaguliert und dehydriert. Wahrscheinlich stammten sie von der Kopfhaut. In diesem Falle hatte sich die betreffende Person am Flügel gestoßen. Die Flügel reichten weit herunter, so dass man sich gut vorstellen konnte, dass da jemand nicht aufgepasst hatte, als er nah am Windrad war.
Herbert konnte sich keine Versicherung vorstellen, die ein solches Eigenbau-System versichern würde, sodass Brandstiftung durch den Besitzer in diesem Fall unwahrscheinlich war. Ihm kam eine Anekdote in den Sinn, in der ein rheinhessischer Bauer von einem Versicherungsvertreter zum Abschluss einer Feuer- und Hagel-Versicherung gedrängt wird. Das Bäuerlein hört sich alles an und meint dann lächelnd: „Das mit dem Feuer verstehe ich ja, aber wie macht man Hagel?"
Nach der vorläufigen DNA-Analyse war die Haut-und-Haar-Probe jedenfalls nicht Ruppert zuzuordnen. Das - so schrieb das Labor - war auszuschließen. Wem die Probe dann aber zuzuordnen sei, darüber könne man aufgrund fehlenden Vergleichsmaterials keine genaue Aussage machen. Immerhin sei mit „relativ großer Wahrscheinlichkeit" von einem Mann auszugehen, eine genauere Analyse liege erst in einigen Tagen vor. Die mangelnde Probenqualität erschwere die Analyse sehr.
„Relativ große Wahrscheinlichkeit. Relativ! Schlechte Probenqualität. Was glauben die, wie wir an unsere Proben kommen?", grummelte Wülfing in seinen Nur-noch-Tagesbart. Seit Elvira zuhause wieder das Ruder übernommen hatte, rasierte sich Herbert täglich, was kein Fehler war. Aber er ärgerte sich schon seit Jahren darüber, dass sich die Obduktionsberichte mitunter wie Horoskope lasen. Selbst ein Mensch, dessen Herz von einer großkalibrigen Kugel durchbohrt worden war, war nur „mit großer Wahrscheinlichkeit" dadurch ums Leben gekommen. Und nun machten es auch noch die Labortechniker den Rechtsmedizinern nach, errechneten - wie

auch immer - eine Wahrscheinlichkeit von 63,5 Prozent dafür, dass Haare und Hautfetzen einem Mann zuzuordnen seien. So, als ob da jemand bei der Geschlechtsumwandlung mittendrin aufgehört hätte, weil dem Patienten das Geld ausgegangen war.
Die gute alte Polizeiarbeit fragte dagegen ganz einfach, wer zuletzt am Windrad gewesen war. Da war natürlich zunächst Steinfurth, weil er dort ermordet worden war. Dessen DNA aber war es auch nicht, hatte das Labor mitgeteilt. Damit stellte sich die Frage, wer denn den Flügeln so nahe gekommen war, dass er mit ihnen zusammenstieß - und vor allem warum. Denn eigentlich hatte dort niemand etwas zu suchen, außer dem Besitzer selbst bei Wartungsarbeiten. Rupperts DNA war es aber eben nicht. Wenn sonst jemand am Windrad gewesen war, dann hatte er etwas Ungutes im Schilde geführt, vielleicht eben die Manipulation, die den Brand auslöste. Das schien nicht mehr als logisch, entband aber nicht von der Frage, welche Manipulation das denn gewesen sein sollte.
Ging man davon aus, wer zum Zeitpunkt des Brandes in der Nähe war, kam Ina Eickhoff ins Spiel. Diese Möglichkeit aber hinkte, denn schließlich war der Brand definitiv erst entstanden, als sie längst mit ihren Arbeitern die neue Anlage aufstellte. Außerdem waren die Haare ja mit 63,5 Prozent Wahrscheinlichkeit einem Mann zugeordnet worden. Also vielleicht doch ein technisches Problem? Nein, dazu waren es zu viel Zufälle auf einmal.
Wülfing und Marie packte das Jagdfieber. Zwar war ihnen noch immer nicht klar, was diese Anschlagserie sollte, aber angenommen, die Zeugin Kreyßig - auf deren Balkon heute kein Mainz05-Trikot, sondern ein Saunamantel zu trocknen versuchte - hatte die Wahrheit gesagt und Ruppert kam aufgrund ihres Alibis nicht für den Mord an Steinfurth in Frage. Dann würde die nach dem Brand am Windrad entdeckte DNA möglicherweise Steinfurths Mörder zuzuordnen sein. Vielleicht war es gar Kiesling gewesen? Er hatte lange, kräftige und dunkle Haare und es gab irgendeine Verbindung zwischen Kiesling, Eickhoff, Ruppert und Steinfurth, die sie immer noch nicht aufgedeckt hatten.
Sie überlegten lange, wie sie an Kieslings DNA kommen konnten, ohne bestehende Gesetze zu verletzen. Auf dem Zettel aus Kieslings Mülltonne war die DNA von Ruppert gefunden worden, aber keine von Kiesling selbst, obwohl er ihn ja eigentlich in der

Hand gehabt haben musste. Wollten sie Kiesling in die Reihe der Verdächtigen eingliedern oder ihn ausschließen, mussten sie an geeignetes, frisches Material kommen. Theoretisch kam er ja nicht in Frage, weil er seinem Fax nach überhaupt nicht in Deutschland weilte und der Brand erst nach seinem Verschwinden entstanden war. Aber schließlich konnten die Haare durchaus schon länger an den Flügeln geklebt haben.

Es würde also sicher interessant sein, Kieslings DNA mit der Probe abzugleichen. Allerdings schien zweifelhaft, ob sein Umfeld - allen voran Anwalt Dreher - das zulassen würde, so ängstlich wie dieser bedacht war, alle Außeneinflüsse von seinem Dauermandanten abzuwehren. Sie versuchten es trotzdem, aber Dreher war telefonisch nicht zu erreichen; alle anderen konnten und wollten nichts entscheiden. Schließlich setzte Marie eine E-Mail an Dreher ab. Vielleicht würde er ja doch zustimmen. Gewöhnlich reichten bereits ein paar Haare vom Kopfkissen für eine Probe.

Am Nachmittag rief der Anwalt zurück. Er lehnte es ab, ohne triftigen Grund DNA-Material seines Chefs zur Verfügung zu stellen; auch und gerade, als Wülfing ihm ankündigte, dies dann gerichtlich zu beantragen. Nein, das könne und werde er im Interesse seines Mandanten nicht akzeptieren und er sei sicher, dass der Richter die Verdachtsmomente in diesem Falle als nicht ausreichend für eine DNA-Untersuchung betrachten würde.

„Ein harter Knochen. Was meinst du?“, kommentierte Wülfing, als das Gespräch zu Ende war.

„Typischer Angstbeißer. Was meinst du, wenn Kiesling zurückkommt und der hat irgendwas gemacht, was sein Chef nicht wollte?“

„Die Situation wird aber jeden Tag schwieriger für ihn. Wie lange will Kiesling noch auf Tour bleiben? Die Faxen mit den Faxen können Dreher nicht schmecken. De facto hat Frau Eickhoff das Sagen, nachdem ihr laut erstem Fax alle benötigten Mittel zur Verfügung gestellt werden sollen. Stell dir vor, der taucht gar nicht mehr auf - was dann?“

Auch Dreher schien ähnliche Befürchtungen zu hegen, denn noch vor Feierabend spuckte Wülfings Faxgerät eine Strafanzeige gegen Frau Ina Eickhoff aus. Sie bezog sich auf Geschäftsschädigung durch die unrechtmäßige Nutzung von Firmeneigentum und Stö-

rung der innerbetrieblichen Abläufe, insbesondere durch den über zwei Tage laufenden Abzug von Beschäftigten und Material für den Wiederaufbau der Windkraftanlage Erbes-Büdesheim.
Wülfing überflog das Fax und reichte es mit einem wissenden Blick an seine Kollegin weiter.
„Mal abgesehen davon, ob das überhaupt eine strafrechtliche oder eher zivilrechtliche Sache ist ...“
„... womit es uns nichts anginge ...“
„… bekommt da jemand kalte Füße und will Frau Eickhoff unter Druck setzen.“
„Ich würde als Frau sagen, dass er da schlechte Karten hat, Herbert. Die ist kalt wie Hundeschnauze.“
„Dennoch treibt das die Sache voran. Würde mich nicht wundern, wenn bald wieder ein Fax von Kiesling kommt. Vielleicht ist es ja auch genau das, was Dreher will. Mit einem neuen Fax kann er sich nach Kieslings Rückkehr jederzeit herausreden.“
„Und wenn kein Fax mehr kommt?“, fragte Marie und begann, aus einem Blatt Schmierpapier einen Papierflieger zu falten.
„Und wenn kein Kiesling mehr kommt?“, fragte Wülfing zurück. „Irgendwo in der Südsee verschollen? Das einfache Leben ohne Geld und ohne Stress?“
„Nix han is a ruig Sach, sagt man bei uns, hihi“, sagte Marie und warf den Flieger mit Schwung Richtung Fenster. Er war etwas schwanzlastig, flog eine steile Kurve nach oben und blieb mit der Spitze zwischen den Flügeln der Fledermaus stecken. Ihr Praktikum in Mainz dauerte zwar noch ein paar Wochen, aber langsam wurde es Zeit, dass die Fledermaus zielsicher ihr nächstes Opfer griff - auch, wenn es scheinbar völlig dunkel war.

*

Es ist kalt auf dem Dach des Mainzer Müllheizkraftwerks, auch wenn die Sonne scheint wie seit Wochen nicht mehr. Während es am Boden in der Sonne fast lauschig ist, zieht auf dem Dach ein frisches Lüftchen um die blechverkleideten Ecken und Kanten. Große Lüfter blasen in Schüben nicht nutzbare Abwärme aus dem Gebäude in die Luft. Mit einer Sondergenehmigung der Geschäftsführung darf ich den Müllverbrennern allein aufs Dach steigen, denn schöne

Bilder von dem in ständiger Umgestaltung begriffenen Industriegebiet auf der Ingelheimer Aue sind derzeit gefragt.
An der Pforte bekomme ich eine Broschüre zur Geschichte der Mainzer Stadtwerke, in der die lange Kraftwerkstradition im Industriehafen beschrieben wird, und dann geht es los. Die schön illustrierten Seiten unter den Arm geklemmt, geht es im Gebäude auf Metalltreppen bis zur höchsten Wartungsebene, dann - eingehängt in eine Sicherungsschiene - die letzten zehn Meter über eine Steigleiter bis zum Dachausstieg in über fünfzig Meter Höhe. Ein an den Rahmen angebauter Thermosensor öffnet im Brandfall die Luke automatisch, damit Brandgase abziehen können, lässt sich aber auch manuell entriegeln.
Vom Dach scheinen über dem Rhein die Pappeln der Petersaue, die Kastanien im Biebricher Schlosspark und die Zementfabrik in Amöneburg zum Greifen nahe; den Horizont bilden die Hügel des Taunus; aus der Kuppe des Feldbergs ragen die Sendemasten wie Zahnstocher aus Partyhäppchen.
Auf der Mainzer Seite ziehen der Gonsenheimer Wald mit dem markanten Turm von Schloss Waldthausen und dann das ZDF auf dem Lerchenberg den Blick auf sich. Im Vordergrund liegt das große KMW Gasturbinen-Kraftwerk, zur Linken das Schott-Werk. Dazwischen schwingt sich die neue Brücke über das Hafenbecken, eine von hellem Beton eingerahmte Linie aus schwarzem Asphalt, die zum Rheinallee-Zentrum zeigt. Im Kesselhaus unter meinen Füßen lodert das immerwährende Feuer der Müllverbrennung; Fahrzeuge der Müllabfuhr bringen unablässig Nachschub für den Beschickungskran, der den Müll gezielt mischt und in den großen Aufgabetrichter befördert. Insgesamt sind es drei Verbrennungslinien, denen jeweils einer der drei Schornsteine nachgeschaltet ist.
Das enge Miteinander der verschiedenen Mainzer Kraftwerke macht Sinn; Gas- und Müllkraftwerk nutzen teilweise dieselbe Infrastruktur, was die Kosten senkt. Silbern glänzende Fernwärmeleitungen leiten große Mengen Heißdampf an Abnehmer in der Stadt, aber auch direkt an die WEPA-Papierfabrik in unmittelbarer Nähe.
Das Licht steht günstig und die Finger werden langsam kalt: Zeit fürs Fotografieren. Wenig später habe ich, angelehnt an das blau lackierte Geländer, eine Einstellung gefunden, die alte und neue Energietechnik gegeneinanderstellt. Während Komponenten von

Schott Solar das Herzstück der wirtschaftlichsten Solarkraftwerke der Welt in Südeuropa und Afrika sind, verbrennt das Gasturbinen-Kraftwerk hundert Meter weiter teure fossile Brennstoffe. Immerhin muss man dabei sehen, dass auf dem 50. Breitengrad die Sonne nicht genug Energie für wirtschaftliche Stromerzeugung liefert. Da nützt es auch nichts, die Messingschienen blank zu wienern, die vor dem Staatstheater die Straße kreuzen und den Verlauf des 50. Breitengrades mitten durch Mainz anzeigen.
Auf dem Dach des nahegelegenen Gaskraftwerks drehen sich eine ganze Reihe von Savonius-Rotoren. Von der Sonne angestrahlt und vom Wind angetrieben, zeichnen die schön geschwungenen Rotoren schnell wechselnde Muster auf die bunten Fassaden des Kraftwerks, während sie fast lautlos Energie erzeugen.
Das muss die Anlage von Ina Eickhoff sein, ihre letzte verbliebene Einnahmequelle nach der Sabotage der Großanlage in Erbes-Büdesheim. Ich frage mich, wie es dort weitergeht und ob die dortige Anlage heute wieder ans Netz gehen kann. Es ist später Vormittag, als ich die Fotos im Kasten habe und im Windschatten mein Handy aktiviere. Vom Dach des Müllheizkraftwerks ist die Handy-Verbindung ausgezeichnet, der zugehörige Umsetzer ist nur ein paar Meter weiter am fast hundert Meter hohen Dreifachschornstein angebracht, der kleine weiße Rauchfahnen ausbläst. Nach dem ersten Klingeln ist Ina dran. Ihre Stimme klingt genervt.
„Was ist, Ronni?“
„Hast du keine Zeit?“
„Leider nein, vor einer halben Stunde ist die Bauaufsicht hier aufgetaucht. Eine anonyme Anzeige, weil ich die Anlage ohne erneute Prüfung wieder in Betrieb nehmen wolle.“
„Eine Retourkutsche von diesem Dreher?“
„Gut möglich. Wenn ich das Ding nicht bald wieder am Netz habe, wird es knapp mit den Finanzen. Was willst du?“
„Ich wollte nur mal nachhören, wie es läuft. Außerdem hast du doch noch die Anlage hier auf dem Gasturbinen-Kraftwerk auf der Ingelheimer Aue.“
„Was soll mir das sagen?“
Sie IST genervt.
„Die bringt doch sicher Geld ein.“
„Was interessierst du dich für meine Finanzen?“

Ihre Stimme wird schrill und ich versuche, sie zu beruhigen.
„Ich meinte ja nur, dass die Savonius-Rotoren da oben jedenfalls sicher sind. Wer soll schon durch das ganze Werk durch ungesehen aufs Dach kommen? Niemand!"
„Das will ich hoffen, sonst bin ich aufgeschmissen. Moment!"
Scheinbar hat sie das Handy in eine Tasche ihres Overalls gesteckt. Ein paar männliche Stimmen sprechen durcheinander, dann fährt sie dazwischen.
„Ich werde mich bei Ihrem Vorgesetzten über Sie beschweren! Die Anlage ist schon einmal abgenommen worden und ich lasse es mir nicht ..."
Was sie sich nicht gefallen lassen wird, will ich erst gar nicht erfahren und unterbreche das Gespräch. Mir ist es unangenehm, unbefugt anderer Leute Gespräche anzuhören. Immerhin weiß ich jetzt, dass die Anlage in Erbes-Büdesheim wohl durch amtliche Bedenken noch ein paar Tage nicht ans Netz gehen wird. Also ist die Anlage auf dem KMW-Kraftwerk tatsächlich ihre einzige Einnahmequelle.
Wer immer die Anlage in Erbes-Büdesheim sabotiert hat, hat vielleicht auch ein Interesse daran, die Anlage auf dem Kraftwerksdach lahmzulegen. Aber wie soll der da hoch? Nachdem ich vom Dach des Müllheizkraftwerks herunter und wieder auf festem Boden bin, gehe ich direkt zum Gasturbinen-Kraftwerk. Ein wegen der Brückenbauarbeiten seitlich offener Zaun umgrenzt das Kraftwerksgelände. Das dürfte für einen ungebetenen Besucher kein Hindernis sein, aber wie kommt man von dort aufs Dach?
Unbemerkt durch die rund um die Uhr besetzten Werkhallen dürfte es unmöglich sein. Für einen Hubschrauber mit seinen großen Rotoren reicht der Platz sicher nicht. Bleibt als letzte - und wahrscheinlichste - Möglichkeit, einfach über die Außentreppe nach oben zu kommen, die allerdings ab dem ersten Dach frei sichtbar ist. Zum höchsten Dach, auf dem sinnvollerweise die Rotoren stehen, führt dann nur eine Steigleiter, ebenfalls Wind und Wetter ausgesetzt und frei einsehbar. Dazu kommt - genauso wie auf dem Dach des Müllheizkraftwerks - eine lückenlose Video-Überwachung, deren Bilder im hochmodernen Leitstand zusammenlaufen.
Vieles deutet auf Ruppert. Auch Herbert hatte ihn ja bereits einmal festgenommen, wie Marie sagte - und wieder laufen lassen müssen.

Falls er es war, kann ich mir nicht vorstellen, wie er Ina letzte Einnahmequelle sabotieren sollte. Man würde ihn mit Sicherheit auf Video sehen und Gegenmaßnahmen ergreifen. Die einzige Möglichkeit wäre bei Nacht, wenn die Kraftwerke mit eingeschränktem Personal betrieben werden.
Aber auch dann kann ich mir kaum vorstellen, wie er seine Birnenfigur, die mich von Anfang an ziemlich an einen Ex-Kanzler erinnert hat, die enge Steigleiter hochwuchten will. Wahrscheinlich ist alles nur Spinnerei, aber ich beschließe, mich in der Nacht ein paar Stunden auf die Lauer zu legen. Damit sich das überhaupt rentiert, kann ich nebenbei noch ein paar nette Langzeit-Belichtungen machen.

*

Irgendwie musste Kiesling vom innerbetrieblichen Zoff Kenntnis erhalten haben, denn kurz nach dem Mittagessen in der Kantine surrte ein Blatt Papier aus Wülfings Faxgerät. Nach der Faxkennung kam es ursprünglich von Slurp & Surf in London wie schon Kieslings erstes Fax und war dann von der Kies & Wind-Geschäftsführung weitergeleitet worden. Das bedeutete nichts anderes als Ina Eickhoff. Weshalb die das Fax weitergeleitet hatte, ergab sich schnell aus dem Inhalt: Kiesling bekräftigte darin nochmal, dass die Kies & Wind in ihren Aktivitäten unterstützt werden müsse. Und er wies Dreher an, sofort die Anzeige gegen Ina Eickhoff zurückzuziehen.
„Schluri!“
Marie reichte mit einem Kopfschütteln das Fax zurück an Herbert, der belustigt wirkte.
„Das ist zu nett. Wir würden Bankert sagen.“
„Moment!“
Marie schlug in einem kleinen Taschenbuch nach.
„Das ist aber rheinhessisch für Bastard, Mischling.“
„Sehen wir nicht so eng. Jedenfalls hat die Eickhoff Dreck am Stecken.“
„Sie muss irgendwie mit dem Kiesling in Verbindung stehen. Woher soll der sonst von der Anzeige wissen? Wenn Dreher Kontakt zu ihm hätte, hätte er die Anzeige nicht zu erstatten brauchen. Oder

sehe ich das falsch?“
Marie zog das erste Fax aus der Akte, legte es über das zweite und hielt es gegen das Licht.
„Hmmh, könnte oder auch nicht ...“
„Was, verehrte Kollegin?“
„Auf jeden Fall sind beide Faxe direkt von einem Computer verschickt worden, nicht über ein Faxgerät. Also muss das Original eingescannt worden sein oder ...“
Marie machte eine bedeutungsvolle Pause, hielt mit der linken Hand die beiden übereinandergelegten Blätter hoch und zeigte mit dem Zeigefinger auf die Unterschrift.
„... die Unterschrift wurde eingescannt und damit gefälscht.“
„Was natürlich Frau Eickhoff in ein ganz übles Licht rücken würde. Wie gesagt: Bankert!“
„Nein, Schluri!“
Tatsächlich unterschieden sich die Unterschriften auf den beiden Faxen durchaus in Länge und Höhe, aber sie schienen den beiden dennoch zu ähnlich. Sie gaben sie in die Kriminaltechnik und hatten schon eine Stunde später das Ergebnis: Die Unterschrift auf beiden Faxen war dieselbe und nur elektronisch etwas verzerrt worden. Das bedeutete zunächst einmal einfach, dass beide Faxe direkt auf einem Computer geschrieben wurden und die vorher gescannte Unterschrift nachträglich als Bild unter den geschriebenen Text eingefügt worden war.
Dass die Unterschrift außerdem verzerrt war, konnte eine gewisse technische Unzulänglichkeit bedeuten. Wahrscheinlicher war allerdings, dass der Eindruck einer echten Unterschrift erweckt werden sollte. Daran konnten im Wesentlichen nur zwei Personen ein Interesse haben: Ina Eickhoff als quasi „Begünstigte“ der Fax-Inhalte oder aber Kiesling selbst, der zwar keine technischen Möglichkeiten zum Einscannen eines Blattes Papier hatte. Der aber durchaus für diesen Zweck eine eingescannte Unterschrift auf seinem Notebook gespeichert hatte.
Das alles roch für beide nach vorsätzlicher Manipulation, reichte aber auf keinen Fall für einen Durchsuchungsbeschluss oder gar einen Haftbefehl gegen Ina Eickhoff. Staatsanwalt und Haftrichter hatten sicher noch nicht vergessen, dass Wülfing bereits Ruppert festgenommen und sein Anwesen durchsucht hatte - nur um ihn

dann zwei Tage später wieder freilassen zu müssen. Nein, sie mussten sich etwas Neues einfallen lassen, um Licht in den Wirrwarr zwischen Ruppert, Kiesling und Eickhoff mit ihren gegenseitigen Abhängigkeiten zu bringen. Die kannten sich alle irgendwoher, waren sich alle nicht grün, beschuldigten sich aber gegenseitig nicht. Und darüber hinaus kannten Eickhoff und Ruppert den ermordeten Klaus Steinfurth. Ob auch Kiesling Steinfurth gekannt hatte, wäre sicher interessant zu wissen, aber das ging ja momentan nicht.
Sie mussten sich an diejenigen halten, die vor Ort verfügbar waren. Wenn sie denn überhaupt da waren, denn Ruppert schien auch nach Fassenacht ständig unterwegs zu sein. Kiesling war ebenfalls weg, aber immerhin scheinbar noch in der Londoner Gegend und nicht in der Südsee. Blieb noch Ina Eickhoff, die sicher wütend über die Zerstörung ihrer Windkraftanlage war. Es konnte sein, dass sie die Faxe gefälscht hatte, um in Abwesenheit von Kiesling die für ihre Pläne benötigten Mittel aus der Kiesling GmbH & Co. KG abzuzweigen. Dagegen passte allerdings nicht, dass - sie vergewisserten sich noch einmal im Kalender - das erste Fax bereits vor der Sabotage der Windkraftanlage eingegangen war, also damit eigentlich nicht in Verbindung stehen konnte.
Und zu alledem spielte irgendwie auch noch ihr gemeinsamer Freund Ronni Sander dabei mit, pikanterweise mit einem Auftrag der Ina Eickhoff, auf den er wirtschaftlich angewiesen war. Einer Frau, die Männer um den Finger zu wickeln verstand. Was durfte er von den Ermittlungen der Kripo wissen? Schlicht und ergreifend gar nichts, weil seine Auftraggeberin ein Ziel der Ermittlungen war. Hatte sie ihn als „Informationsquelle“ engagiert?
Sie brüteten noch eine Weile ohne konkretes Ergebnis, als Ronni Sander anrief. Er teilte ihnen mit, dass er sich in der Nacht am KMW-Kraftwerk auf die Lauer legen würde, denn er vermute, dass die dort auf dem Dach installierte Anlage der Ina Eickhoff das nächste Anschlagsziel sein könnte. Dies halte er für durchaus wahrscheinlich, nachdem bereits die Großanlage in Erbes-Büdesheim sabotiert worden war.
„So, so, der Herr Reporter hört mal wieder das Gras wachsen“, spöttelte Wülfing, nachdem sein Freund aufgelegt hatte.
„Wir können unmöglich alles überwachen. Die Dächer der Kraftwerke werden videoüberwacht und die Anfahrten auch. Lange, be-

vor da einer aufs Gelände kommt, wird er sicher entdeckt. Lass den Ronni mal machen. Wir sollten froh sein, wenn der uns was abnimmt."
„Du hast ja recht. Eigentlich sollten nach den letzten Ereignissen alle schön zu Hause bleiben, um ihr Hab und Gut zu schützen. Ruppert in seiner Mühle, Eickhoff in ihrer Wohnung im Layenhof und Kiesling - na ja, das Anwesen wird ja mit Video überwacht. Aber wirklich einmal angenommen, Ruppert will Eickhoff schädigen, wie sollte er dort hoch? Im Dunkeln über eine enge Steigleiter, mit seinem dicken Bauch? Ausgeschlossen. Da wird der Ronni umsonst warten."

*

Nach dem schönen Tag mit seinem blauen Himmel und Temperaturen bis zu vierzehn Grad, bei dem bereits die Eiscafés in Gau-Algesheim ihre Terrasse geöffnet haben, kommt mit der Dunkelheit wieder die Kälte. Wo keine Büsche im Weg stehen, rutscht kalte Luft die Hänge hinab; an geschützten, bebuschten Stellen hält sich noch die Wärme des Tages. Bei einem kleinen Abendspaziergang durch die Appenheimer Gemarkung laufe ich wie durch ein Wechselbad aus warmer und kalter Luft, ganz wunderbar.
Die Sonne geht kurz nach sechs unter und streut ein schönes Rot über den klaren Himmel, als ich nach Mainz fahre. Die Bauarbeiten am Fundament zum neuen Kohlekraftwerk haben bereits begonnen, allen Demonstrationen und politischen Bekundungen zum Trotz. Die Sand- und Kieslaster werden so lange fahren wie irgend möglich, auch Kieslings Fuhrpark wird sicher wieder dabei sein. Solange die fahren, wird sich nicht viel tun und ich habe Zeit, beschließe über Wackernheim nach Mainz zu fahren.
Kurz vor dem Multatuli höre ich Sirenengeheul, Blaulicht zuckt im Rückspiegel und ich fahre rechts ran. Kurz danach überholt mich mit heulendem Motor der Leitungswagen der Ingelheimer Feuerwehr, mit gebührendem Abstand fauchen die Diesel der Löschfahrzeuge die Steigung hoch Richtung in Mainz. Natürlich fahre ich hinterher. Mit ungebremstem Tempo geht es durch Wackernheim, dann im freien Feld rechts ab zum Layenhof.
Die Einsatzkräfte biegen zu Gebäude 5820 ab, ich parke vor der

Clownschule und habe Glück. Der Eingang ist offen und man hat von der Terrasse im ersten Stock einen direkten Blick auf das Nachbargebäude, ein erhöhter Platz, wunderbar für gute Fotos.
Auf dem nur schwach geneigten und mit Dachpappe überzogenen Dach von Gebäude 5820 lodern Flammen, schwarzer Rauch verliert sich in der Dunkelheit. Rufe gellen durch die Nacht, Einsatzkräfte in ihren Leuchtwesten rennen in das Haus, Löschschläuche werden auf dem Vorplatz zusammengekoppelt und an die Pumpe angeschlossen. Ina steht vor dem Eingang und schaut dem Treiben nervös zu, fingert nach ihrem Handy, lässt es fallen und hebt es wieder auf. Der Wehrleiter kommt zu ihr, fragt sie etwas, doch sie schüttelt den Kopf. Er fragt noch einmal und sie schüttelt den Kopf wieder, ihr „Nein!“ ist so laut, dass sogar ich es verstehe.
Endlich sind die Schläuche unter Druck gesetzt und von der Spitze der Leiter aus hüllt ein dichter Wassernebel das Dach ein. Nur eine Minute später ist der Brand bereits gelöscht. Das ging so schnell, dass es offenkundig auch die Feuerwehrleute selbst erstaunt.
„Feuer aus! Wasser halt!“, ruft der Mann von der Leiter nach unten.
„Bist du sicher? Kein Schwelbrand im Dachgebälk?“ Der Wehrführer am Boden kann es nicht glauben.
„Na klar, ich bin doch kein Anfänger. Schalt endlich die Pumpe ab!“
„OK. Ich schaue mir das selbst mal an.“
Die Pumpe geht in den Leerlauf und der Schlauch erschlafft. Der Wehrführer klettert die Leiter hoch und dann stehen beide auf dem Dach. Sie bewegen sich zunächst mit vorsichtigen Schritten und dann immer sicherer zum Brandherd hin, der in der Mitte des Daches liegt. Der Wehrführer zückt sein Handy und telefoniert.
„Wat is, Marco?“, ruft der Mann an der Pumpe. „Brauchste nochmal Wasser?“
„Nö, kannste lassen. Hier ist alles in Ordnung.“
„Ja wie? Dat muss doch irjendwie jebrannt hamm.“
„Ich habe doch schon gesagt: Alles OK. Ihr könnt schon mal den Kram zusammenpacken, wir kommen gleich runter.“
Der Mann an der Pumpe schüttelt den Kopf und gibt ein paar Anweisungen. Schläuche werden eingerollt und Geräte eingepackt. Nachdem die beiden vom Dach herunter sind, wird als letztes die

hydraulische Leiter eingefahren. Ein paar enttäuschte Gesichter bestätigen mein Vorurteil, dass manche Feuerwehrleute verkappte Pyromanen sind. Dann sind die Einsatzwagen wieder auf dem Weg zurück nach Ingelheim, natürlich wieder mit Blaulicht und Sirene, denn wenigstens ein wenig Spaß muss ja wohl erlaubt sein. Nur der Leitungswagen ist noch da, der Wehrführer wartet noch auf etwas, stellt sich neben Ina.
In der Nähe dröhnt ein kleiner Motor los, es klingt wie ein Rasenmäher. Das Geräusch kommt aus der Richtung des Flugfeldes, das aber bis auf ein paar Straßenlaternen im Dunkeln liegt. Auf der Startbahn rührt sich nichts und Rasenmähen um diese Zeit scheint mir reichlich unwahrscheinlich, auch wenn die gleichbleibende Umdrehungszahl des Motors dafür spricht. Zwar gibt es hier auch eine Kartbahn, aber da fährt man durchaus mit wechselnder Gasstellung. Langsam entfernt sich das Geräusch in Richtung Mainz. Es scheint mir, dass kurz ein dunkler Schatten über die Silhouette von Finthen huscht, aber die Neumond-Nacht ist so schwarz wie die Katze meiner Nachbarn. Es wird zunehmend frisch auf dem Balkon, auch wenn nur ein Windhauch weht.
Die beiden stehen immer noch vor der Eingangstür von 5820, der Wehrführer fragt etwas und wieder schüttelt Ina den Kopf; es entsteht kein Gespräch. Beide schauen zur Zufahrt zum Layenhof und da kommt auch schon mit Blaulicht ein Opel auf den Layenhof zugebraust: Herbert und Marie haben mal wieder Spätschicht.
Mit Schwung hält Herbert auf dem Vorplatz. Beide steigen aus und sprechen mit Ina und dem Wehrleiter, der in meine Richtung zeigt. Marie und Herbert nicken nur kurz, als sie mich erkennen, und gehen dann mit dem Wehrleiter zur Clownschule, während Ina mich etwas länger fixiert und dann wieder in ihr Gebäude zurückgeht. Kurz danach sind Herbert, Marie und der Wehrleiter neben mir auf dem Balkon der Clownschule.
„Hi Ronni. Mal wieder vor uns am Tatort?“
Dem Tonfall nach scheint Herbert von meiner Anwesenheit nicht begeistert zu sein.
„Reiner Zufall, ich bin der Feuerwehr nachgefahren. Komisch, dass ein Dach von oben brennt“, sage ich leicht dahin und ernte ernste Blicke von allen Seiten.
„Ja, ja, Sachen gibt’s.“

„Und ich dachte, dass Feuer immer von unten nach oben brennt. Das Löschen ging jedenfalls so schnell, dass …“
„... du sicher nichts dagegen hast, die gewonnene Zeit in deinen nächsten Bericht zu investieren. Zum Beispiel das Konzert von Auletta mit den Helden im KUZ.“
„Spüre ich da so etwas wie einen Vorschlag, den ich nicht ablehnen kann?“
„So könnte man es nennen, Ronni.“
Marie versüßt mir meinen Rauswurf mit einem bezaubernden Lächeln und so trolle ich mich dann. Nicht zu Auletta, denn die spielen erst Samstag Abend, was Marie sicher genauso weiß wie ich. Nein, da war doch noch was auf der Ingelheimer Aue.

*

Gegenüber dem höhergelegenen Layenhof ist es auf der Ingelheimer Aue noch fast gemütlich warm. Die Sonne hatte den ganzen Tag Zeit, den Asphalt der Straßen und den Beton der großen Gebäude aufzuheizen, und so sind es noch fast zehn Grad, als ich gegen acht Uhr über die neue Brücke auf das Gaskraftwerk der KMW zufahre. Es ist Neumond und die Sterne schimmern nur schwach durch die über dem Rhein dunstige Luft. Ich stelle das Auto auf dem breiten Seitenstreifen vor dem Kraftwerk der KMW ab, gehe die paar Schritte bis ans Ufer und stelle meine Kamera auf. Wenn sich sonst nichts tut, habe ich wenigstens ein paar schöne Langzeitbelichtungen im Kasten.
Das Wasser liegt schwarz, schwer und unbeweglich im Hafenbecken unter mir, eine dunkle Masse, eingepasst in schwarze Basaltmauern, jeden noch so kleinen Hohlraum ausfüllend und alles Licht in sich aufsaugend, das von der Rheinallee streuende Licht der Straßenbeleuchtung ebenso wie die wechselnden Farben der Ampeln, die Lichtkegel der Autos ebenso wie die hell erleuchtete Kraftwerksfassade. Doch wie das leere Hafenbecken das Licht schluckt, so scheint es die Geräusche zu verstärken. Aus dem Dunkel brummt der nach Wiesbaden rollende Verkehr, das Bremsen und Beschleunigen der Autos und mitunter die Signalhörner von Rettungswagen und Polizei.
Nach einer Viertelstunde wird mir kalt und ich gehe wieder ins

Auto, behalte Kamera und Kraftwerksfassade im Blick. Gegen halb neun kommt ein Silo-Sattelzug und biegt zur WEPA hin ab. Vielleicht ein Fahrer, der aufgehalten wurde und nun nach einem Schlafplatz sucht, oder Nachschub für die im Dreischichtbetrieb laufende und stark expandierende Papierfabrik. Etwas später biegt einer der rot-schwarzen Kiesling-Laster schwer beladen zur Baustelle des Kohlekraftwerks ab und kommt eine Viertelstunde später leer, mit entspannten Blattfedern und auf der Dehnungsfuge der Brücke scheppernder Ladefläche, wieder.
Inzwischen ist es elf. Schon seit einer halben Stunde hat kein Wagen mehr den Weg auf die Ingelheimer Aue gefunden. Kälte dringt ins Auto, es wird zusehends ungemütlicher. Ich verabschiede mich innerlich von der Idee, eine ganze Nacht hier zu verbringen, da mischt sich ein neues Geräusch in den spärlicher werdenden, stadtauswärts rollenden Verkehr. Erst undeutlich, dann immer deutlicher höre ich wieder einen Rasermäher-Motor, wie er mir schon auf dem Layenhof aufgefallen war. Dann ist er ganz nahe und verstummt plötzlich, nur das Rauschen der Rheinallee dringt gedämpft an mein Ohr. Zu sehen ist nichts.
Irgendwo muss dieser Rasenmäher doch sein! Vielleicht ist es doch ein Kart? In Aspisheim gibt es einen, der mit einem straßentauglichen Kart herumfährt. Das wäre nicht mein Ding, denn man sitzt so tief, dass einem die Dackel an der Ampel das Gesicht abschlabbern können. Ruppert wäre so etwas zuzutrauen, diesem Motorfreak. Schnell baue ich die Kamera ab und starte zu einer kleinen Rundtour. An der Baustelle des Kohlekraftwerks steht ein weißer Kastenwagen der Kies & Wind, aber niemand ist zu sehen. Das Müllkraftwerk verbrennt den Zivilisationsdreck rund um die Uhr, aber auch hier finde ich nichts mit Rasenmäher-Motor. Am Ende der Kraftwerksallee ist die WEPA. Auch dort - außer einem großen Schlagloch in der Straße - nichts Ungewöhnliches. Nach fünf Minuten bin ich wieder zurück und beschließe, die Überwachung abzubrechen, als ich ein starkes Quietschen höre, das nach kurzer Zeit wieder verstummt. Dann startet auch der Motor ganz in der Nähe und erreicht nach leichtem Stottern wieder seine konstante Umdrehungszahl.
Das Geräusch kommt irgendwie von oben, aber so dicht an der Fassade ist nichts zu sehen. Schnell fahre ich auf die Brückenmitte und

suche die Dächer ab. Zwar sind die bunt bemalten Fassaden beleuchtet, aber die Dächer natürlich nicht. Im Hintergrund flimmern die Sterne nur ganz schwach und plötzlich verändert sich das Geräusch, es wird irgendwie leiser. Langsam schiebt sich ein Schatten vor die Sterne über dem Kraftwerk und wandert weiter nach links in Richtung Budenheim. Schnell fahre ich los. Hinterher! Immer noch ist nicht zu sehen, was denn da so fliegt. Was immer es ist, es ist langsam. Und es fliegt weiter den Rhein hinunter, geradewegs über das mit einem starken und auch nach oben leuchtenden Strahler erhellte WEPA-Tor.

Kurz schält sich ein dunkler Gleitschirm aus der Dunkelheit wie eine große, schwarze Hummel, die schwankend mit dröhnendem Motor am Himmel hängt. Dann ist der Ultraleichtflieger wieder aus dem Licht heraus verschwunden. Sofort wende ich mein Auto, fahre zurück über die Brücke und folge der Rheinallee, immer zum Rhein hin schauend, mit geöffnetem Fenster auf Geräusche horchend. Doch ich habe keine Chance, denn es gibt keine am Rhein entlangführende Straße in der Nähe der Schiersteiner Brücke. Da ist nur Naturschutzgebiet, daneben die Schrebergärten zwischen Mombach und Budenheim.

Ich fahre hinterher auf die mit Schlaglöchern übersäten Wirtschaftswege und tatsächlich glaube ich noch einmal den unverkennbaren Rasenmäher-Motor zu hören, dann aber verebbt das Geräusch im Dunkel der Nacht. Ich warte noch eine ganze Weile bis kurz vor Mitternacht, aber es tut sich nichts mehr. Es ist Zeit für mein warmes Bett zu Hause. So fahre ich zurück zum Mombacher Kreisel, um über die A643 in Richtung Bingen zurückzufahren, als von der Rheinallee her ein Auto einfährt, das mir allzu bekannt ist: ein dunkler Morgan Threewheeler! Er fährt in Richtung Wiesbaden aus dem Kreisel und ich würde zu gern direkt hinterher, muss aber an der Ampel warten. Als sie auf grün springt, düse ich sofort mit kreischenden Reifen hinterher und habe Glück: Der Wagen fädelt sich gerade in Richtung Wiesbaden auf die Schiersteiner Brücke ein. In der sich zuziehenden Auffahrt gebe ich Gas, soviel ich kann, kann aber den Abstand nur konstant halten. Endlich bin ich etwa hundert Meter hinter dem Wagen, der auf der linken Spur langsam beschleunigt. Kurz kann ich unter der Fahrbahnbeleuchtung das Nummernschild lesen: AZ-HA 337 gehört zu Rupperts Liebling, unzweifelhaft.

Ob er sich verfolgt fühlt? Plötzlich röhrt der Motor auf und der racinggrüne Wagen beschleunigt stark, löst die fest installierte Radaranlage aus, fährt geradeaus weiter. Ich fahre mit den erlaubten sechzig Stundenkilometern hinterher und verliere ihn aus den Augen, als er auf die A66 in Richtung Rüdesheim abbiegt. Noch bevor ich an der Abfahrt bin, kommt das unverwechselbare Motorgeräusch mir auf der Gegenspur entgegen und löst kurz danach die Radaranlage in Richtung Mainz aus, zwei rote Blitze in der orangenen Brückenbeleuchtung. Dann ist er weg.
Auf meinem Weg nach Hause überlege ich mir, was Marie und Herbert wohl zu meiner Entdeckung sagen. Über alldem steht die Frage, was denn der Gleitschirm-Flieger nachts auf dem Dach des KMW-Kraftwerks gemacht hat. Kaputt gemacht hatte er dort wohl nichts, denn die Savonius-Rotoren hatten sich noch gedreht, als ich losfuhr, um ihm zu folgen.

*

„Meinst du, das war Absicht? Das mit dem Brand?“
Marie ordnete mit schwäbischer Sorgfalt zwei Espresso-Tässchen auf dem Abtropfsieb an, drückte den Einschalter und beobachtete mit entspannter Ruhe, wie dunkelbraune Tropfen in die winzigen Tässchen fielen.
„Logisch, wenn das nicht Brandstiftung war, was dann?“
„Ich meine, dass es für eine Brandstiftung ein bisschen sehr dilettantisch war, möglicherweise wäre das Feuer ja auch von allein ausgegangen. Sagte jedenfalls der Wehrführer. Feuer brennt jedenfalls besser von unten nach oben als umgekehrt.“
„Ja, du hast natürlich recht. Wie immer!“
Herbert hatte einen seiner charmanten Tage. Zu Hause schien wieder alles in Ordnung zu sein.
„Also, meine Liebe, darüber habe ich gestern noch lange nachgedacht. Der Anschlag kann ja nur der Ina Eickhoff gegolten haben, aber die hat sich und ihr Inventar gut hinter den Stahltüren und Stahltoren aus der Militärzeit verbarrikadiert. Vielleicht hat der Brandstifter daher nur dilettantisch vorgehen können. Die hat einfach das berücksichtigt, was Peter Metzdorf und seine Kollegen im Kripo-Präventionszentrum am Höfchen immer wieder predigen:

gute Türen, gute Fenster, gute Schlösser und auch abschließen."
„Wenn ich unten nicht reinkomme, dann halt über das Dach - OK. Bei amerikanischen Gebäuden sind doch diese herunterklappenden Feuerleitern üblich."
„Habe ich hier nicht gesehen, sind wahrscheinlich mit Abzug der Truppen entfernt worden, um Einbrüche zu erschweren. Eine Dachluke habe ich auch nicht gesehen. Bleibt eine große Leiter."
„Und die Frage, warum zu einer Zeit gezündelt wurde, zu der der Brand schnell entdeckt werden konnte und tatsächlich auch wurde?"
„Schätze, wir müssen mal heute das Gelände bei Tageslicht genauer unter die Lupe nehmen", seufzte Wülfing, doch Marie ließ nicht locker.
„Komisch, dass diese Eickhoff die Feuerwehr gar nicht in ihre Halle und ihre Wohnung ließ. Der Wehrführer konnte sich das nicht recht erklären. Normalerweise tun Leute alles, um ein Feuer möglichst schnell zu löschen."
„Ja, ich weiß, deine spezielle Freundin. Wenn Gefahr im Verzug ist, kann die Feuerwehr im Zweifel mit Gewalt rein. Aber hier war ja alles auf dem Dach bereits erledigt."
„Aber ..."
„Ich weiß auch, dass da irgendwas faul sein könnte. Aber wie sollen wir da rein? Die Unverletzlichkeit der Wohnung ist eines der wenigen Rechte, die vor deutschen Gerichten noch Bestand haben", entgegnete Herbert mit der Ruhe eines Hauptkommissars, der nun bald vierzig Jahre im Dienst war und es sich abgewöhnt hatte, über die zur allfälligen Selbstverwirklichung einladende Bürokratie zu schimpfen.
„Leider auch bei Mietnomaden."
Marie erinnerte sich an eine Schulkameradin, deren Eltern ihr Haus verloren hatten, weil der zuständige Richter jahrelang tatenlos dem Treiben eines Mietnomaden zugesehen hatte. Kurz vor dem Abi hatte Elke dann mit ihren Eltern auf der Straße gestanden und das Haus war zwangsversteigert worden. Für die ehemaligen Hauseigentümer waren Schulden übrig geblieben, aber der Richter hatte weiter seine Apanage aus Steuergeldern kassiert und die Mietnomaden waren, auf Steuerzahlerkosten natürlich, zum nächsten Opfer weitergezogen.

„Dort leider auch, zugegeben. Jedenfalls kommen wir bei der Eickhoff so einfach nicht rein. Warum auch? Streng genommen liegt gegen sie nichts vor. Vielleicht siehst du nur Gespenster, weil du sie nicht magst und sie deinen Ronni am Wickel hat."
„Tse! Meinen Ronni! Wir …"
Das Telefon unterbrach Maries Erwiderung mit einem Klingeln, das irgendetwas Alarmierendes an sich hatte. Das war eigentlich der reine Unsinn, denn selbstverständlich klingelte im digitalen Zeitalter ein Telefon immer gleich, doch davon ließ sich Wülfings siebter Sinn nicht beeindrucken. Er hob den Hörer ab und schaltete nach ein paar Sekunden auf Mithören. Ein Kollege der Schutzpolizei war am Apparat. Er war mit einem Kollegen zur Baustelle des Kohlekraftwerks gerufen worden, weil dort eine Bombe gefunden worden war. Sie seien gerade dabei, das Gelände abzusperren, und auch das Räumkommando sei bereits informiert. Und da sei noch etwas Komisches: Ein weißer Hemdsärmel rage nur ein paar Meter von der Bombe entfernt aus dem aufgeschütteten Schotter.
Keine Minute später hasteten Wülfing und seine Kollegin die Treppe hinunter zur Tiefgarage und weniger als zwei Minuten später waren sie an der Baustelle des Kohlekraftwerks. Über die neue Hafenbecken-Brücke war die Ingelheimer Aue nicht nur mit Lastern binnen kürzester Zeit zu erreichen.

*

Der frühe Vormittag ist die beste Zeit, um Westerberg und Bismarckturm aufzunehmen. Die Sonne strahlt von Südosten und arbeitet den 1892 gebauten Turm mit seinen Kalksteinmauern aus dem Hintergrund des Waldes und des blauen Himmels heraus. Dagegen sind die in der Nachkriegszeit gebauten ehemaligen „Amikasernen" auf dem Layenhof ein schmuckloses, wenn auch zweckmäßiges Kontrastprogramm, das von häufigem Wandel geprägt ist, denn die alten Gebäude wechseln durchaus öfter mal ihre Bestimmung. Gestern Casino, heute Clownschule, gestern Hangar, heute Kartbahn.
Vor der Clownschule stehen Autos von Schülern und Dozenten, erkennbar an ihren Beschriftungen. Die Tür ist offen, von der Bühne dringen Musikfetzen, kurze Anweisungen, das dumpfe Geräusch, wenn ein Körper nach einem Sprung auf dem Holzboden der Büh-

ne auftrifft. Miss Hallony übt ihre neueste Nummer „Multi-Funktional“ ein und hat nichts dagegen, wenn ich vorsichtshalber vom Balkon aus die Lage an Gebäude 5820 peile, denn Ina ist schon seit ein paar Tagen ausgesprochen unwirsch.
Große Dinge sind im Gange, denn ein Container steht vor der ehemaligen Werkstatt, der zugehörige Sattelschlepper parkt seitlich, daneben der Audi. Ina steht mit verschränkten Armen auf der höchsten Stufe der Eingangstreppe und beobachtet die Szene. Das Tor ist nur so weit geöffnet, wie der Container breit ist, sodass ich einen sehr eingeschränkten Blick in die Garage habe. Es herrscht hektisches Treiben; Männer in der Arbeitskleidung der Kiesling GmbH & Co. KG fahren mit einem Gabelstapler irgendwelche Dinge in den Container. Zuletzt wird mit röhrendem Motorengeräusch ein Wagen in den Container gefahren, die Klappe verriegelt und die Auffahrrampe abgebaut. Der Sattelschlepper braucht nur vier Minuten, um den Container aufzunehmen und loszufahren. Ein „K“-Line-Container, wie er zu Hunderten im Mainzer Industriehafen steht. Endlich kann ich einen Blick in die Garage erhaschen. Sie scheint leer zu sein, Betonboden, eingelassene Holzbretter, die zu einer Grube gehören, ein paar baumelnde Neonröhren. Sonst nichts.
Kieslings Männer schauen mürrisch zu Ina, als sie in ihren Kleintransporter steigen und auf ihre Anweisung auch den weißen Lieferwagen der Kies & Wind mitnehmen. Warm wird sie mit denen wohl nicht mehr werden. Als der Container weg ist, entspannt sie sich, lässt ihren Blick streifen und erkennt dabei mich. Sofort verfinstert sich ihre Miene. Mit entschlossenem Schritt geht sie in die Garage und kurz danach schließt sich das Tor. Jetzt wird sie durch ihre Wohnung gehen und danach wieder zum Eingang herauskommen. Wahrscheinlich wird sie mich zur Rede stellen, warum ich ihr nachspioniere und mir auf der Stelle den Auftrag entziehen, was ich ihr gar nicht verübeln würde.
Doch es tut sich zunächst nichts und ich kann mir in aller Ruhe das Dach anschauen, auf dem es gestern gebrannt hat. Die Sonne scheint ungebremst auf die Dachpappe, die schon an vielen Stellen mit Bitumen ausgebessert worden ist; es sind alte Risse, nachträglich abgedichtet. An der Brandstelle ist die Oberfläche ein wenig verkohlt, aber mehr nicht. Insgesamt haben vielleicht zwei Quadratmeter oberflächlich gebrannt. Kein Wunder, dass die Feuerwehr

nach einer Minute löschen „Feuer aus“ meldete. Bildlich lässt sich das nicht sinnvoll erfassen und so bleibt es bei meinen hochdramatischen Fotos vom Vorabend.
Endlich kommt auch Ina aus ihrem Gebäude. Ich winke ihr, doch sie schaut mich nur eisig an und kurvt dann mit ihrem Audi weg. Es wird still auf dem Layenhof, auch die Geräusche von der Bühne sind verstummt. So mache ich mich auf den Weg zu Herbert. Er ist nicht im Büro, sondern im Industriehafen und will mich nicht dabei haben. Bestimmt sagt er das, weil es was zu sehen gibt. Ich mache mich direkt auf den Weg.

*

Es war ein dreckiges Stück Eisen, etwa einen Meter lang, dreißig Zentimeter Durchmesser und mit einer Spitze, die nicht wirklich spitz war, sondern um ein Gewinde herum abgerundet. Mit einem flachen Ende, in dessen Mitte ebenfalls ein Gewinde eingebaut war. In den Gewinden steckte jeweils ein Zünder, im Innern der metallischen Hülle über hundert Kilo hochexplosiver Sprengstoff. Das Ganze lag in der Schaufel eines Radladers der Kiesling GmbH & Co. KG, wie eine Bombe halt so liegt. Ein dreckiges Stück altes Eisen - bis es explodiert und Tod und Verderben sät.
Mainz war im Zweiten Weltkrieg oft angegriffen worden und viele tausend Bomben hatten das Antlitz der Innenstadt für immer verändert. Diese Bombe hier aber hatte auf das alte Kraftwerk gezielt und den Hafen, wo gegen Ende des Krieges ohnehin nur noch ausgebrannte und gesunkene Wracks lagen. Nun lag sie da, alt und bösartig. Direkt daneben eine frisch aufgeschüttete Ladung rheinhessischen Kies, der den Radspuren nach von dem Radlader verteilt werden sollte. Beim Anfahren hatte der Fahrer die direkt im sandigen Boden liegende Bombe aufgegabelt und sofort gewusst, worum es sich handelte. Es war beileibe nicht die erste Bombe im Industriehafen und es würde wohl auch nicht die letzte böse Überraschung im Mainzer Stadtgebiet bleiben. Es gab mehr als genug Altlasten in Mainz - aus dem Zweiten Weltkrieg ebenso wie in so mancher städtischen Gesellschaft. Unwillkürlich war der Baggerführer etwas zurückgefahren und hatte dabei Kies aus dem unmittelbar danebenliegenden Haufen zur Seite geschoben. Dabei war

unter dem nachrutschenden Kies ein weißes Stück Stoff zum Vorschein gekommen. Es war wohl ein Hemdsärmel, denn es ragte eine Hand heraus, bleich bis grau und starr.
Das war dem Baggerführer zu viel gewesen und nun war das Gelände von der Polizei abgesperrt und der Räumdienst fuhr bereits vor. Genauer gesagt: der Chef vom Räumdienst in seinem dunkelblauen Vectra, ein Dienstwagen, wie man an der Beschriftung sah. Ein paar Schritte später war er in der Baugrube, direkt neben dem Radlader und der Bombe. Nach einer kurzen Begrüßung der dicht danebenstehenden Herbert und Marie und nahm er sie genau in Augenschein, die Bombe. Er schaute sie von allen zugänglichen Seiten an und strich über die Zünder, kehrte vorsichtig mit einem Besen den Sand darüber weg und strich wieder darüber. Dann schüttelte er den Kopf.
„Sieht schlecht aus. Zweiter Weltkrieg, amerikanische Fliegerbombe, soweit nichts Neues. Aber ein Zünder ist völlig deformiert. Ein Säurezünder, kann auch nach über sechzig Jahren noch jederzeit hochgehen. Etwas Säure in einer Glasampulle, dahinter der gespannte Bolzen der Zündpatrone, festgehalten von einem dünnen Draht. Wenn die Ampulle bricht, läuft die Säure aus und frisst den Draht an. Das kann schnell gehen oder auch langsam. Bis der Draht dem Federdruck des Bolzens nicht mehr standhält und dann - Bumm! Diesen verrotteten Zünder können wir nicht herausholen, viel zu gefährlich. Wir werden die Bombe an Ort und Stelle sprengen müssen."
„Aber die Kraftwerke, das Industriegebiet ..."
„Nun, wir werden die Sprengung natürlich vorbereiten, es so dämmen, dass eigentlich nichts passieren kann."
„Bis es so weit ist, können wir uns hier bewegen?"
Wülfing zeigte auf den Hemdsärmel, der aus dem Kieshaufen ragte, gerade einen Meter entfernt. Ein Ärmel, aus dem eine Hand ragte.
„Eine Leiche."
„Sieht so aus."
„Wie lange brauchen Sie zur Bergung?"
„Mit Spusi vielleicht eine Stunde."
„OK, wir haben sowieso noch einige Vorbereitungen zu treffen. Zunächst einmal muss die ganze Gegend abgesperrt werden, dann brauchen wir sehr viel Sand zur Dämmung. Schweres Gerät haben

wir ja. Wir sollten so schnell wie möglich sprengen, bei so alten Dingern weiß man nicht, ob die es sich nicht doch noch einmal anders überlegen und vorzeitig hochgehen."
Unwillkürlich traten Herbert und Marie einen Schritt zurück und der Chef vom Räumdienst lächelte.
„Wenn die jetzt hochgeht, gibt es für uns sowieso nur noch eine symbolische Beerdigung. Lassen Sie uns anfangen, damit wir es bald hinter uns haben."
Die Sperrung der unmittelbaren Umgebung war sehr aufwändig. Der über die Rheinallee nach Wiesbaden laufende Verkehr musste über die Theodor-Heuss-Brücke, die Hauptstraße in Mombach oder den Autobahnring auf die A643 und dann die Schiersteiner Brücke umgeleitet werden, was zu einem Dauerstau zwischen Mombach und Gonsenheim führte. Die Bänder in den benachbarten Hallen der Schott Ceran und Schott Solar wurden gestoppt, was die Lieferfristen für die weltweit begehrten Spezialgläser weiter verlängern würde. Der Verkehrsfunk meldete die Sperrung wegen Bombenentschärfung sofort, aber der Verkehr in den Containerhafen nahm einfach wieder die alte Route über die Gassner-Allee. Ebenso der Journalist Ronni Sander, der sich partout nicht von dem Schutzpolizisten am Absperrband zurückweisen ließ und mit dem Handy seinen Freund Herbert Wülfing zu Hilfe rief.

*

Der Polizist schüttelt ungläubig den Kopf, als er von Herbert per Funk erreicht wird, und gibt mir dann mit einem resignierenden „Viel Spaß" den Weg frei. Es ist eine unwirkliche Atmosphäre, über die menschenleeren Straßen rund um die Kraftwerke in den gesperrten Bereich hineinzugehen, in die Stille, wo sonst rund um die Uhr schwere Maschinen und Fahrzeuge wummern und dröhnen, zischen und fauchen. Wo Menschen geschäftig hin und her eilen, an Werkstoren ihren Zugangsausweis vorzeigen oder auf dem Weg in die Kantine bei einem Schwätzchen mit den Kollegen den Vormittag Revue passieren lassen.
„Du, da hat doch der Willi in A17 dem Schichtführer mal so richtig die Meinung gegeigt."
„Unn?"

„Nix. Heut abend hocke die sowieso wieder in der Andau zusamme.“
Herbert steht breitbeinig mit Marie am Rand der Baugrube des Kohlekraftwerks. Er hat die Hände in den Taschen seiner Cordhose vergraben und den Bauch ein wenig vorgestreckt - so als wollte er die Bombe einschüchtern, die da unten mit Spannbändern sorgfältig verzurrt auf der Schaufel des Radladers liegt. Marie ist schon deutlich nervöser, sie knibbelt an ihren Fingernägeln und schaut dem Treiben des Räumkommandos zu. Das übt sich derweil im Bagger-Dirigieren, ein Ballett auf engstem Raum, in dem die Männer der Spurensicherung mit ihrer Kamera und ihren Plastiktüten mitmischen. Erschwerte Bedingungen nennt man so etwas wohl.
Als ich Herbert anspreche und ihm meine Beobachtungen aus der Nacht mitteilen will, meint er nur knapp: „Jetzt nicht, Ronni. Ich hatte dir doch gesagt, dass du nicht kommen sollst, aber das hast du vielleicht mal wieder missverstanden. Du siehst doch, ich habe zu tun.“
Ein großer gelber Atlas-Bagger hat gerade die Aushubarbeiten an einem tiefen Loch beendet und fährt zur Seite. Wie mit Glacé-Handschuhen wird nun die Bombe herangefahren und in das Loch hinabgelassen. Ein Sprengmeister des Räumkommandos rutscht vorsichtig hinterher, bringt eine Sprengladung an der Bombe an, klettert wieder aus dem Loch und zieht die Zündleitung hinter sich her. Er drängt Herbert zur Eile.
„Jede Minute ist ein Risiko, Herr Hauptkommissar. Wann sind Sie fertig? Wir wollen so schnell wie möglich sprengen.“
Der Sprengmeister hat inzwischen die Zündleitung bis zur Straße gelegt und steigt zu einem Kollegen ins Auto, hält die Zündrolle aus dem Fenster. Der erste Laster mit sandgefüllten Bigbags von der Feuerwehr kommt an. Der Bagger schaufelt vorsichtig das Loch mit Sand zu und entlädt dann den Bigbag-Laster mit einer Korbschlaufe.
„So schnell wie möglich? Wir haben doch noch eine halbe Stunde, dachte ich.“
„Nein, egal, was Sie da in ihrem Kieshaufen haben, wir sollten kein unnötiges Risiko eingehen!“
Man merkt, wie es in Herbert rumort. Einerseits sollen keine Spuren vernichtet werden, die möglicherweise erklären, wie die Leiche

in den Kies kam. Andererseits nutzt alles nichts, wenn die Bombe hochgeht. Das Räumkommando hat hier das Sagen und das ist gut so. Irgendwie kribbelt es in meinem Rücken, immer wieder ertappe ich mich dabei, wie mein Blick zu dem Loch wandert, in dem die Bombe liegt. Dabei gäbe es keine Überlebenschance, wenn sie ganze zehn Meter neben mir hochgeht. Auch Marie ist sehr angespannt. Auf ihren Wangen haben sich längst kleine rötliche Flecken gebildet.

„Wir nehmen sie komplett! Mit dem Kies!"

Herbert hat seine Entscheidung getroffen.

„Wir nehmen die ganze Schaufel oder auch zwei, wenn es sein muss! Direkt auf den gerade abgeladenen Laster!"

Die Kollegen von der Spusi sind froh, dass es endlich weitergeht. Zuletzt hatten sie mit bloßen Händen versucht, den Kies über dem Toten abzutragen, aber sofort waren Kiesel von oben nachgerutscht. Nun erledigt diesen Job der Radlader. Mit seiner zweieinhalb Meter fassenden Schaufel fasst er leicht mehrere Kubikmeter und das genügt. Als er seinen Schaufelinhalt auf den Laster kippt, kommt die Leiche ziemlich weit oben zu liegen. Sie sieht Kiesling erstaunlich ähnlich. So ähnlich, wie eine Leiche halt einem lebenden Menschen sehen kann.

Ich überlege, wann ich Kiesling das letzte Mal gesehen habe. Es war nun schon fast eine Woche her, dass er den Westerberg mit stürmender Hand erobern wollte und glorreich scheiterte. Aber umgebracht worden konnte er auch nicht sein, denn das hätte ich als Journalist doch sicher als einer der Ersten erfahren. Marie steht neben mir und beobachtet, wie die nächsten Bigbags ankommen und unverzüglich auf die Grube platziert werden, in der die Bombe liegt. Jeder Bag ist zwei Tonnen schwer. Sie werden sonst zur Deichverstärkung bei Hochwasser eingesetzt und sollen nun die Wucht einer Explosion soweit dämmen, dass kein Schaden entsteht.

„Sag mal Marie … kann es sein, dass das Kiesling ist?"

Sie antwortet merkwürdig langsam mit einer Gegenfrage.

„Wie kommst du darauf?"

„Du kennst ihn doch auch - oder hat er einen Zwillingsbruder?"

„Was wolltest du uns eigentlich Wichtiges mitteilen? Oder war das nur ein - zugegebenermaßen erfolgreicher - Versuch, ein paar Exklusiv-Fotos zu machen?"

Marie spielt ein Versteckspiel mit mir und das ist sicher mit Herbert abgestimmt. Sie sagen mir nichts, warum? Natürlich dürfen sie mir nicht alles sagen, aber ein paar kleine Tipps sollten schon mal drin sein. So gehe ich also mal meinerseits in Vorkasse.
„In der letzten Nacht flog hier ein Gleitschirmflieger herum, mit Motor."
„Das ist merkwürdig. Hast du erkennen können, was der wollte?"
„Flog vom KMW-Kraftwerk rheinab und war dann weg. Was er auf dem Dach gemacht hat, weiß ich nicht. Und Frau Eickhoff scheint umzuziehen."
„Wie kommst du darauf?"
„Heute Morgen kam eine Umzugsfirma und hat ihre Garage ausgeräumt."
„Auf deren Dach es gestern gebrannt hat?"
„Ja. Merkwürdig, nicht? Sie ist danach weggefahren."
Der nächste Laster kommt an und wird gleich entladen. Nun türmen sich die Bigbags schon in der dritten Reihe übereinander, es sind dreißig Stück, also sechzig Tonnen. Dieses Gewicht muss die Bombe mit ihren hundert Kilo Sprengstoff hochheben. Das Räumkommando hat offenkundig sehr genaue Vorstellungen von der Sprengkraft, denn der nächste Laster fährt bereits an.
„Und du fragst dich, was mit deinem Auftrag wird."
„Erraten."
„Ich glaube, dabei kann ich dir nicht helfen. Aber bald geht es hier los. Vielleicht kannst du ja auf dem Dach des Müllheizkraftwerks Stativ und Kamera aufbauen und so die Explosion aus sicherer Entfernung aufnehmen? Wir entfernen uns schon einmal aus dem Sicherheitsbereich."
Der Radlader ist bereits in Richtung Rhein weggefahren, der letzte Laster wird gerade entladen. Nun liegen achtzig Tonnen sandgefüllter Bigbags auf der eingebuddelten Bombe, fast das Tausendfache der Sprengstoffmenge. Als Letzter fährt der Bagger aus der Grube, hinterher der Leitungswagen des Räumkommandos, der dabei die Zündleitung abrollt. Mit der Sondergenehmigung für den Dachzutritt flitze ich schnell hoch, stelle die Kamera auf Videomodus und starte die Aufnahme. Es sind noch fünf Minuten bis zur Sprengung, als ich wieder unten bin. Sofort stelle ich mich hinter die Absperrung des Sicherheitsbereichs zu Herbert und Marie. Zwanzig Meter

vor mir verbindet der Sprengmeister die Zündleitungen mit dem Auslöser.
Er sitzt hinter einem Container, von dem aus er freien Blick auf die Fundstelle hat. Der Leitungswagen fährt ein letztes Mal die Straße um die Baugrube des Kohlekraftwerks ab und ein letztes Hornsignal ertönt. Es ist kurz vor eins. Noch zehn Sekunden bis zur Sprengung.

*

Nach so vielen Jahren in der Rechtsmedizin war Dr. Zweipfennig ja so einiges gewöhnt, was die möglichen Todesarten eines Menschen betrifft, aber es gab auch einige Konstanten in seiner Arbeit. Beispielsweise die Anlieferung der Leichen. Da gab es Leichenwagen, meist aber Notfallwagen, ausführlichst mit Notrufnummern und dem Träger wie DRK, Johanniter und so weiter beklebt und natürlich ausufernd mit Blaulicht und Sirenen bestückt. Es waren eben kleine Transporter, schnell und wendig, der Zufahrt zur Bastion Martin angemessen.
Das, was da kam, hatte er allerdings noch nicht gesehen, jedenfalls als Leichentransporter. Der schwarz-rote Kieslaster versuchte, in die enge Zufahrt einzubiegen, bis der Fahrer feststellte, dass sie nicht nur eng, sondern eben zu eng war, und blieb einfach stehen. Das Zischen der Druckluftbremse erschreckte einige Assistentinnen, die gerade auf SWR 1 der Live-Übertragung des großen Knalls auf der Ingelheimer Aue lauschten und schon dachten, dass die Bombe just in diesem Moment vor ihrem Institut an der beschaulichen Bastion Martin hochgegangen sei. Ein paar spitze Schreie später hatten sie den Laster erkannt und waren beruhigt, wenn sie sich auch nicht erklären konnten, was der hier wollte. Vielleicht hatte es ja mit dem als Parkplatz genutzten Graben neben dem Gerichtsmedizinischen Institut zu tun?
Es waren noch ein paar Minuten bis zur geplanten Sprengung und der Radioreporter vor Ort nutzte die Zeit zu Kurzinterviews mit klugen Fragen und nicht minder klugen Antworten.
„Wie haben Sie denn von der Bombe erfahren?“
„Jo, ich han halt den Bock hergefahre und dann war da abjesperrt.“

„Und was haben Sie dann mit Ihrer sicher wichtigen Fracht gemacht?"
„Jo, wisse se, ich fahrn ja en Müll-Laster. Und da han ich dann, da bin ich dann, stehe gebliewe und han erstemol a Kürriwurst gegesse. Mit Pommes. Da vorn, bei Erika."
„Liebe Hörer, Sie sehen: Die Spannung steigt dramatisch. Nur noch fünf Minuten bis zur geplanten Sprengung. Wird alles wie geplant ablaufen? Wird sie verschoben werden? Wird etwas schief gehen? Wir werden es erleben!"
Während Zweipfennig noch die Leiche von der bekiesten Ladefläche des Lasters holen und auf eine Trage verfrachten ließ, erhielt er bereits einen Anruf von Herbert Wülfing, der ihm die wesentlichen Eckdaten zur wahrscheinlichen Identität des Toten gab. Der Rechtsmediziner kannte Wülfing schon lange, aber so in Eile hatte er ihn selten erlebt. Er versprach, sich sofort an die Obduktion zu machen, und bat den Hauptkommissar, bereits eine DNA-Probe des vermutlichen Opfers zu besorgen. Dann schob er die aktuelle Leiche - eine ältere Dame, deren Ableben im Altersheim möglicherweise einem selbstgemachten Tiramisu zuzuschreiben war - in die Kühlbox und wartete auf das Eintreffen der neuen Leiche.
Als sie hereingerollt wurde, hing noch Sand dran, aber der war frisch, nicht in die Haut eingedrückt, nicht mit ihr verbunden. Jede Menge Druckstellen in der Haut, die daher rührten, dass die Leiche beim Fund unter einem Kieshaufen begraben gewesen war. Getötet worden war der Mann vorher, einige Tage vorher, sonst hätte es entsprechende Leichenflecken gegeben, Einblutungen. Doch die Todesursache war nicht der Kies, sondern wahrscheinlich ein Schlag - oder mehrere Schläge - mit einem stumpfen Gegenstand. Zumindest sah es so aus.
„Schlag auf den Kopf. Blut auf der Schädelschwarte, mit den Haaren verklebt, aber nicht mit Sand. Blutungen aus Nase und Ohren. Wahrscheinlich Schädelbruch."
Es waren lange, schwarze Haare, zum Pferdeschwanz zusammengebunden. Die Leichenstarre hatte sich längst gelöst und ohne Probleme drehte er den Körper um, um den Rücken zu betrachten. Dort gab es keine Verletzungen, nur ein paar Leichenflecken, weil die Leiche nach dem Tod wohl auf dem Rücken gelagert worden war. Wahrscheinlich war der Schlag auf den Kopf lethal gewesen, also

tödlich. Natürlich würde er alles genau untersuchen, natürlich den Schädel öffnen, natürlich nach toxikologischen Hinweisen fahnden. Aber das würde noch einige Stunden dauern und Wülfing hatte es äußerst dringend gemacht, wollte die Ergebnisse möglichst vorgestern. Und er hatte auch bereits mitgeteilt, dass es sich wahrscheinlich um Ferdinand Kiesling handelte, den Chef der gleichnamigen Firma.

Es widersprach eigentlich Zweipfennigs Arbeitsweise, vorab ungesicherte Erkenntnisse auszugeben, aber wenn Herbert Wülfing so schnell ein - natürlich nur vorläufiges! - Ergebnis wollte, dann sollte er es haben. Zweipfennig drehte die Leiche wieder auf den Rücken und machte ein Foto des Gesichts, öffnete den Mund und machte ein Foto des Unter- und Oberkiefers.

Die Leiche musste kühl und trocken gelagert worden sein, was um diese Jahreszeit nicht besonders schwierig war, und so war die Verwesung nur wenig fortgeschritten. Ganz grob geschätzt könnte der Todeszeitpunkt etwa eine Woche zurückliegen. Zweipfennig zog sich die Einmal-Handschuhe aus, wusch sich die Hände und ging ins Büro.

Im Internet fand er ein Foto von Kiesling. Die Ähnlichkeit mit der Leiche war frappierend. Auch fand er die Adresse seiner Firma und konnte die Haushälterin bewegen, ihm zu verraten, zu welchem Zahnarzt Kiesling gewöhnlich ging. Es war ein Studienkollege von früher, Jakob aus Rüsselsheim. Keine fünf Minuten später hatte er Kieslings Zahnschema und es passte perfekt. Die Identität des Toten war also geklärt, die Umstände des Todes allerdings noch nicht.

Kurz vor eins legte Zweipfennig das Blatt mit dem vorläufigen Ergebnis der Leichenschau auf das Fax. Dabei setzte er hinter das Wort vorläufig! ein Ausrufezeichen. Nachdem er Wülfings Faxnummer eingegeben und auf Senden gedrückt hatte, ertönte ein lauter Knall.

*

„Zehn, neun, acht ..."

Der Sprengmeister dreht schnell die Kurbel des Zündkastens und zählt in aller Ruhe die Zeit herunter. Gleich wird ein Stromimpuls den Draht entlanglaufen und die auf der Bombe angebrachte

Zündladung zur Explosion bringen. Das wiederum wird das über hundert Kilo hochexplosive Hexogen der Bombe zünden. Ob die Dämmung genügt?
„... sieben, sechs, fünf, vier ...“
Er zieht den Hebel nach oben. Unwillkürlich halten wir alle die Luft an.
„... drei, zwei, eins, Sprengung!“
Den Bruchteil einer Sekunde scheint es so, als ob nichts passiert, dann erreicht uns ein sehr lauter, dumpfer Knall und eine dunkle Wolke steigt über das Dach des Müllheizkraftwerks, ein Prasseln und Knistern auf den blechverkleideten Dächern und Fassaden, mehrere Glasscheiben brechen mit einem Knall. Einige Sekunden später folgen noch mehrere dumpfe Schläge, die ich mir noch nicht recht erklären kann. Der Sprengmeister bleibt jedenfalls noch in Deckung. Erst eine Minute nach der Sprengung schaut er hinter seinem Container hervor und gibt das Entwarnungssignal.
Sofort fährt der Leiter des Räumkommandos in seinem Einsatzwagen die Kraftwerksallee lang. Kurz danach klingelt Herberts Handy: Die Straße muss teilweise noch mit schwerem Gerät geräumt werden, aber die Zufahrt zum Müllheizkraftwerk ist wieder frei und die Brücke samt Zufahrt zur WEPA auch.
Ich will mich schon auf den Weg zu meiner Kamera machen, da greift mich Marie am Arm.
„Du wolltest uns doch etwas sagen.“
„Ich muss erst mal die Kamera holen, hoffentlich sind es nicht zwei geworden.“
„Wir haben auch noch einiges zu regeln. Treffen wir uns in der Kantine um zwei?“
„OK.“
Wie erwartet, habe ich nach wie vor nur eine Kamera, die da auf dem Dach des Müllheizkraftwerks steht. Wo die Bombe lag, klafft jetzt ein tiefer Krater, gesäumt von einigen wenigen Bigbags. Die Nikon ist nur von einer Staubschicht bedeckt, aber das hätte durchaus anders kommen können. Auf dem aufgenommenen Film ist zu sehen, wie die Bombe sogar die meisten tonnenschweren Bigbags hoch in die Luft schleudert, diese teilweise in der Luft zerplatzen oder auf umliegendes Gelände und die Straße herabstürzen und dort aufplatzen. Achtzig Tonnen Sand waren also gerade genug, um

die Schäden einer 250-kg-Bombe weitgehend einzudämmen, von deren Gewicht gerade mal etwas über 100 Kilo Sprengstoff waren. Ich mag mir nicht vorstellen, welchen Schaden allein die mit abnormer Geschwindigkeit wegfliegenden und alles zerfetzenden Bombensplitter anrichten können.
Plötzlich brummt und zischt es gewaltig hinter mir und erschrocken drehe ich mich um. Aber es sind keine verspäteten Bombenwirkungen, sondern die Kühltürme des Kraftwerks, das nach der Zwangspause mit verminderter Leistung nun wieder voll gefahren wird. Doch nicht nur hinter mir tost es gewaltig, auch der Drillingsschornstein bläst nun wieder aus allen Rohren weißen Dampf fast kerzengerade in die windstille Luft. Auf den Straßen sind bereits die Aufräumarbeiten im Gange. Der letzte Bigbag wird gerade von dem Radbagger aufgenommen und auf einen Laster verfrachtet; eine Kehrmaschine putzt bereits den neuen Asphalt sauber.
Das Räumkommando hat seine Untersuchung des Bombenkraters beendet und fährt ab. Herberts Opel ist über die Hafenbecken-Brücke bereits auf dem Weg zum Valenciaplatz und auch mir hat die Aufregung genug Appetit verschafft, so dass ich ihm gleich hinterherfahre.

*

„Ein Container, sagst du? Frau Eickhoff hat alles in einen roten „K"-Line-Container gesteckt? Und gegen Mitternacht ist Ruppert mit einem Gleitschirm durch die Gegend geflogen und dann mit seiner Kiste zweimal auf der Schiersteiner Brücke geblitzt worden?"
Marie zieht die Salatblätter auf ihrem Teller ein wenig auseinander, schiebt ein rötliches Salatblatt in die Mitte und beträufelt es sorgfältig mit Balsamessig. Mit Messer und Gabel faltet sie das Blatt geschickt zusammen und schiebt es in den Mund.
„Eine Nummer hast du dir nicht zufällig aufgeschrieben, du Hobby-Detektiv, hihi?"
„Ihr könnt ja die Blitzfotos von der Schiersteiner Brücke bei den Kollegen in Hessen anfordern, wenn ihr mir nicht glaubt."
„Werden wir gleich nach dem Essen tun, Ronni. Aber den Container öffnen dürfen wir nicht und was soll schon drin sein? Was treibt dich eigentlich dazu, deiner Auftraggeberin nachzuspionieren?"

Herbert hat recht. Wahrscheinlich sehe ich nur Gespenster. Aber der zeitliche Zusammenhang mit dem Stress um Kiesling und nun der Leichenfund im Hafen - da stimmt doch etwas nicht! Am besten ist es, das Gespräch auf eine Schiene zu setzen, die mir auch etwas bringt.

„Ist es Kiesling? Sah jedenfalls genauso aus."

Herbert schiebt sein vorletztes Stückchen Currywurst auf dem Teller hin und her, bis es vollständig mit der gelblichen Soße bedeckt ist, und schiebt es mit einem wohligen Gesichtsausdruck in den Mund. Dann erst antwortet er.

„Die Ergebnisse haben wir noch nicht, aber angenommen, er wäre es, dann ..."

„... könnte man das in Zusammenhang mit der Hektik im Hause Eickhoff bringen?"

„Vielleicht, aber warum sollte jemand nicht einmal umziehen wollen? Unsere gemeinsame Freundin Jana zieht im Schnitt einmal im Jahr um. Und die Ina Eickhoff hatte ja auch schon ein bewegtes Leben."

„OK. Dann also der räumliche und zeitliche Zusammenhang mit dem Gleitschirm-Flieger. Es ist doch kein Zufall, dass Ruppert gegen Mitternacht mit seinem Morgan herumdüst, nachdem der Gleitschirm-Flieger verschwunden ist."

Herbert spießt das letzte Stückchen Currywurst auf die Gabel, hält sie mit der Spitze nach oben und schaut mich scharf an.

„Bei aller Freundschaft, Ronni: Wir haben hier zwei Morde und auch wenn du uns eine ganze Menge wertvolle Hinweise geliefert hast, müssen wir doch die Arbeit selbst machen. Ich glaube, dass ich dich nicht darauf hinweisen muss, dass von dem hier Gesagten aber auch gar nichts nach außen dringen darf. Auch wenn du dich darauf berufen könntest, dass du nur deine eigenen Beobachtungen nach außen gibst. Klar?"

„Klar. Also werdet ihr zunächst Ruppert befragen."

„Gut möglich. Was sind eigentlich deine nächsten Pläne? Willst du dich mal wieder irgendwo auf die Lauer legen? Vielleicht auf der lauschigen Ingelheimer Aue? Zufällig nach dem Eickhoff-Container suchen und durch ein Loch hineinspähen? Hast du mal dran gedacht, dass in diesem Fall schon zwei Menschen umgebracht wurden, auf grausame Weise? Glaubst du nicht, dass es einmal auch dich treffen könnte?"

„Jetzt spielst du aber den Hellseher. Ihr habt ja ganz andere Möglichkeiten als ich, um an Infos zu kommen. Allein die Bilder der Radaranlage ...“
„Dafür kannst du was erzählen, auch wenn du nix weißt, und wir müssen den Mund halten, auch wenn wir etwas wissen. Was gefällt dir besser?“
Herbert nimmt mit dem letzten Stückchen Wurst die Soßenreste vom Teller auf und steckt es in den Mund, so als wolle er sagen, dass damit das Thema erledigt ist. Auch Marie sieht es scheinbar so, denn sie starrt gerade ein Loch in die Wand, an der vereinzelt noch Dekoreste von der Fassenachtsveranstaltung hängen.

*

Nachdem Ronni gegangen war, gingen Herbert und Marie hoch ins Büro. Während Herbert sofort die Wiesbadener Kollegen anrief und um die Fotos der Radarkontrolle der vergangenen Nacht bat, ging Marie mehr aus Gewohnheit ans Fenster und ...
„Ei der Daus, der Herr ist zu Haus!“
Marie deutete aus dem Bürofenster nach unten. Unten: Das war die Moltkestraße, genauer die Wohnung und der Balkon von Frau Kreyßig. Auf dem Balkon trockneten mehrere Unterhosen, eine davon ein XXL-Modell in Feinripp-Qualität und daneben ein paar rot-weiße Damenslips. Auf dem Parkplatz vor dem Haus aber stand der Threewheeler. Der von Ruppert. Ordentlich eingeparkt und in voller, racinggreener Pracht.
Herbert stellte sich neben Marie und meinte trocken: „Worauf warten wir noch?“
Gefühlte zehn Sekunden später drückte Hauptkommissar Herbert Wülfing den Klingelknopf und schaute auf seine Armbanduhr.
„Fast zwei, da sollte ...“
Die Sprechanlage quäkte mit eindeutig weiblicher Stimme.
„Ja?“
„Kripo Mainz, Wülfing. Wir möchten zu Herrn Ruppert. Bitte öffnen Sie die Tür.“
„Woher wissen Sie denn, dass er hier ist?“

„Wir wissen es halt. Bitte machen Sie auf!“
Mit einem knirschenden Geräusch verstummte die Sprechanlage, ein Summen ertönte und die Haustür öffnete sich mit einem „Klack“. Frau Kreyßig öffnete die Wohnungstür im Bademantel, aus dem Bad kamen Duschgeräusche.
„Herr Ruppert wäscht sich gerade. Da müssen Sie noch ein wenig warten.“
„Kein Problem, Frau Kreyßig. Können Sie uns sagen, wo Herr Ruppert die letzte Nacht war?“
„Na bei mir!“
„Und von wann bis wann?“
„Er kam so um zehn und ist dann dageblieben. Warum fragen Sie?“
„Das können wir Ihnen im Moment noch nicht sagen. Er ist danach nicht noch einmal mit dem Auto weggefahren?“
„Nein, der blieb hier. Aber gleich können Sie ihn selbst fragen. Ich muss mich jetzt auch anziehen.“
Sie verschwand ins benachbarte Zimmer, während die Duschgeräusche im Bad verstummten und nasse Füße auf Fliesen patschten. Dann öffnete sich die Badezimmertür und Ruppert stand nackt im Flur.
„Andreachen, wo hast du ...“
Er verstummte schlagartig, als er die beiden von der Kripo sah, drehte sich wieder um und verschwand im Bad. Etwas später kam auch er in einem rosa Bademantel heraus, den er bequem ausfüllte. Der Unterschied zwischen Größe 38 und XXL war nicht zu übersehen, seine schlechte Laune nicht zu überhören.
„Was wollt ihr?“
„Wo waren Sie in der vergangenen Nacht um Mitternacht?“
„Hier, wo sonst?“
Ruppert rief durch den Flur.
„Andreachen, kannst du denen nicht sagen, dass ich hier war?“
„Habe ich schon!“
„Na also, da haben Sie es! Dann darf ich Sie jetzt wohl bitten, zu gehen.“
Das hat er bestimmt irgendwo im Fernsehen aufgeschnappt, dachte sich Marie und zog das Gespräch an sich. So etwas wie das Verhör bei der ersten Festnahme würde ihr nicht wieder passieren.

„Ziehen Sie sich an und kommen Sie einfach mit. Sonst erklären wir Sie für vorläufig festgenommen."
Ruppert stand mit in die Hüfte gestützten Händen da, als wollte er sie fressen, besann sich aber langsam und trollte sich ins Bad. Inzwischen kam Andrea Kreyßig angezogen aus dem Nebenzimmer und versuchte, herauszubekommen, was ihrem Besucher denn angelastet würde, kam aber damit nicht weiter. Marie hatte die Faxen mit Ruppert dick und ließ sich auf nichts mehr ein.
Als sie über die Straße zum Polizeipräsidium gingen, winkte Herbert kurz in die auf die Straße gerichtete Überwachungskamera und sofort öffnete sich der Haupteingang. Schlagartig blieb Ruppert stehen und sofort stellten sich Herbert und Marie neben ihn.
„Machen Sie keine Dummheiten, Herr Ruppert! Sie kommen nicht weit!"
„Keine Sorge, ihr kommt nicht weit! Ihr habt doch eine Überwachungskamera auf die Straße gerichtet."
Das war keine Frage, sondern eine Feststellung, und Ruppert fuhr fort.
„Guckt doch einfach mal auf die Bänder der letzten Nacht. Da könnt ihr ja sehen, wann ich gekommen bin. Also schauen wir jetzt Video oder soll ich gleich wieder nach Hause?"
Herbert missfiel der Ton, Marie nicht minder, aber sie wollten sich nicht noch einmal vor dem Haftrichter blamieren. Sie warteten im Flur neben dem Pförtner und ließen sich das Überwachungsvideo der vergangenen Nacht zeigen. Ruppert hatte recht: Er war um zehn gekommen und bis zum Morgen war das Auto nicht bewegt worden. Das ließ sich auch im Zeitraffer schnell sehen.
„Noch Fragen, meine Dame, mein Herr? Dann darf ich wohl jetzt gehen!"
Ruppert verneigte sich mit einem fröhlichen Grinsen und spazierte mit schallendem Gelächter zurück über die Straße.
„Spiegeleier! Der hat Spiegeleier!", zischte Marie und beobachtete vom Fenster aus, wie die Gardinen vor das Kreyßigsche Schlafzimmer gezogen wurden.
„Spiegeleier?"
Herbert schaute Marie fragend an.
„Bei dem Bauch kann er seine Eier nur im Spiegel sehen!", fauchte sie und warf sich mit solcher Vehemenz auf ihren Bürostuhl, dass

der fast umkippte.
„Es kommt noch besser!“
Herbert warf Marie ein Fax über den Tisch zu. Es stammte vom Ordnungsamt der Stadt Wiesbaden und darauf waren vier Fotos zu sehen. Zwei waren um 23.53 Uhr und zwei um 23.54 Uhr aufgenommen worden. Sie stammten von der stationären Radaranlage auf der Schiersteiner Brücke, zunächst stadteinwärts aufgenommen und dann stadtauswärts. Einmal mit 106 und einmal mit 118 Stundenkilometern. In beiden Fällen war es Rupperts Auto und auch sein Nummernschild war einwandfrei zu lesen. Die Person im Cockpit war den geringen Außentemperaturen entsprechend mit einer Lederjacke mit dickem Pelzkragen und einer Lederkappe und Fliegerbrille gekleidet und hatte dunkle, längere Haare. So wie Ruppert.
„Narri, Narro!“
„Was soll das bedeuten, liebe Schwäbin?“
„Nun, das ist unser „Helau“ - einer ruft Narri und der andere antwortet Narro!“
„Ich habe auch schon länger den Eindruck, dass da einer ein Spielchen mit uns spielt. Aber wer? Ruppert ist nicht sauber, Eickhoff nicht, Kiesling auch nicht, aber dessen Akte können wir ja jetzt wohl schließen. Kiesling war nicht sauber, trifft es wohl eher, denn das Zahnschema lässt keinen Zweifel, sagt Zweipfennig.“
Wülfing war froh, dass wenigstens ein Unsicherheitsfaktor nun wegfiel.
„Was haben wir noch? Den Gleitschirmflieger, der auf dem Kraftwerksdach gelandet ist und Ina Eickhoffs letzte Anlage kaputtgemacht hat, wie uns die Kraftwerksbetreiber mitgeteilt haben. In derselben Nacht wurde außerdem noch Kieslings Leiche ganz in der Nähe abgelegt. Und dann ist da noch Eickhoffs Container, leider nur einer von Hunderten und - wer weiß - vielleicht schon auf dem Weg nach Nirwana. Mal ganz abgesehen davon, dass wir den gar nicht öffnen dürften. Wenn wir ihn denn hätten.“
„Ach, weißt du, Marie. Wenn du glaubst, es geht nicht mehr, kommt von irgendwo ein Lichtlein her. Wie das Licht am Ende des Tunnels.“
„Was sich manchmal als das Licht eines entgegenkommenden Zuges entpuppt, hihi.“
Sie knobelten noch den ganzen Nachmittag herum und entwarfen

einen Plan, der viel mit Erfahrung und auch mit etwas Physik zu tun hatte. Auch Ruppert schien etwas vor zu haben, denn er fuhr mit seinem Auto gegen Abend mit frisch gewaschener Unterhose weg. Auf dem Wäschetrockner auf Frau Kreyßigs Balkon hing jedenfalls keine mehr.

*

Der Mond nimmt wieder zu, wenn auch wesentlich langsamer als ich, habe ich zumindest den Eindruck. Es ist eine ganz schmale, nach links offene Sichel, die da am Himmel steht. In Äquatornähe ist die Sichel nach oben offen, wie beispielsweise in meinem geliebten Sri Lanka, aber hier geht sie eben nach links auf. Von der Ingelheimer Aue in Richtung Rhein gesehen, öffnet sie sich also in Richtung Schiersteiner Brücke oder - von noch weiter gesehen - in Richtung Bingen und Rüdesheim.
Was heute, Freitag Nacht, passieren wird - oder ob überhaupt etwas passieren wird, ist natürlich völlig unklar. Ein beliebter Spruch in Arbeiterkreisen ist, dass man etwas im Urin hat, wenn man etwas vermutet. Das träfe es vielleicht, wenn ich nicht dummerweise auf die Toilette gegangen wäre, bevor ich zu meiner Nachtexpedition aufgebrochen bin. So sitze ich nun am Kreisel in der Kraftwerksallee und warte darauf, DASS etwas passiert. Ohne zu wissen, WAS passiert. Aber das ist ja genau das Spiel. Jedenfalls bin ich darauf vorbereitet, FALLS etwas passiert. Meine Hi-8-Kamera ist auf einem Stativ neben dem Auto aufgebaut und hat die Containerstapel ebenso wie die Kraftwerke im Bild. Der direkte Anschluss an die Autobatterie liefert genügend Strom für mehrere Stunden.
Es ist neun und schon seit mehr als zwei Stunden dunkel. Die Halle der Schott Ceran schirmt den Lärm der Rheinallee gut ab und so dominieren das tiefe Gurgeln der auch nachts fahrenden Frachtschiffe und das tiefe Brummen und Zischen der Entgiftungs- und Filteranlagen für die drei Verbrennungslinien des Müllheizkraftwerks das Geräuschspektrum. Schon seit einer halben Stunde ist kein LKW mehr vorbeigekommen, das Wochenend-Fahrverbot hat die meisten Trucker rechtzeitig nach Hause getrieben. Der sonnige Tag hat das Wasser etwas aufgeheizt. Der Dunst über dem Hafenbecken streicht über das Gelände.

Gegen zehn treibt ein feiner, leichter Wind den ekelhaften Gestank langsam verschmorenden Tabaks durch das einen Spalt geöffnete Autofenster. Ich schaue mich um, kann aber niemand sehen. Ich steige aus, schaue hoch zu den Stapeln mit den 40-Fuß-Containern hinter mir. Jeweils fünf mehr als zwölf Meter lange, zwei Meter vierzig breite und zwei Meter sechzig hohe Container bilden im grellen Licht der einzigen Natriumdampflampe eine dunkel in den Nachthimmel ragende, kantige Masse. Metallische Kästen mit ausgeprägten Narben von unzähligen Transporten, Beulen, abgeplatzter Farbe, Rostflecken und dem weißen „K"-Line-Schriftzug. Die Containertüren mit dem Verriegelungsgestänge liegen auf der der Straße abgewandten Seite im Dunkel.
Ein unangenehmes Kribbeln im Nacken bleibt und ich beschließe, mit dem Auto auf die andere Straßenseite zu wechseln. Da habe ich zwar eine eingeschränkte Sicht auf das Kraftwerk, aber einen beruhigenden Abstand zu den unübersichtlichen Containern. Als ich aussteige, ist die Luft frisch, aber nicht unangenehm. Der vom Rhein über die Gassnerallee ziehende Dunst bildet weiße Ringe um die Lampen im Hafengebiet und bildet die Grundlage für schöne, romantische Bilder. Ein paar Schritte später ist die Kamera auf die andere Straßenseite umgezogen und neu eingerichtet. Das Gehäuse fühlt sich feucht an, es wird zunehmend dunstiger.
Plötzlich höre ich wieder das Rasenmäher-Geräusch aus der Richtung der Brücke und bilde mir ein, dass sich etwas auf dem Kraftwerksdach bewegt hat. Aber der Rasenmäher verstummt genauso plötzlich, wie er gekommen ist. Mich fröstelt und ich setze mich wieder ins Auto, als mit einem Knall die Quecksilberdampflampe am Kreisel verlöscht und meine Umgebung ins Dunkel taucht. Nur noch das Streulicht von den Lampen auf dem Betriebsgelände des Müllheizkraftwerks fällt auf die kantigen Metallkästen mit ihrem unbekannten Inhalt.
Etwas später höre ich das schabende Geräusch von Metall auf Metall, es kommt vom Containerstapel. Etwas fällt um, etwas wird geschoben, etwas wird hingestellt. Dann wieder das Schlagen von Metall auf Metall. Nun ertönt auch der Rasenmäher wieder, vom Gasturbinenkraftwerk her nähert sich der schwarze Schatten an seinem Gleitschirm. Er kommt immer näher, hält sich aber aus dem Licht des Müllheizkraftwerks heraus. Erst als er fast direkt

über mich fliegt, schält sich der dunkle Gleitschirm und dann eine massige Figur mit einem großen Rucksack auf dem Rücken und merkwürdigen Anbauten vor dem Gesicht aus dem Dunkel. Eine Sekunde später knallen Stiefel auf den obersten Container und der Motor erstirbt.

Dann überschlagen sich die Ereignisse. Gleich von drei Seiten rasen Einsatzwagen der Polizei auf den Kraftwerkskreisel zu und Herberts mir bestens bekannte Stimme ertönt über Lautsprecher.

„Polizei! Bleiben Sie, wo Sie sind!“

Schon fahren die Wagen in den Kreisel ein, darunter ein kleiner Bus mit großer Lichtanlage. Doch gleich brummt der Rasenmäher-Motor wieder los und ein paar Schritte später hängt der Gleitschirmflieger in der Luft direkt über uns. Ich steige aus dem Wagen und folge ihn im Nachtmodus mit der Videokamera. Er brummt entlang der Auenstraße, hin und her schwankend wie eine Hummel, deren Flügel ihr Gewicht kaum tragen können. Ein Einsatzwagen hält sich kurz hinter ihm. Dann biegt der Flieger zum Müllheizkraftwerk ab, einfach über den Zaun. Sofort öffnet sich wie von Geisterhand das Einfahrtstor am Kraftwerkskreisel und mehrere Einsatzfahrzeuge und zwei Radpolizisten fahren ein. Auf dem Dach des Gasturbinen-Kraftwerks leuchten ebenso wie auf der Gassnerallee plötzlich Scheinwerfer auf und reißen den Gleitschirm unbarmherzig aus dem Dunkel.

Die massige Gestalt steuert nun das Dach des Müllheizkraftwerks an und droht aus den Scheinwerferkegeln zu verschwinden, als plötzlich die Kühlventilatoren auf dem Dach mit einem gewaltigen Tosen losblasen. Der Gleitschirm wird fast ruckartig hochgerissen, die Person rudert verzweifelt an den Leinen und verschwindet mit einem Schrei im Dunkel des Daches.

„Na los, hinterher, Ronni Bond! Du hast doch eine Karte für den Dachgarten, habe ich gehört!“

Herberts Pranke schlägt fast schmerzhaft auf meine Schulter und er zeigt auf Marie, die mit schnellen Schritten auf die Gittertreppen zuläuft, die auf das Dach des Müllheizkraftwerks führen. Ihr folgen zwei Streifenpolizisten im Fahrraddress, die im Laufen ihre Helme abnehmen und seitlich wegwerfen, um schneller voranzukommen. In einer Sekunde habe ich die Videokamera vom Stativ genommen und renne hinter den anderen her. Eile tut not, denn wenn der Gleit-

schirm wieder losfliegt und den Weg direkt über den Rhein nimmt, kann er durchaus entwischen. Auf halber Fassadenhöhe kreiseln schon bunte Sternchen vor meinen Augen, mein Kreislauf ist nicht auf Sprints kurz vor Mitternacht eingestellt. Nun geht es auch noch auf der Steigleiter weiter, schmale Stufen senkrecht die Fassade hoch, nur mit einem runden Sicherungsgitter versehen!
Natürlich habe ich keine Haken, um mich in die Sicherungsschiene einzuhängen, aber wundersamerweise hängen am Treppengeländer gleich zwei Haken und so kann ich den dreien vor mir ohne Sicherheitsbedenken folgen.
Schon ist Marie auf dem Dach, ruft: „Halt, stehen bleiben! Sie sind festgenommen!“, und auch die beiden anderen Polizisten springen hinterher, als der Motor des Gleitschirms wieder losbrummt und schnelle Schritte auf dem Dachkies knirschen. Vor meinen Augen versucht der Gleitschirmflieger wieder in die Luft zu kommen, verfolgt von den zwei Streifenpolizisten, während Marie ihm um die Kühltürme herum den Weg abschneiden will. Wieder blasen die Kühltürme schlagartig mit voller Leistung und der Gleitschirm wird seitlich hochgerissen. Der Flieger verliert das Gleichgewicht, fängt sich aber und will wieder starten. Doch er bleibt beim Losrennen mit dem Fuß im Blitzableiter hängen und stürzt, stößt mit dem Kopf gegen eine Trittplatte. Eine Sekunde später ist Marie da und legt ihm Handschellen an, zieht ihm ein Nachtsichtgerät und eine Ledermütze vom Kopf: Es ist Ruppert!
Von unten ertönt plötzlich wieder Herberts Stimme über Lautsprecher.
„Bleiben Sie stehen! Sie sind vorläufig festgenommen. Leisten Sie keinen Widerstand!“
Vom Dach aus kann man sehen, wie sich die Scheinwerfer auf den Containerstapel richten, auf dem der Gleitschirmflieger gelandet war. Eine dunkle Figur springt gerade vom untersten Container auf den Boden, verfolgt von den Scheinwerfern, und verschwindet zwischen den anderen Containerreihen. Herbert gibt noch ein paar Anweisungen per Megafon. Längst ist das Gelände umstellt und wenig später wird auch eine schwarz gekleidete Person an Handschellen zwischen den Containerstapeln herausgeführt. Sie trägt einen einteiligen, schwarzen Overall und hat eine schlanke Figur. Als man ihr eine schwarze Sturmmaske abzieht, schreit sie kurz und es

kommen lange, schwarze Haare zum Vorschein. Ina faucht und tobt dermaßen, dass man es bis hier auf das Dach hört.

*

Die beiden durchtrainierten Radpolizisten nehmen Ruppert wieder die Handschellen ab. Er humpelt, hat sich den linken Fuß verknackst, vielleicht gar gebrochen, so dass sich zum Großaufgebot der Polizei nun auch noch ein Johanniter-Rettungswagen gesellt hat. Nachdem der Fuß mit einer provisorischen Schiene ruhig gestellt ist, geht es nicht mehr an der Fassade runter, sondern durch eine Dachluke in das Feuerungshaus. Direkt unter dem Dach ist es brütend warm, was uns nach der Aufregung der letzten Minuten eher unangenehm ist.
Die Wartungstreppe mit ihrem pink gestrichenen Geländer ist wesentlich bequemer, es können sogar zwei Personen nebeneinandergehen. Ruppert muss hüpfen, gestützt von einem Sanitäter, während Marie mit dem Lächeln einer erfolgreichen Großwildjägerin mit mir als Letzte die Gitterroste hinuntersteigt.
„Marie, wie habt ihr das alles gewusst?“
„Na ja, eins und eins sind zwei, Ronni. Aber wir sollten morgen gemeinsam Mittag essen, dann kann ich freier reden.“
Sie deutet auf den vor uns auf der Treppe hüpfenden Ruppert. Wir gehen weiter und kommen an einer Tür vorbei, durch deren Sichtglasscheibe es geheimnisvoll grünlich schimmert.
„Interessante Anlage. Ich hätte Lust, da mal hineinzuschauen.“
In der Krankanzel greifen zwei Mitarbeiter mit Mehrschalengreifern gezielt große Placken aus dem ständig angelieferten Wohlstandsmüll, es ist sozusagen das Herz der Anlage.
„Normalerweise gibt es da regelmäßig Führungen. Ich weiß nicht, ob jetzt in der Nacht ...“
„Ein Erinnerungsfoto sollte doch wohl erlaubt sein. Nur wir beide.“
„OK, dann gebe ich die Kamera mal einem deiner Kollegen. Der andere hat Ruppert sowieso im Griff.“
Gesagt, getan. Wir stellen uns mit Siegerlächeln vor die Scheibe, hinter der konzentriert gearbeitet wird, und ich will einem Kollegen in seiner grünen Raduniform meine Kamera reichen, aber der lehnt

ab und holt eine kleine Digitalkamera heraus.
„Damit kann ich besser umgehen! Stellt euch mal da rechts an die Wand, damit ich durch die Tür blitzen kann.“
Ich lege den Arm um Marie und sie ihren um mich. Kollege Fotograf dirigiert.
„Noch ein bisschen rechts und jetzt ...“
Seine Kamera blitzt und das war ein großer Fehler!
Schlagartig ertönen Sirenen, Warnlichter flackern, die Sprinkleranlage hüllt uns in einen feinen Sprühregen und wütende Rufe kommen aus der Krankanzel.
„Seid ihr bescheuert? Wer hat geblitzt? Das wird teuer!“
Fluchend kommt ein Kranmeister aus der Kanzel geschossen und würde uns scheinbar am liebsten den Hals umdrehen, während der andere mit der Leitwarte telefoniert.
„Ja, wieder so ein Hobby-Knipser. Nein, es brennt nicht. Ich weiß, die Feuerwehr ist schon unterwegs, aber das müssen die bezahlen.“
Marie telefoniert mit Herbert und gibt Entwarnung, aber es dauert noch eine unerträglich lange Minute, bis der nervende Feueralarm ausgeschaltet ist und die Sprinklerdüsen endlich ihre Arbeit einstellen. Kaum ist der interne Alarm abgeblasen, rückt draußen bereits die Mainzer Berufsfeuerwehr mit Blaulicht und heulender Sirene an. Was haben wir nur gemacht! Wir bekommen manch spitze Bemerkungen von den Kraftwerksmitarbeitern zu hören und ich kann mir lebhaft vorstellen, wie Herbert auf der Straße mit Engelszungen die Brandbekämpfer zurückschickt und gleichzeitig teuflische Gedanken in unsere Richtung sendet.
Unten angekommen, wird Ruppert zunächst in Begleitung eines Polizisten zum Röntgen gefahren. Die Mannschaftswagen sind bereits wieder abgerückt und als wir zu Herbert kommen, wird auch Ina gerade in einen Einsatzwagen verfrachtet. Als sie mich und Marie sieht, stößt sie wüste Drohungen aus, bis sich endlich die Wagentür schließt.
Herbert will die Sache vor Ort endlich abschließen, dirigiert energisch einen großen Containerstapler zum obersten „K“-Line-Container und lässt ihn herunterheben. Er wird wieder verschlossen und über Nacht bewacht. Kurz vor Mitternacht löst sich die Versammlung auf der Ingelheimer Aue auf. Es ist inzwischen neblig,

die Sicht beträgt vielleicht noch fünfzig Meter und die Schwärze in den Hafenbecken ist absolut undurchdringlich.
Als ich mich über die viel zu kurz geplante Auffahrt Mombach auf die A643 in Richtung Bingen einfädele, fällt die Anspannung von mir ab und ich freue mich auf das Bett. Doch es wird noch eine lange Nacht, denn kurz vor der Abfahrt Heidesheim steht ein Sattelzug quer zur Fahrspur, ein Reifen brennt unter gewaltiger Rauchentwicklung.
Ein Einsatzwagen der PI Ingelheim ist schon da und sichert die Unfallstelle, was in diesem Fall eine Vollsperrung der Autobahn bedeutet. Der LKW-Fahrer versucht sich mit einem 5-Kilo-Löscher als Brandbekämpfer, doch es ist aussichtslos, die Flammen greifen schon auf die Plane über. Auf Anweisung des Polizisten zieht er den bereits brennenden Hänger noch an den Fahrbahnrand und koppelt ihn ab. Als die Berufsfeuerwehr Mainz eintrifft, brennt der Anhänger schon lichterloh.
Es gibt eine Menge gute Fotos und auch mit den Polizisten komme ich ins Gespräch. Der Reifenbrand war aus einer losen Gummiabdeckung entstanden, die sich am LKW-Reifen gerieben hatte. Irgendwann war soviel Hitze entstanden, dass sie zu brennen begann. Als der Fahrer es bemerkte, war es schon zu spät gewesen.
Erst um eins ist der Anhänger endlich gelöscht und die Autobahn wieder frei gegeben. Es wird Zeit fürs Bett, denn am nächsten Morgen steht ein Entschuldigungsbesuch im Müllheizkraftwerk an.

*

Als ich um neun auf der Ingelheimer Aue vorbeischaue, ist Marie schon da und der Container offen. Herbert fehlt. Er wird wohl von Elvira nachdrücklich auf seine Partnerschaftspflichten hingewiesen worden sein. Ein schwarzer Cayenne wird gerade von der Spusi unter die Lupe genommen - wohl der von Kiesling. Er wird von dem Polizisten weggefahren, der die Nacht über den Container bewachte und nun endlich Feierabend - oder besser Feiermorgen - hat. Doch hinter dem schwarzen Umweltverpester steht noch ein Wagen und vor Überraschung rutscht mir ein „Was?“ über die Lippen, das mir fragende Blicke der umstehenden Beamten und ein nachsichtiges Lächeln von Marie einbringt.

Es ist ein Morgan Threewheeler AZ-HA 337, natürlich racinggreen. Was macht Rupperts Wagen hier? Hatte Ina ihn geklaut und Ruppert wollte ihn wiederholen? Aber wie sollte der in Ina Besitz gekommen sein? Marie stutzt, zieht sich Einmal-Handschuhe über und nimmt vorsichtig einen Aktenkoffer aus dem Fußraum des Dreirads, aus dem ein weißer Stoffzipfel hängt. Neugierig versucht sie, ihn zu öffnen, aber er ist mit einem Zahlenschloss gesichert. Mehr ist nicht im Container und so fährt noch vor zehn die Spusi zurück zum Valenciaplatz.
Marie und ich müssen noch unsere Entschuldigungstour ins Müllheizkraftwerk machen. Wir werden mit launigen Bemerkungen zu unserem Missgeschick in der Krankanzel empfangen, aber der von Marie mitgebrachte Rüblikuchen – frisch aus der Tiefkühltruhe, wie sie mir erklärt - wird gern als Wiedergutmachung angenommen. Die Wasserflecken sind längst weggewischt, nur im Papierkorb zeugen noch ein paar gewellte Blätter von der vormitternächtlichen Duschorgie.
Längst läuft der Betrieb wieder, schließlich will unser ständig wachsender Wohlstandsmüll beseitigt werden. Dazu zählen oft auch Dinge, die mancher sicher noch brauchen kann. So hat sich seit der Einweihung 2003 eine ganze Reihe Matchbox-Autos in der Krankanzel angesammelt und auch ein großer brauner Teddybär schaut hinunter in den Abfallbunker, verstaubt und mit einem unendlich traurigen Blick. Er war in einer Ladung aus Alzey angeliefert worden, erinnert sich ein Kranführer, vor ein paar Jahren war es gewesen. Er hatte ein gelbes Regencape angehabt, was alle sehr lustig fanden. Sie hatten sich gefragt, wer wohl einen so großen Teddy wegwerfen würde, und hatten ihn aufgehoben und ihm einen echten Logenplatz gegeben.
Die Zeit vergeht wie im Flug und als wir das MHKW verlassen, ist es fast Mittag.
„Die sind wieder gut drauf", stellt Marie fest. „Wir müssten uns auch bei Herbert entschuldigen. Wie wäre es mit einem Rüblikuchen?"
„Gute Idee, ich mache die weltbesten Frikadellen dazu."
„Angeber! Meine Wohnung ist außerdem ein wenig klein vielleicht."
„Och, ich habe Elvira schon gefragt - wir können auch bei Herbert

brunchen. So ab zwölf könnten wir ein paar Häppchen mitbringen … und ganz nebenbei könnt ihr mir gleich erzählen, was ihr am Montag sowieso an die Presse gebt."
Marie richtet die Augen gen Himmel.
„Ein Komplott! Wusste ich doch, dass ein Haken dabei ist!"
„Du hast recht. Elvira mag Apfelkompott."

*

Marie ist pünktlich, wie immer. Mit Schwung parkt sie ihren Mazda am Straßenrand und steigt aus. Gut gelaunt wirft sie die blonden Haare in den Nacken und begrüßt mich mit einem Bussi.
Elvira begrüßt mich herzlich und - nach einem prüfenden Zögern - auch Marie. Wir stellen unsere Mitbringsel auf den von Herbert bewachten Buffet-Tisch und stoßen mit einem Glas Sekt auf den gelösten Fall an. Die Einzelheiten muss ich allerdings noch erfragen.
„Was machte der Morgan von Ruppert im Container, Herbert?"
Er hat sich bereits eine meiner Frikadellen geangelt und einen mittelscharfen Senf auf seinen Teller gekleckst, während sich Marie und Elvira einen kleinen Salat zusammengestellt und es sich auf dem Sofa bequem gemacht haben.
„Tja, die Frage ist falsch gestellt, Ronni. Denn es war nicht die Kiste von dem Mühlenmenschen."
„Aber ich habe doch das Nummernschild ..."
„... und die Farbe und den Typ gesehen. Ich weiß. Aber tatsächlich war es eine Dublette. Die Ina Eickhoff hatte auch einen Threewheeler, wie wir herausfanden, aus England mitgebracht. Sie hat ihn aber nicht auf sich zugelassen, sondern einfach Nummernschild-Dubletten machen lassen und ist dann wie Ruppert durch die Gegend gefahren. Und das ist ausgesprochen link, denn wenn immer man das Auto sieht, ordnet man es dem Falschen zu."
„Genau wie damals die RAF."
„Genau. Knöllchen, Radarfoto, selbst eine Polizeikontrolle bringt da nichts."
„Das heißt, dass die Eickhoff dem Ruppert alle Verkehrsdelikte in die Schuhe schieben kann. Wie auf der Schiersteiner Brücke."
„Es geht noch weiter: Die kann damit sogar Alibis erzeugen oder in

Frage stellen. Ohne die Video-Überwachung vor unserer Tür würde jetzt wohl mal wieder Ruppert brummen."
„Ein linkes Biest!", ruft Marie vom Sofa her und Herbert nickt.
„Und was war in dem Koffer? Da hing doch was raus."
„Tja, der Koffer war eine reine Wundertüte. Es war ein Stück von einer Unterhose, das da heraus hing. Und zwar eine von Rupperts Unterhosen. Mit DNA-Material. Das verteilte sie dann dort, wo sie den Verdacht von sich ablenken wollte. Einfach am Tatort drübergezogen … "
Herbert greift sich die nächste Frikadelle und zieht sie mit Genuss durch den Senf.
„... und schon sind wir auf der falschen Spur. Wenn man denn immer dem nachjagt, was zu offensichtlich ist. Aber ganz so einfach ist es eben normalerweise nicht."
„Sein siebter Sinn", ruft Elvira stolz vom Sofa.
„Ich war von Anfang an misstrauisch, konnte es aber nicht recht festmachen. Das ging alles viel zu glatt und so dachte ich mir, dass da jemand die Polizeiarbeit so gut kennt, dass er unsere Methoden dazu verwendet, anderen zu schaden. Wir hatten nur zunächst keinen Anhaltspunkt gefunden, was Eickhoff, Kiesling, Ruppert und Steinfurth miteinander verband, bis dann der Name Christoph Schmitz auftauchte. Auf einem Zettel mit - natürlich - der DNA von unserem stolzen Mühlenbesitzer."
Herbert nimmt die nächste Frikadelle und packt einen neuen Senffleck auf den Teller.
„Aber erzähl du doch weiter, Marie."
„Gern. Wir witzelten schon, wann auch deine DNA mal auf einem Fundstück auftaucht, hihi. Aber scheinbar hattest du ja nichts mit ihr. Auch wenn du wohl wolltest."
„Danke für die Blumen."
„Gern geschehen, hihi. Tatsächlich hatte sie noch ein paar Unterhosen mehr, säuberlich verpackt in einzelne Tüten. Ganz wie sie es gelernt hatte. Beim BKA."
Ich kann es nicht glauben.
„Eine Kollegin von euch? Ich dachte, sie würde ..."
„... Windkraftanlagen bauen? Heute ja, aber nach ihrem ersten Biologie-Studium war sie etwa ein Jahr im BKA-Labor, wie wir im Amtsarchiv recherchieren konnten. Zu Beginn der DNA-Zeit

brauchte man dringend Fachkräfte und da konnten auch „Quereinsteiger“ mitmachen.“
„Daher kannte sie eure Vorgehensweise genau. Aber einen Fehler muss sie dann doch gemacht haben.“
„Da ist zunächst, dass die Selbstbau-Mühle von Ruppert angesteckt worden war - von ihr. Zuerst schien es so, als ob möglicherweise ein Mann der Täter gewesen wäre, aber da hatte sich unser Kollege von der Spusi nur unvorsichtigerweise einen Splitter in die Haut gerammt.“
Sie kommt an den Buffet-Tisch und spießt ein paar Oliven auf.
„Etwa so wurde also die von Ina Eickhoff stammende Probe verunreinigt. Eine genaue Analyse, die halt drei Tage dauert, klärte das dann auf.“
„Deshalb zuckte sie einmal zurück, als ich ihr über die Haare streichen wollte.“
„Aha, du hast es also wirklich versucht. Dachte ich es mir doch, hihi.“
„Aber eine Brandstiftung wird ja wohl nicht reichen, jemand festzusetzen. Jedenfalls dauerhaft. Glaube ich nicht, Herbert.“
Der hat bereits fünf Frikadellen vertilgt und streicht sich zufrieden über den Bauch.
„Da hast du recht, Ronni. Aber wenn man sie erst mal hat, fügt sich eins zum anderen und das meiste Belastungsmaterial lieferte sie im Endeffekt selbst. Sie hatte sich einfach zu sehr darauf verlassen, dass wir nur hinter Ruppert her sind.“
„Zum Beispiel?“
„Das Motiv lieferte der Kofferinhalt. Tatsächlich haben Steinfurth, Kiesling, Ruppert und eben Eickhoff in Mainz studiert, zusammen mit einem Christoph Schmitz, dem Vernehmen nach ein Elektronik-Tüftler und Bastler vor dem Herrn. Der aber verbrannte in seinem Pferdeschuppen - kurz, nachdem alle ihr Examen summa cum laude bestanden hatten. Außer Ruppert, der schon kurz vorher ausgestiegen war.“
„Ein Unfall vielleicht.“
„Haben wir auch zunächst gedacht, stand auch so in den Zeitungen und den Akten. Aber das würde nicht erklären, warum Kiesling durch die bloße Erwähnung des Namens so unruhig geworden ist. Der Koffer lieferte die Lösung: Kopien der Examensarbeiten und

ein Schreiben von Schmitz, in dem er droht, Eickhoff, Steinfurth und Kiesling auffliegen zu lassen. Er hatte nämlich, schreibt er jedenfalls, extra für die Prüfung eine Miniatur-Gegensprechanlage entwickelt und so maßgeblich zu deren ausgezeichnetem Diplom beigetragen. Der Brief datiert vom 5. November 1989 und am 9. November brannte der Schuppen."
Mir ist klar, dass das kein Zufall gewesen sein konnte. Aber warum war dann nicht alles beim Alten geblieben? Die Kripo hatte ihre Ermittlungen zum Tod von Christoph Schmitz längst eingestellt.
„Also blieben nur Steinfurth, Kiesling und Eickhoff als Mitwisser übrig. Die sollten allen Grund haben, sich still zu verhalten, und dann passiert ihnen nichts. Wer von den dreien hat da nicht mehr mitgespielt?"
„Darauf müsstest du selbst kommen. Natürlich Steinfurth."
„Aber warum?"
„Weil er wohl sein Gewissen erleichtern wollte. Jedenfalls haben wir im Koffer auch sein Notebook gefunden, samt einer entsprechenden Mail an Kiesling und Eickhoff. Er dachte vielleicht, dass sie sich dann ins Ausland absetzen. Was dann passierte, weißt du."
„Warum erst zwanzig Jahre nach dem Mord an Schmitz? Scheint mir unwahrscheinlich. Meist hört man so etwas von Leuten, die auf dem Sterbebett liegen."
„Was weißt du schon von Wahrscheinlichkeiten? Im Leben gibt es alles, absolut alles! Aber ganz falsch liegst du in diesem Fall nicht: Tatsächlich hatte Steinfurth nur noch wenige Wochen zu leben. Krebs im Endstadium, zu spät entdeckt."
„Und so kam alles ins Rollen. Ina als Frau fürs Grobe ..."
„Hat wahrscheinlich auch ihn auf dem Gewissen. Das müssen wir nochmal genau aufdröseln. Aber der Mord an Kiesling dürfte ihr nicht zu nehmen sein. Sie war im Besitz seines Autos, ihr Motiv, den lästigen Gesellschafter ebenso wie den letzten Mitwisser zu den Morden an Schmitz und Steinfurth auszuschalten und seine Ressourcen zu nutzen. Das dürfte für eine Mordanklage genügen."
„Ein Platz, den Ina ...", ich zögere bei der Namensnennung, „... Ruppert zugedacht hatte. Warum?"
„Die beiden müssen wohl mal was miteinander gehabt haben, als sie aus England zurückkam und ihre alten Studienkollegen kontaktierte. Wie bei Ruppert üblich, waren es wohl nur ein paar One-

Night-Stands gewesen und vielleicht wollte sie mehr? Vielleicht sann sie auf Rache und nahm die Unterhose mit, was dieser Trottel von Ruppert möglicherweise auch noch anregend fand."
„Ruppert jedenfalls ahnte in der Folge wohl das eine oder andere, konnte aber nichts beweisen. Er war kaum greifbar - auch für Eickhoff nicht - und provozierte sie, wo er konnte. Ich bin mir sicher, dass er ihre Windkraftanlage sabotiert hat, aber wie sollen wir das nachweisen?"
„Über das Alibi beispielsweise ..."
„... aber das geht nur, wenn der Tatzeitpunkt feststeht. Steht der nicht fest, dann wird es schwierig. Nehmen wir das Eickhoff-Windrad. Wann es kaputt gegangen ist, wissen wir. Wann die Manipulation erfolgte, die im Endeffekt zur Überlastung führte, und wann die Zugangstür zugeklebt wurde, wissen wir nicht."
Herbert geht zum Buffet und kommt mit einem Stück Rüblikuchen zurück, dem original schwäbischen mit Karottenraspeln und Zuckerkarotten als Dekoration.
„Und sie hat sich an Ruppert revanchiert."
„Tja, beim Brand der Selbstbau-Mühle haben wir gleich zwei Probleme. Erstens hat sie ein Alibi für die Brandzeit und zweitens wissen wir nicht, wie die Holzmühle überhaupt in Brand geriet."
„Warte mal, vielleicht habe ich eine Idee. Wenn sich ein schnelldrehender Flügel an etwas reibt, kann sich daraus durchaus ein Brand entwickeln."
Herbert winkt ab.
„Das klingt interessant. Aber wir haben keine Schleifspuren oder Ähnliches gefunden, das Holz ist einfach zu stark verbrannt. Damit bekommen wir sie wohl nicht. Nein, Ronni, die ist schon ganz schön gerissen. Die spielte uns einfach ein Indiz nach dem anderen zu und beschäftigte uns damit immer wieder neu. Die DNA-Spuren an der ersten Leiche, die am Zettel, den wir in Kieslings Müll fanden, das dauernde Auftauchen des Morgan-Doubles an den Tatorten, die Telefonnummer von Kiesling auf Steinfurths Handy: alles abgekartetes Spiel der Ina Eickhoff. Wenn man als Letzter an einer Leiche ist, kann man halt auch alles hinlegen, was man will. Einen „normalen" Mörder bekommen wir wegen der Dinge, die er unbewusst liegen lässt. Die Eickhoff aber hat bewusst Dinge liegen gelassen. Vielleicht hat sie den Kiesling per Telefon zu einem

Treffpunkt bestellt und nur den Zettel in den Müll gelegt, weil sie da einfach rankam, ohne in das Haus einbrechen zu müssen. Und wir sind eine ganze Weile darauf reingefallen. Beim Abladen der Leiche nach übler Mafia-Manier hat sie - aus ihrer Sicht - einfach Pech gehabt. Nicht in den Beton, denn der wird von mehreren Leuten verarbeitet, die das erkennen würden. Nein: besser die Leiche in die Frostschutzschicht gekippt und dann noch einen Laster Kies drüber. Nur dumm, dass ein sorgfältiger Radladerfahrer den Kies noch etwas besser verteilen wollte und außerdem auch noch auf eine Bombe stieß."
Marie holt sich auch ein Stück Rüblikuchen und setzt sich zu uns. Ich reiche ihr eine Gabel.
„Ein schlaues Biest, meinst du nicht auch?"
„Nicht nur schlau, sondern auch gefährlich. Ich hatte mir Sorgen um dich gemacht."
Sie streicht mir kurz über die Hand, eine kleine, schnelle Bewegung, betont unverbindlich.
„Du meinst, die hätte auch mir gefährlich werden können?"
„Deine Spielchen im Hafen und an der Clownschule waren ziemlich unbedacht. Aber wir sind ja nicht ganz dumm und haben uns vorbereitet."
„Der Großeinsatz im Hafen ..."
„... war geplant. Zwar hatten wir durch das Bomben-Durcheinander nicht genau gewusst, welcher Container wo war, aber dass er als oberster auf einem Stapel war, schien logisch. Und dass der Gleitschirmflieger Ruppert sein sollte, auch. Ebenso, dass Ina ihr Hab und Gut bewachen und vielleicht die wichtigen Dinge in Sicherheit bringen wollte, weil auch sie spürte, wie ihr Ruppert auf die Pelle rückte. Also mussten wir nur warten und haben uns auch noch mit dem Müllheizkraftwerk in Verbindung gesetzt."
„Die dann den Gleitschirm weggepustet haben."
„Nicht nur das, Ronni. Die haben überall Videokameras, auch auf den Dächern, und da konnten wir Ruppert in der Nacht davor sogar landen und starten sehen. Wir hatten die Falle also schon aufgestellt und dann ..."
sie schiebt mir eine Olive in den Mund,
„... musste sie nur noch zuschnappen."
Gerade noch rechtzeitig zieht sie ihre Finger zurück.

Bücher von Jean C. Becker (nach Erscheinungsjahr geordnet)

Tod beim Rotweinfest (2000)

Noch bevor das Rotweinfest richtig begonnen hat, findet ein Jogger am frühen Morgen die Leiche einer Familienrichterin an der Ingelheimer Rheinfähre. Merkwürdige Umstände stellen die Kripo von Anfang an vor Rätsel. Wieso weist die Tote keine äußeren Verletzungen auf? Und was haben die vielen toten Käfer neben der Leiche zu bedeuten?

4. Auflage, 256 Seiten + Umschlag, mehrere Abbildungen

ISBN 978-3-936929-03-4 Euro 9,90

Haie im Mainzer Becken (2001)

Als sich an einem schönen Sommermorgen die Mainzer Elite auf dem Dach des Staatstheaters versammelt, deckt der spektakuläre Sturz einer Skulptur ein Verbrechen auf. Plötzlich bedrohen die Sünden der Vergangenheit die Geschäfte der Gegenwart. Die Spuren führen zunächst in die Mainzer Unterwelt und dann viel weiter. Denn die Baukorruption ist international ...

2. Auflage, 256 Seiten + Umschlag, mehrere Abbildungen,

ISBN 978-3-936929-02-7 Euro 9,90

Leichentanz an Fassenacht (2003)

Als ob das Leben nicht schon kompliziert genug wäre, tischt das Rheinhochwasser ausgerechnet zu Fassenacht Hauptkommissar Herbert Wülfing eine Leiche auf, deren Todesursache so gar nicht in herkömmliche Kategorien passen will. Die Ermittlungen geraten ins Stocken und werfen immer neue Fragen auf, die bis in den Zweiten Weltkrieg und die Zeit der Kelten zurück reichen.

224 Seiten + Umschlag, mehrere Abbildungen, ISBN 978-3-936929-01-0, Euro 9,90

Das Mainzer Mörderpendel (2005)

Nach einem mörderisch heißen Sommer gerät in Mainz und drumherum so manches aus dem Gleichgewicht. Eine Bombe wird im Rhein gefunden, eine Todesanzeige gibt Rätsel auf und der Journalist Ronni Sander versucht als Dompteur pubertierender Jugendlicher. Nur das Foucault'sche Pendel an der Mainzer Uni schwingt unerschütterlich – bis zum tödlichen Finale.

192 Seiten + Umschlag, mehrere Abbildungen, ISBN 978-3-936929-05-8, Euro 9,90

Tod in der Unterwelt (2007)

Im Sommer lebt Mainz auf seinen Plätzen – gestorben wird eher anderswo. Hauptkommissar Herbert Wülfing hat da viel Erfahrung, aber eine Leiche in einem Kornkreis ist auch ihm neu. Ein Ufo-Opfer? Ein Ritualmord? Zusammen mit dem Journalisten Ronni Sander folgt er den Mörderspuren entlang der Kanonenbahn und die Mainzer Unterwelt durch ein dunkles, längst vergessenes Labyrinth.

224 Seiten + Umschlag, mehrere Abbildungen, ISBN 978-3-936929-06-5, Euro 9,90